釧路

上

永遠한 사랑과 人間讚歌

石狩平野

이시카리 평야

一名 : 어느 女人의 一生

圖書出版 德逸 미디어

머리말

첫 장을 넘기면서,

"내 四十 평생에 이렇게 꾸며진 책은 처음 보겠네. 나도 한자에는 별론데 읽을 수 있을까."

첫 페이지를 들쳐보고 난 어느 중년 독자의 말.

책의 맨 뒤에 붙어있는 부록에서 한자를 찾아 가면서 첫 페이지를 읽어 본다. 그리고 다시 2페이지도 마찬가지로 해서 읽어 본다. 3페이지로 넘어간다. 첫 페이지에서 찾아본 한자가 나온다. 익힌 한자니까 그냥 읽어 넘어간다.

"아니! 아무것도 아니잖아! 재미있는데."

이것이 이 책을 읽어본 대부분의 독자들의 말이다. 진짜 별거 아니다.

폐사는 출판사상 처음으로 한글·한자 겸용의 소설책을

꾸며 보았다. 책이 책장에서 잠을 자는 책이 아니고 항상 주인의 곁에 있으면서 주인의 손길을 기다리는 책을 만들고 싶었다. 소설 출판사상 최초, 하나의 작품으로서 이 책을 출간한 것이기도 하지만, 너무 생소하고 엉뚱한 생각이고 보니 용기라고 보기보단 모험이라 하는 편이 타당할는지도 모르겠다.

 일본에서는 초·중·고·대학교를 졸업하면 공식적으로 약 2,500여자를 공부하기 때문에 이런 책은 막힘없이 읽는다. 그런데 우리나라에서는 어떨까. 과연 읽을 수 있을까?
 우리의 교육역사에서는 한때 한자 무용론이 있어서 한자를 배우지 않는 세대가 있었기에 더더욱 그렇다.
 이 책은 이시카리 평야, 上 中 下권, 속이시카리 평야, 上 中 下권, 전체 6部作으로서 수록되어 있는 한자 수는 전권

에 걸쳐 대략 1,700여자이다.

  요즈음 한자 학원이 많이 개설되고 있다. 이 책을 읽을 수 있다면 학원 못지않은 한자공부를 할 수 있으리라 생각한다.

  그리고 아이들의 한자공부를 하는데 크게 도움이 되리라 생각된다.

덕일미디어의 변

머리말 • 2

제1장 • 7

제2장 • 42

제3장 • 72

제4장 • 114

제5장 • 155

제6장 • 214

제7장 • 259

제8장 • 307

제9장 • 341

附錄 • 381

1

　쓰루요(鶴代)는 부둣가 壁을 등지고 서서 船艙의 棧橋로 다가오고 있는 검고 巨大한 蒸氣船을 바라보고 있다. 배의 이름을 적어 넣은 旗를 꽁무니에 매달고 있는 작은 배나 傳馬船이 波濤에 흔들리면서 그 周邊에 떼를 지어 떠있다.
　四月도 마지막이라서 햇살은 봄 氣運이 제법 짙어 있다고는 하지만 아직도 바다 색깔은 거무스레한 것이 울렁거리는 波濤에는 여전히 겨울의 차가움이 그대로 남아있다.
　지난해 末에 데미야(手宮)와 삿포로(札幌)사이에 陸蒸氣(오카죠오키=汽車, 명치시대 초기에 쓰인 말)가 開通된 以來, 狹小했던 棧橋의 擴張工事가 急速히 이루어지고 있기 때문에 埠頭도 棧橋도 몹시도 混雜스런 가운데, 出

迎客들은 줄을 서서 바다를 向해 臨時로 設置한 假板을 건너고 있다. 그 속에는 삿포로의 開拓使 本廳에서 온 듯한, 콧수염이 날카롭게 보이고, 굽이 높은 帽子를 쓴 官員이나 오타루 郡守, 삿포로 警察署 오타루 支署長 等等 正裝을 한 모습들이 섞여 있다.

驛 貨物 取扱所의 帳簿를 맡아 하고 있는 죤키레氏의 말을 빌리자면, 구로다케마루(玄武丸)라고 하는 이 蒸氣船은 開拓使의 附屬船 中에서도 第一 큰 배로서, 요코하마에서 왔다고 한다. 햇수로 쳐서 열 세 번째의 봄을 갓 맞이한 쓰루요에게는 요코하마(橫浜)라는 곳이 어느 쪽에 있는지 알 수도 없거니와 그 語感으로 봐서도 다른 나라처럼 먼 느낌이 들었다.

鈍濁한 汽笛소리가 港口의 하늘에 긴 餘韻을 끌면서 두 번 울었다.

구로다케마루의 船體가 棧橋 끝으로 천천히 다가와 옆구리를 붙이자 그 아래에서 마중 나온 사람들이 왁자지껄 騷亂스럽기 始作했다. 작은 깃발이나 帽子를 흔드는 者도 보인다. 工事場으로부터 쓰루요를 부르는 소리가 들렸다. 뒤돌아보니 埋立地에 흙을 運搬하고 있는 人夫로 나가서 일하고 있는 어머니 미네가 끌던 손수레를 멈추고 목에 걸고 있는 땟자국이 흐르는 수건으로 얼굴의 땀을 씻으면서 이쪽을 보고 무언가 큰소리를 지르고 있다.

멀어서 잘 들리지는 않지만, 危險하니까 배 곁으로 가지 말라는 注意를 주고 있다는 것을 알 수 있다. 쓰루요는 햇볕에 검게 탄 얼굴에 微笑를 띠어 보내면서 氣勢좋게 끄덕거려 보였지만, 前과 마찬가지로 注意에 對해서는 모른 척 하기로 했다.

船客들이나 歡迎客들이 埠頭쪽으로 올라오는 것을 便安하게 기다리고 있고 싶지가 않았다. 그렇게 한다면 보잘것없는 장사이긴 하지만 收入이 얄팍하게 된다. 그나마도 잘 팔아 주는 쪽은 船客들이 아니라 船員들인 것이다.

쓰루요는 들고 있던 대바구니를 兩손으로 가슴언저리에 꽉 끼어 안고서 콧물을 훌쩍거리면서 棧橋의 假板을 마구 달려갔다.

닳고 달아빠진 조리의 코 끈이 늘어질대로 늘어져 있어 널빤지 사이로나, 붙여 놓은 각목 사이로 빠질 듯하면서, 그 女는 한층 더 찢어질듯 목소리를 높였다.

"맛있어요. 맛있어. 所聞 난 찹쌀떡, 단돈 세 푼이요. 맛없으면 공짜로 드려요."

배의 甲板에는 고리짝을 들거나 旅行用 손가방을 든 男女의 船客들이 一列로 쭉 늘어서 있다.

移徙를 오는 것인지 애들을 데리고 있는 사람들도 있었다.

擴張工事와 荷役으로 어수선하면서도 어덴가 豊足感을 던져주고 있는 港內를 神奇한듯이 바라보는 눈들도 있었다. 쭉 늘어서 있는 나지막한 집들의 먼 뒤쪽으로 높고 낮게 펼쳐저 있는 검푸른 丘陵을 바라보면서, 북녘 開拓地의 늦은 봄에 不安스러워하는 눈들도 있었다.

어느 얼굴이나 모두 지쳐 보였다. 길고 긴 뱃길 旅行 탓뿐만은 아니었으리라.

船長의 引導로, 이 地域에서는 일찍이 본 일도 없는 훌륭한 洋服차림인, 官吏같이 보이는 紳士가, 夫人인듯한 아름답고 앳되게 보이고, 몸집이 자그마한 女子와, 두 사람의 아이를 다리고서, 甲板에 모습을 나타내었다. 손가방을 든 書生과 下人이 그 뒤를 따랐다.

다른 船客들은 이들 一行이 下船할 때까지 甲板에서 기다리고 있는 것 같았다.

삿포로의 開拓使에서 온 職員이나 郡守등은 帽子를 벗고 몇 번이고 鄭重하게 머리 숙여 人事를 하는데 反해서 甲板위의 紳士는 굽 높은 帽子테에 가볍게 손가락 끝을 살짝 붙이는 程度로 끝낸다.

銳利한 눈매와 얇게 꽉 다문 입술이 무언가를 强하게

拒否하고 있는 듯한 印象을, 보는 이로 하여금 느끼게 한다.

"맛있어요. 맛있는 찹쌀떡. 떡 必要 없어요? 맛없으면 한 푼도 받지 않아요."

쓰루요는 棧橋의 사람들을 이리저리 누비면서 얼른 저 官人이 내려 주었으면 좋으련만 하고 생각하였다.

官人이나 겉치레가 깔끔한 男子들은 소리치며 파는 떡 같은 것은 잘 팔아주지 않는다. 移徙를 가거나 子息들을 다리고 있는 가난한 사람들이 언제나 第一 좋은 손님이었다.

"쓰루짱, 저쪽에 가 있거라."

支署의 잘 아는 巡警이 하얀 장갑을 낀 손가락으로 쓰루요의 머리를 살짝 누른다.

"왜 그래요?"

"도쿄에서 높으신 分이 到着했단다. 눈에 거슬리는 行動을 해선 안 돼."

"아이…… 떡 파는 것 밖에 없어요."

눈에 거슬리는 行動, 라고 하는 말의 意味가 뭔지 잘 모르기 때문에, 그 말에 反撥하는 마음도 있을 턱이 없다. 다만 巡警이 하는 말 속의 그 어떤 울림이 그 女의 작은 몸집에서 터져 나올 듯이 꽉 차 있는 그 무엇을 刺戟한 것은 틀림없다. 얼른 배로 올라가서 장사를 해야겠다는 생각이 들었다는 것도 事實이다.

"이봐, 쓰루짱, 어데 가는 거야."

"이리 나오지 못해! 無賴한 놈 같으니라고."

狼狽스럽고 火난 목소리가 등을 찌르는듯하여 自身의 行爲에 精神이 번쩍 들었을 때에는, 줄을 서 있는 船客의 맨 앞에 서 있었고, 마침 트랩의 거의 가운데까지 내리고 있던 紳士의 가슴이 바로 코앞에 다가와 있었다. 조끼의 金色 단추가 품어내고 있는 빛이 눈 속으로 빨려 들어오고 있었다.

쓰루요는 反射的으로 안고 있던 바구니에서 손을 놓고 몸을 구부려서 트랩의 손잡이에 몸을 붙였다. 그와 때를 맞춰 떡이 주르륵 쏟아졌다.

가느다란 목소리를 내면서 우뚝 멈춰선 것은, 官人 夫妻의 바로 뒤를 따라 내리고 있던 쓰루요와 같은 또래의 少年 이었다. 구루미産무명의 단 소매의 하오리에다 오구라의 하까마를 옷자락이 짧게 입고 있다. 皮膚가 하얗고 가느다란 목구비를 하고 있다.

※【구루미産 무명=九州 久留米지방에서 生産되는 무명옷감】

그러나 쓰루요는 그런 것을 確實하게 본 것도 아니다. 少年은 一瞬間 눈을 크게 뜨고서 쓰루요를 보았지만, 그

前에 그녀의 視線은 아래로 떨구고 있었다. 그녀가 본 것은 새 게다의 코 끈이 깊숙이 박혀 있는 少年의 버선의 발끝뿐이었다. 구루미무명의 짙은 냄새가 意識의 어딘가에 隱隱히 감돌고 있다.

少年은 쓰루요의 발밑으로 허리를 구부리고서 흐트러진 떡을 주우려고 했다.

쓰루요는 발끝을 움츠렸다. 自身의 때 묻은 맨발을 신고 있는 낡은 집신과 함께 던져버리고 싶었다. 自身의 초라함에 미움마저 느꼈다. 그것은 일찍이 經驗 해 보지 못했던 感情이기도 했다.

"손대지 마. 저리 비켜……."

깨물 듯한 목소리가 쓰루요의 입속에서 튀어 나왔다. 머릿속이 불처럼 달아올라, 自身이 只今 무슨 말을 지껄이고 있는지 조차도 實은 알지 못했다.

"도련님, 그만 두세요. 손이 더럽혀져요."

書生이 눈을 치켜뜨면서 말렸다.

少年은 兩손으로 하나씩 하나씩, 떡을 집고 허리를 펴고서, 약간 씁쓰레 한 듯이, 뒷도 돌아보지 않고 내려가고 있는 兩親이나 女同生을 바라보고서는 가만히 떡을 쓰루요의 바구니에 넣어 주고서 急히 家族들의 뒤를 따라 트랩을 내려가고 있다.

쓰루요는 떡을 줍기 始作했지만 大部分은 바다 속으로 떨어져 버렸고, 주워 담은 것도 팔 수는 없게 되었다. 다만, 迎接하는 사람들에게 둘러싸여 棧橋를 건너서 埠頭로 向해 가고 있는 少年과 그 家族들에게 自身의 초라한 모습을 보이고 싶지 않았다. 그래서 떡을 줍는 시늉을 하고서 몸을 숙이고 있었다. 暫時 後 一般 船客들이 트랩을 빽빽하게 내리자 쓰루요는 몸을 일으켜 그 느릿느릿한 흐름 속에 몸을 숨겼다.

"이놈! 무슨 짓을 하는 거냐."

기다리고 있던 巡警이 어처구니없는 얼굴로 쓰루요의 볼을 손가락으로 꼬집으면서,

"그렇게 말을 듣지 않으면 이젠 여기서 장사 못하게 할 테다."

여느 때의 쓰루요 였다면 巡警의 손을 뿌리치고 혀를 낼름 내어 밀면서 逃亡쳐 버렸겠지만, 오늘은 妙하게도 뺨을 꼬집힌 그대로 가만히 서 있었다.

巡警은 넋이 빠진 듯 멍하니 서 있는 쓰루요의 얼굴로부터 바구니 쪽으로 눈을 돌리더니 입맛을 쩝쩝 다시고선 흙먼지에 더렵혀진 떡을 하나 둘 헤아리더니 지갑에서 잔돈을 끄집어 내어 바구니 속에 던져 넣었다.

"나중에 어머니께 支署에 다녀 가시도록 말씀 드려. 알

겠지."

쓰루요는 눈은 먼 곳에 둔 채 알았다는 듯이 고개만 끄덕였다.

工事場쪽으로 눈을 돌려 보니까 바쁘게 일하고 있는 男子나 女子들 속에서 어머니 미네만이 손수레와 삼태기를 들고서 우두커니 서서 이쪽을 바라보고 있었다.

表情까지는 알 수가 없지만, 마음이 弱한 미네이고 보면 보지 않아도 알 것 같았다. 쓰루요는 하는 수 없이 그 쪽으로 걸어가고는 있지만 발은 무겁기 짝이 없었다.

"너, 巡警아저씨한테 꾸중을 듣고 있었지. 무슨 일이라도 저질렀느냐."

아니나 다를까, 기다리고 있던 미네는 겁먹은 表情으로 딸애의 얼굴을 드려다 본다. 아직 四十歲도 되지 않았는데도 甚한 勞動에 시달려 온 미네의 얼굴은, 너무도 늙어 보였다.

"나중에 어머니께 支署에 다녀가시래요."

미네는 숨이 막히는 듯한 表情으로 變했다.

"정말이냐. 무슨 일로……?"

"몰라."

"너, 뭔가 사람들에게 弊를 끼치는 일이라도 저지른 것 아니냐."

"아무 짓도 안했어."

쓰루요는 혓바닥을 낼름 내어밀며 氣勢도 좋게 손바닥으로 이마를 찰싹 때렸다. 무언가 있을 때의 버릇이기도 했다.

"쓰루······"

미네는 끌어 당겨 다잡아 물어보려 하였으나, 쓰루요는 敏捷하게 두서너 발자국을 물러나더니 그냥 달려가 버린다.

"걱정 말아요, 엄마. 그런 거 걱정하면 머리가 벗겨져요. 대머리 된대—요."

달리면서 소리친다.

미네는 요 二年前까지만해도 태어난 故鄕인 니이가다(新瀉) 산골 村에서 農事를 짓고 살았었다. 先祖 代代로, 農事꾼들은 모두, 領主의 땅을 管理하는 벼슬아치에게는 勿論, 벼슬아치의 心腹이라면 심지어는 심부름꾼에게라도 머리를 조아리며 살아 왔었다.

메이지(明治) 時代로 바뀌고서 十四年이 지난 只今에는 形式的이긴 하지만 사무라이는 勿論 무릎을 꿇는다거나 하는 것은 없어졌다고는 하지만, 亦是나 官吏는 사무라이에서 바뀌어 졌고, 머리를 조아리는 精神은 繼續해서 生生하게 남아 있는 것이다. 하물며 몇 百年을 조아리며 살아온 人間의 마음이 그렇게 쉬 變할 裡가 없는 것이다. 巡警이라든가 심지어는 部落의 里長에 이르기까지 조금이라도 支配層에 屬하는 人間에 對해서는, 自身도 모르게 마음이 萎縮되어버리는 미네의 性質이라 하더라도, 그 女의 마음 弱함 때문만은 아니었다.

그러나 그런 것들은 勿論 쓰루요에게는 알 턱이 없다. 他人의 面前에서는 머리를 들지 못하는 母親이 답답하기도 하고 不滿스럽기도 했지만, 그러나 그러는 미네가 좋아지기도 했다.

支署에서 방아깨비처럼 머리를 조아리는 미네의 모습이 눈에 선하게 보이는 듯 했지만 달리다보니 그것도 금세 잊혀지고 말았다. 只今의 그 女에게는 自己가 저지른 일에 對해서 自己 스스로 어떻게든 解決 해야만 하는 일이 있었다.

미모토 키사카(三本木坂)의 떡집으로 가서 物件을 못 쓰게 만들었다고 謝過를 하지 않으면 안 되었다. 그 外에도 떡을 한바구니 더 외상으로라도 얻어 와야만 했다. 아침 아홉 時에 데미야를 出發하는 陸蒸氣는 四時에는 삿포로에서 乘客을 태우고 되돌아오기 때문이다.

陸蒸氣의 運行은 하루에 한번 往復밖에 없다. 쓰루요에게는 배가 들고 날 때와 마찬가지로 빼 놓을 수 없는 벌이 時間이기도 했다.

　미모토의 떡집 할머니는 입이 거세기로 이름이 난 사람이다. 마음에 들지 않는 일이라도 있으면, 거센 센다이 사투리로 너나없이 마구잡이로 몰아세우기 때문에, 입이 거칠다고 하는 뱃사람들이나 工事판의 土木雜夫들 까지도 避할 程度였으나 쓰루요는 普通이었다.

　미나토정(港町)까지 오니까 驛 貨物取扱所에서 貨物들을 整理하면서 帳簿에 記入하고 있는 쫀키레氏의 모습이 보였다.

　쫀키레氏는 以前에는 카이쓰(會津)(도꾸가와 幕府時代 니이카다를 中心으로 繁昌했던 藩의 이름)의 一級 武士였다. 카이쓰가 落城 降伏하자 하꼬다데(箱館)의 五稜廓에서 官軍과 抗戰했으며, 에모토 다케요(榎本武揚)들이 降伏했을때 脫走해서 其十年동안 道內를 이리저리 放浪하다가, 오타루에까지 흘러 들어와서 머물게 되었다고는 하지만, 自己 身上에 關해서는 입에 올린 적이 없었기 때문에 確實한것은 알 수가 없다.

　四年前, 큐우슈우에서 세이난전쟁(西南戰爭)이 일어났을 때 맨 먼저 志願해서 從軍했지만, 돌아와서는 前보다도 더더욱 性格이 閉鎖的으로 變했고 누구와도 어울리지도 어울리려고도 하지 않았다.

쫀키레라는 別名은 왼쪽 뺨에 귀 쪽으로 살을 가르는 칼 傷處가 있어, 조금밖에 남아 있지 않은 귓바퀴가 잘 마른 고깃살처럼 오므라들어 돌기처럼 불쑥 튀어나와 있는 것에서 由來 되었다고 한다.

소네 쥬사부로(曾根十三郎)라는 이름도 假名으로서, 實은 가이쓰번(會津藩)에서는 이름 있는 家門이었다는 所聞도 있었다. 나이는 五十을 若干 넘었을까, 그것도 正確한 것을 아는 사람이 없다.

"쫀키레 아저씨, 바쁘시네요."

쓰루요가 목소리를 보내자 소네는 帳簿에서 얼굴을 들었다. 새처럼 어쩐지 氣分이 좋지 않는 눈이긴 하지만, 어떨 땐 그것이 쓸쓸함에 젖어 있을 때도 있었다.

"어쩐 일이냐. 몹시도 바쁜가 보지."

"미모토키 떡집에 떡 가지러 가요. 조금 後에 陸蒸氣가 到着 하거든요."

"陸蒸氣란 말이지……."

하고 소네는 無表情한 목소리로 중얼거린다.

"아버진 집에 계시냐?"

"아아니, 어제, 짐을 지고 삿포로에 갔어요. 허지만 밤에는 돌아오실 거에요."

쓰루요는 천천히 걷던 걸음을 뜀박질로 變하면서 두서

너 발자국을 달리다가, 다시 걸음을 멈추면서 소네를 쳐다보았다.

"쫀키레 아저씨, 아까 적에 배에서 내린, 높으신 官吏 兩班, 알고 있나요?"

"그것쯤이야, 驛貨物 道士 아니냐."

"뭐 하는 사람인데. 도쿄에서 왔겠죠, 틀림없이."

"이번에 開拓使 少書記官이 된 이즈미 쓰나오(伊住通直)라 하는, 사쓰마(薩摩=쿠우슈 서반부의 옛 이름) 出身이지."

소네는 펜대에 잉크를 찍으면서 말했지만, 목소리가 차갑기 짝이 없다.

"쭉 오타루(小樽)에 있을 건가요?"

"아니지. 삿포로(札幌)로 갈걸. 내일 陸蒸氣로 갈 거다. 그런데 왜 그렇게 꼬치꼬치 묻는 거냐?"

"아무것도 아니야. 그냥 물어 본 것뿐이야."

쓰루요는 바구니를 크게 흔들면서 냅다 달리기 始作했다.

少年이 입고 있던 옷의 냄새가 풍겨오는 듯하여 그녀는 달려가면서도 눈을 감고, 코와 입으로 空氣를 깊숙이 드려 마셨다. 하니까, 모처럼 親切하게 떡을 집어 준 少年을, 별안간에 火난 목소리로 소리쳤던 自身이 밉기까지 했다.

　그때에 왜 率直하게 계집애답게 "感謝합니다" 하고 말을 못했을까. 그처럼 마음이 그렇게 즐거웠던 것은 처음이었는데. 내일 아침이 되면 少年은 삿포로로 떠나고 만다. 그렇게 된다면 謝過를 할 機會도 없어진다.

　"야 이놈, 멈춰."

　별안간 귀 언저리에서 怒한 목소리가 들리기에 눈을 떠보니 바로 눈앞에 馬車 말이 얼굴을 내밀고 있었다.

　"눈을 내리 감고서 회오리바람처럼 내달리는 놈이 어데 있어. 몸이라도 다치면 어쩌려고 그래."

　馬夫는 담배를 뻐끔거리면서 수염이 덥수룩한 얼굴로 쓰루요를 흘겨보고 있다.

　"未安해요."

　쓰루요는 氣勢도 좋게 머리를 숙였지만, 말의 머리가 눈앞에 있었기 때문에 말에게 절을 하는 것처럼 보였다. 그리고선 半마장 程度 고개를 숙인 채 걷고 있다가,

　"빌어먹을."

　하면서 갑작스럽게 이마를 찰싹 때리고선 다시 마구 달리기 始作했다. 생각하면 생각할수록 少年에게 火를 낸 自身을 容恕할 수가 없었다.

　미모토키 떡집 할머니는 생각만큼 꾸중도 하지 않고,

떡을 바꿔 주었으며, 停車場에서의 販賣도 順調로웠다. 앞서分을 할머니에게 갚아 드리고나니, 그날 벌이는 땡전 한 푼 남지 않았지만 그런 거쯤은 조금도 苦痛스럽지 않았다. 至毒하게 가난에 쪼들리며 살아오는 것이 몸에 밴 그 女에게는 돈이나 財物들에 對한 執着心이 그렇게 없었다.

쓰루요의 집은 노부가정(信香町)의 길 뒤쪽에 있었다. 집이라고는 하지만, 널빤지로 막은 房 한 칸과 부엌이 딸린 板子집으로서 以前에는 연어 漁場의 그물들을 넣어두던 漁具 倉庫이었다. 너무 낡았기 때문에 부셔버리려고 했는데 그물집의 好意로 빌려 살고 있는 것이다.

쓰루요는 鐵 냄비에 雜穀을 씻어 넣어 밥을 안쳐 房의 火爐위의 냄비걸이에 걸어놓고 초롱에 불을 밝혀 부엌에 걸어 놓은 다음 집신을 삼기 始作했다.

해가 넘어가면 大部分의 집에서는 램프의 불빛이 밝게 비치기 始作하지만, 먹는 것조차도 어려운 身分이고보면 램프는 絶壁위에 핀 꽃이었다. 초롱조차도 미네는 깜깜하기 前까지는 켜지 않았지만, 미네가 집에 없고 보면, 쓰루요는 밖이 조금만 어둑어둑해지면 불을 밝히기 때문에 後에 恒常 꾸중을 듣기도 한다.

집신조리를 한켤레 끝냈을 즈음 미네가 돌아왔다. 그

女는 초롱에 불이 밝혀져 있는 것을 보고서도 아무런 꾸중도 하지 않았다.

오하구로(御鐵漿=옛날 에도時代 이를 까맣게 물들이는 流行)의 군데군데가 벗겨진 이를 들어내면서 쓰루요에게 微笑를 띄운다.

"쓰루야, 이것 봐라, 얘."

하고 무언가 가슴팍에서 끄집어내어 兩손으로 툭툭 친다. 興奮한 나머지 숨소리마저도 떨려 나오고 있었다.

"뭔데, 그게."

"보면 알겠지, 얘, 一円짜리란다."

미네는 쓰루요곁에 쭈그리고 앉아, 돈을 兩손으로 끄집어내어 그것을 뺨에 문지르기도 한다,

"어떻게 된 거야, 그거."

"아까 支署에 갔더니, 支署長이 이것을 주시더구나."

"왠데."

"너, 오늘 無禮하게 굴었던 높은 官員이 계셨지. 이즈미 쓰나오라 하는 少書記官이라 하던가……"

쓰루요는 혓바닥을 낼름 내밀며 손바닥으로 이마를 찰싹 때렸다.

"엄마, 꾸중 많이 들었지."

"그런데 말이다. 그 이즈미氏가 네게 未安하다고 하면

서 이것을 주셨단다."

"그래요?"

쓰루요는 김빠진 대꾸를 하면서도 마음속에서는 이즈미 少書記官의 風貌를 생각해 내려고 애를 써 보았지만, 異常할 程度로 그 印象이 떠오르지 않았다. 그 뒤를 따르던 사람들의 記憶도 確實하게 없었다. 다만 그 少年만큼은, 얼굴도, 모습도, 動作의 微細한 点이나 服裝의 구석구석까지도 그가 바로 只今 눈앞에 서 있는 것처럼 鮮明한 映像으로 비춰지고 있는 것이다.

"이즈미氏는 郡守宅에서 하룻밤 주무시고 내일 아침 삿포로 出發 하신단다. 그런데 내일 너를 다리고 와서 停車場에서 人事라도 드리라고 하시더라."

"싫어. 난, 떡 팔러 가야만 돼. 오늘은 한 푼도 남지 않았고, 來日은 보다 많이 팔지 않으면 안 돼. 난, 바빠요."

"아침에 한번쯤 쉬어도 괜찮아. 그런데 無禮를 저지른 너에게 이렇게 큰돈을 주었지 않느냐. 人事 한번으로 끝낼 일이 아니잖나."

"난, 그런 거 必要 없어. 저쪽이 제멋대로 준 걸 뭐."

"이애, 말버릇 좀 보게. 支署長任의 말씀이다. 목에 새끼줄을 감아서래도 끌고 갈 테다."

"싫어, 난, 안 가."

쓰루요는 삼고 있던 조리를 팽개치고 일어서서 부엌으로 달려 나갔다. 이즈미氏에게 人事를 드리는 것은 아무 일도 아니다. 허지만 이즈미氏는 그 少年과 함께 있을 것이다. 그 女의 모습도 알 수 없는 抵抗感은 바로 여기에 起因 하는 것이다. 그 女 內心의 抵抗感을 꾹 누르고 이즈미 少書記官의 앞에 나타날 程度로 感謝스런 마음이 울어나지 않는 것도 事實이었다.

쓰루요의 집 形便으로 봐서, 一円은 큰 돈이었다. 그러나 그때 이즈미氏가 떡을 둘러엎은 쓰루요에게 한마디 말이라도 건네주던가 억지로라도 微笑라도 보내 주었더라면 그것이 그 女에게는 더더욱 기쁜 일임에 틀림없었을 것이다. 눈 한번 돌리지 않고 지나가 버리고선 支署長을 通해서 돈을 준다는 것은, 그것도 하나의 고마운 뜻이기는 하지만, 아이들 마음에는 感謝스런 마음이 그렇게 깊이 느껴지지를 않는 것이다.

쓰루요는 집 바로 뒤편에 있는 아라쓰지정(新地町)의 깊이 파놓은 도랑을 따라 海岸쪽으로 천천히 걸어갔다. 누덕누덕 기운 베옷의 옆 구멍에 兩손을 뒤로해서 찔러 넣고서 이따금씩 발부리에 채이는 돌멩이를 파 놓은 도랑 속으로 차 넣으면서 걸어가자니, 저쪽에서 동그라미 안에 "井"字 表示를 한 등불이 다가 오는 것이 보였다.

"아-빠-"

쓰루요는 베옷 옆구리에 찔러 넣고 있던 손을 빼고서 萬歲를 부르는 모습으로 등불을 向해서 달려갔다.

"어서 와요. 늦었네요."

"쓰루냐! 왜, 집에 있지 않고. 밤늦게 밖으로 나돌아 다니면 사람잽이에게 잡혀 간단다."

치사꾸(治作)는 허리에 매달리는 쓰루요의 어깨에 손을 돌려 안고서 힘이라고는 하나도 없어 보이는 微笑를 띄운다. 十貫 程度의 짐을 지고서 오타루와 삿포로 사이를 往復 한다는 것은 強한 젊은이로서도 쉬운 일이 아니었다. 치사꾸는 올해 四十九歲였다.

"아빠, 집에 좋은 일이 있어요. 빨리 가요."

쓰루요는 치사꾸의 등 뒤로 돌아가서 빈 지게를 밀었다.

"아아, 쓰루요가 뒤에서 밀어 주니까 한결 좋구나. 좋은 일이라니. 뭘까."

"좋은 일이야. 가보면 알아."

쓰루요는 兩손을 뻗어 힘차게 父親의 등을 밀면서 걸었다.

치사꾸는 미네로부터 事情을 듣고 一円짜리를 보여주자,

"잘 되었구나. 쓰루."

하고 허리에 말 타기 하듯 하고 있는 쓰루요의 어깨를 손가락 끝으로 가볍게 밀었지만 돈에 關해서는 한마디도 하지 않았다.

"싫다면 가지 않아도 좋아. 너만 좋다면야."

"支署長任이 몇 번이나 다짐을 놓았는데요. 그러면 안돼요."

미네가 잡곡밥을 밥공기에 담으면서 말했다.

"이런 땟국이 잘잘 흐르는 코흘리개는 도리어 失禮가 될지 모르거든. 그보다도, 미네, 우리 亦是 마음 다잡아먹고 삿포로로 가지 않겠소"

미네는 냄비걸이에 걸려있는 냄비를 돌리면서 무언가를 중얼거리고 있다. 중얼거리면서 어떻게 對答해야 좋을지 모르겠다는 듯이 가볍게 고개를 흔들거리고 있다.

去年 陸蒸氣가 開通되기 以前까지만해도 삿포로 · 오타루間의 짐들의 輸送은 말이나 사람의 등밖에 없었다. 사람의 품삯은 七貫을 一里 옮기는데 七錢 五厘로서 삿포로 · 오타루間은 七十錢이 普通이었지만, 요즈음은 十貫을 運搬하는데 五十錢 程度인데 그나마도 일 얻기가 수월치가 않았다.

現在로는 陸蒸氣의 往來가 하루에 한번이지만, 조만간

에 三回 往復로 된다고 하며 삿포로 內陸까지의 路線 延長工事가 始作 되었다고 한다. 그렇게 되면 驛貨物取扱所도 廢止된다고 하며, 每日每日을 발(足)만으로 살아가고 있는 맞벌이 勞動者가 살아남을 餘地가 있을 턱이 없었다.

삿포로 移住에 對해서는 只今까지 이따금씩 치사꾸 夫婦사이에는 이야기가 있었다. 元來 二年前 故鄕을 떠나올 때에 삿포로가 그 目的地 이었던 것이다. 그런데 치사꾸 家族이 탄 배에 코레라 患者가 發生하였고, 미네도 狀態가 異常하게 되었기 때문에 오타루에서 下船과 同時에 隔離收容 되었던 것이다. 多幸스럽게도 미네는 코레라가 아니었지만 길고도 먼 뱃길이다 보니 疲勞와 營養失調 때문에 한 달 程度 일어날 수가 없었다. 그러는 사이에 쥐고 있던 얼마간의 돈마저 떨어져 버렸고, 그래서 치사꾸는 鐵道公社의 人夫로 나가거나 고기 철에는 漁夫를 돕는 人夫로 일하거나 하면서 그럭저럭 오타루에 눌러앉게 되어 버렸던 것이다.

"그쪽에 간다고 해도 일자리가 있는지 없는지도 모르잖아요."

"아직까지는 좀 깊숙이 들어간다면 開墾地를 割當해 받을 수도 있을 것 같아. 願한다면 삽이나 괭이까지도 政

府에서 빌려 준다고 하더구먼."

치사꾸는 그렇게 말 하고선 젓가락을 멈추고 조금씩 熱을 올리기 始作했다.

"그런데 開拓 十年 計劃이라 하는 것이 今年에 끝난다는구먼. 只今까지 開拓使가 해오던 여러 가지 事業이 조만간에 모두 民間에게 拂下 된다는 거야. 그렇게 되면 景氣도 좋아지고 사람손도 모자랄게 틀림없거든. 벌써부터 삿포로는 景氣가 좋다고 하던데. 일거리가 없어서 困難하리라는 일은 아마 없을 거야."

"그럴까요. 事實이 그렇다면 좋으련만……"

미네의 마음은 들떠있지 않았다.

開墾地가 있고 農器具나 봄에 播種할 種子는 빌려준다 하더라도 荒蕪地를 開墾하여 最初의 收穫을 거두기까지에는 한 푼 없이 살아가지 않으면 안 된다. 官營事業의 民間拂下로 景氣가 좋게 될 거라고는 하지만 事實 그렇게 될 것인가 그렇지 못할 것인가는 그때가 되지 않으면 알 수가 없다는 氣分이 드는 것이다.

이 分은 언제나 이런 分이다—고 미네는 눈을 살짝 치뜨고서 男便의 얼굴을 슬쩍 훔쳐보았다.

사람이 좋다 뿐 조금이라도 귀가 솔깃한 소리만 들어도 앞뒤 생각 없이 좋아 날뛰는 習性이 치사꾸에게는 있었다.

故鄕을 떠나올 때도 그러했다.

農夫의 次男으로 태어난 德分에, 四十을 넘어서도 自身의 논밭 한때기도 없이 兄任의 小作일에 얽매여 있었고 마누라와 함께 兄任의 집에 얹혀살면서 一生을 보낼 運命이었다. 그러한 그가 新天地 北海道의 꿈같은 所聞을 듣고서는 焦燥하고 들떠서 참을 수가 없게 되었다는 것도 無理가 아니었다.

所聞에 듣기로는 北海道로 건너만 간다면 공짜로 얼마든지 願하는 만큼의 땅을 拂下 받을 수 있고 하룻밤 사이에 大地主가 될 수도 있다는 것이었다.

農器具랑 말이랑 生活資金까지도 모두 開拓使에서 보살펴 준다고 하는 달콤한 말 뿐이었다.

미네는 도리어 그것이 不安이었다.

自己들과 같은 밑바닥 貧寒한 사람으로 태어난 者에게 그러한 幸運이 올 턱이 없을 뿐 아니라 있어서도 좋을 까닭이 없다고 생각했었다.

現實은 미네가 겁내고 있는 바로 그 点 이었다. 모든 開拓移民에 對한 保護政策은 옛날 일이 되어버렸고, 한편 保護政策이라는 것도 所聞 그대로 좋은 것뿐만은 아니었다. 첫째 北海道라하는 土地 바로 그것이 本土의 農村에서 想像하고 있는가와 같은 그러한 土地가 아니었다.

미네는 에치고(越後=지금의 니이가다현)의 한조각 시골의, 고양이 낯짝만 한 故鄕마을이 그리웠다. 무라가미번(村上藩) 五万石의 자그마한 城砦(성채)를 따라 흐르는 미오모테(三面)江의 맑은 물줄기를 따라 三里程度 山間으로 들어가는 이 시골만이 自身들이 살아 갈 땅이었고, 죽어 갈 땅 이었다는 것이 새삼 느껴지기도 했다. 이런 곳을 버리고 떠나 온 것에 對하여 罰을 받고 있다고 생각되기도 했다.

이대로 오타루에 머문다면, 아무것도 되지 못한다는 것이 눈에 선 하지만, 그렇다 고해서, 確實한 保障도 없으면서 겨우 뿌리를 내리려하는 이 土地를 버리고 다시 떠난다는 것은 똑같은 失敗를 되풀이하는 것이 아닌가 하고 미네는 생각하는 것이다.

더군다나 삿포로는 開拓使의 本廳이 있는 土地라곤 하지만, 오타루보다도 훨씬 더 깊숙한 곳이고 에치고의 故鄕 마을과는 더한층 멀어지고 있는 것이다.

"아빠, 우리 집, 삿포로로 移徙 가는 거야?"

아까부터 아버지와 어머니의 얼굴을 번갈아 쳐다보면서 듣고만 있던 쓰루요가 참을 수 없다는 듯이 입을 열었다.

"넌 어때, 삿포로에 가고 싶냐?"

"응, 가고 싶어. 삿포로는 宏莊히 큰 거린가요?"

"아암, 西洋式집도 세워져 있단다."

"가고 싶다. 언제 가는 거야? 아빠, 陸蒸氣 타고 가는 거지."

"陸蒸氣는 안 타. 그건 아빠의 장사의 敵이니까."

치사꾸는 弄談도 眞談도아닌 語套로 말했다.

"우리들 언제쯤이나 故鄕으로 돌아갈는지······."

미네는 혼잣말처럼 중얼거리면서 부엌으로 내려갔다.

食事가 끝나자 뒷설거지를 쓰루요에게 맡기고, 미네는 이따금씩 허드렛일을 맡아 해 주고 있던, 길 건너 鐵物商의 안主人에게 하오리(夫人들의 外出服)를 빌리러 갔다. 돌아올 즈음에 비스듬한 처마 끝에 가벼운 빗소리가 들렸다.

다음날 아침은 거리나 바다가 온통 가랑비에 젖어 있었다.

미네는 계집애의 옷까지 빌려 왔다. 鐵物商에는 애들이 일곱이나 있었다. 빌려온 옷은 쓰루요보다 한살 아래의 계집애가 입던 옷인 것 같다.

쓰루요는 미네가 뭐라고 하든지 간에 그런 거까지 빌려 입고서 그 開拓使의 官僚앞에 머리를 조아리고 싶지도 않았으므로 틈을 보아 집을 나와 버렸다. 헌데, 雨備를 머리에서부터 눌러쓰고 미모토키(三本木)의 떡집으로 간 것은 그 倨慢스런 官吏는 그렇다 치고서라도 같이 온 男子애에게 무언가 謝過라도 할 수 있는 方法이라도 없을까, 머릿속은 온통 그 생각으로 꽉 차 있었다.

 女子답게 "罪悚하고 고마워요" 하고 鄭重히 머리를 수그리면 그보다 더할 나위 없지만 그것이 될 것 같지도 않았다. 쓰루요는 性質이 깐깐하지만, 그렇다고 외固執不通은 아니다. 自身이 잘못되었다고 생각이 들면, 卽時로 自身의 잘못을 빌곤 했지만, 어찌된 영문인지 그 少年에 對해서만은 그렇게 하고 싶어 안달이지만 그것이 되지 않는 것이다.

 少年의 視線을 받고 서 있는 自身을 想像만 해도 머릿속이 뜨겁게 달아올랐다. 謝過하려든 것이 도리어 醜態를 보이고 말 것 같은 마음이 들지 않는 것도 아니다. 그러나 그때의 少年의 親切이 얼마나 기뻤다는 것과, 그런데도 오히려 火를 냈던 것을 얼마나 後悔하고 있다는 것을 어떻게 해서라도 傳해주고 싶었다.

 미모토키에서 언제나처럼 떡을 받고서, 할머니에게 付託하여 一回用 나무도시락을 하나 얻어서 떡 중에 模樣이 제일 좋고 앙꼬(팥소)가 많이 들어있는 것을 다섯 개

골라서 精誠드려 쌓다.

"뭐 하려고 그러느냐, 그것. 나중에 쓰루의 뱃속에 넣어 두려고 그러지."

할머니는 흘겨 보는듯한 흉내를 내면서 놀리고 있다.

"아니야. 이건 特別한 손님에게 드릴거에요."

쓰루요는 뾰로통해져서 대꾸를 했지만 갑자기 바구니 속의 떡으로 視線이 빨려 들어가자 혓바닥에 군침이 도는 것이다. 할머니의 말씀이 너무도 實感的인 刺戟을 그女에게 주었다. 自身이 每日 팔고 있는 떡을 쓰루요는 但 한번이라도 먹어본 일이 없었다.

쓰루요는 큰 雨備로 돌돌 말아서 떡 바구니가 비에 적지 않게 가리면서 할머니의 商店을 나섰다. 나무도시락의 떡은 그 少年에게 膳物로 줄 心算이었다.

沈着하게만 한다면, "이것 드려요" 하는 程度의 말은 할 수가 있겠지. 假슈 한마디 말도 하지 못했다 하더라도 그것만으로도 自身의 感謝의 마음과 謝過한다는 마음은 조금이나마 그 少年에게 通하게 되리라고 쓰루요는 생각했다.

데미야 停車場 앞에까지 와보니 四輛의 客車와 五輛의 貨物車를 연결시킨 蒸氣列車가 이미 홈안에 들어와 있었고, 客車와 함께 아메리카에서 輸入했다고하는 모굴型

機關車인 변경호(弁慶號)가 나팔처럼 끝이 넓적한 煙突에 뭉클뭉클 검은 煙氣를 吐해내고 있었다.

 乘車券 買賣所를 돌아 下等級 待合室의 混雜속을 빠져나와 上等級 待合室의 入口까지 와 보니 그곳에는 몸치장도 훌륭한 二十余名의 一團이 푸른 비로드를 입힌 긴 쇼-파에 느긋하게 앉아있는 이즈미 少書記官 앞에 半圓을 그리면서 서 있었다.

 이즈미의 兩쪽에 나란히 앉아있는 두 사람 中에, 金色의 肩章을 단 옷을 입고, 허리에 칼을 비스듬히 차고 있는 者가 오타루 支署長이고, 크로크 코-트를 입고 있는 날카롭게 생긴 모습의 人物이 오타루 郡守인듯 했다. 椅子에 앉아 있는 사람은 이들 세 사람 뿐이고, 이즈미의 夫人과 아이들은 함께 한쪽 옆에 조용히 서 있었다.

 날렵하게 쓰루요는 操心을 하면서 入口에서 안으로 숨어 들어갔다. 混雜해 있었다면 그냥 비비고 들어갈 수도 있었지만, 待合室 안에는 이들만이 있었기 때문에, 狀況은 너무도 좋지를 못했다. 그러나 어떻게 해서라도 少年의 손에 떡 도시락을 傳해 주어야만 한다는 생각이 그 女로 하여금 勇氣百倍하게 만들었다. 쓰루요는 이를 앙다물고 緊張된 얼굴모습으로 한발자국 내어 디디려고 했는데, 다음瞬間, 反射的으로 몸을 돌려 기둥 뒤로 숨어버렸다. 바로 그때, 이즈미의 앞에 巡警에 이끌리듯 따라 들어 온 미네의 姿態를 보았던 것이다.

巡警은 미네를 끌고 온 것이 아니라 쓰루요에게는 그렇게 보였을 뿐이다. 베로 지은 平常服위에 鐵物商 안主人의 縞銘仙의 하오리를 입고, 巡警 뒤를 따라 들어온 미네의 모습은 屠殺場에 끌려 나온 소처럼 보였다. 그 女는 꾸부정하게 구부린 무릎언저리에 兩손을 갖다 붙이고 허리를 깊숙이 꾸부린 모습으로 操心스레 걸어 나왔지만 얼굴을 들거나 목소리를 내는 것조차도 할 수 없었다.

"이 사람이 다카오까 쓰루요의 어미인 미네라는 사람입니다. 고맙다는 人事를 드리려고 찾아 온 것입니다만."

巡警이 直立不動의 姿勢로 말하자, 미네는 바닥에 엎드리는 것은 아닌가하고 생각할 程度로 무릎과 上體를 접을 程度로 허리를 굽혀 人事를 한다.

이즈미 少書記官은 無表情한 눈매로 미네를 바라보면서 謹嚴하게 支署長 쪽으로 고개를 돌렸다. 說明을 求하는 눈치였다.

"어제 떡 팔이 계집애의 어미올시다."

하고 支署長이 말했다.

이즈미는 가볍게 고개를 끄덕거리는 것 같았다.

巡警은 미네의 어깻죽지에다 손가락으로 쿡 찔렀다. 人

事를 여쭈라는 督促이었으나 미네는 무릎근처에 얼굴을 묻은 채 입이 떨어지지 않았다.

　郡守가 이즈미에게 뭐라고 말하자 이즈미는 낮고 조용한 목소리로 對答하면서도 視線은 미네에게 보내고 있었다. 別로 關心이 없다는 그런 눈매였다. 바닥의 어느 한 곳에 눈길을 보내고 있는 그러한 無表情한 모습이었다.

　미네는 無視되어진채로 微動도 하지 않고 그대로 서 있었다.

　아마도 온몸에 진땀이 흐르고 있음에 틀림없으리라.

　보고 있는 사이에 쓰루요는 무언가 까닭도 알 수 없는 거친 感情이 끌어 올라 몸 全體가 화끈거렸다. 미네가 얼른 일어서서 이즈미의 앞에서 재빨리 물러 나오지 않는가하고 안타까워 견딜 수가 없었다. 달려 나가서 "엄마___ 돌아가요." 하고 끌고 나오고 싶었다.

　미네는 돈 一円의 恩惠때문에 마치 罪人처럼 萎縮되어 自身을 낮추면서 相對의 無視를 참고 있지만, 그 女는 돌아가면 鐵物商 안주인에게 빌려온 옷을 되돌려주고 急히 몸단속을 한 後에 工事場의 人夫로 나가지 않으면 안 되었다. 그렇게 한다 하더라도 반나절분의 日當은 날아가고 마는 것이다. 一円이 그렇게 큰 恩惠가 아니라는 것은 눈에 훤히 보인다.

"乘車準備"

驛務員이 鍾을 흔들면서 소리치기 始作했다.

미네도 마음이 홀가분해 지는 것은 틀림없겠지만, 그보다 쓰루요는 살았구나하는 氣分이 드는 것이다. 驛長의 鍾소리가 조금만 더 늦게 울렸더라면 진짜로 待合室로 뛰어 들어 갔을는지도 몰랐기 때문이다. 이즈미들이 일어서자 巡警은 손짓으로 물러가라고 하는 것이 보이고 그 女의 모습은 사람들의 뒤쪽으로 사라졌다. 쓰루요는 上等待合室로 달려가서, 이즈미들을 先頭로 해서 改札口 쪽으로 移動하고 있는 餞送人들 속으로 끼어들었다.

雨備를 옆구리에 끼고, 떡 광주리를 가슴에 안고서 사람들의 허리를 요리조리 避하면서 맨 앞으로 나와 보니, 별안간에 생각지도 못했던 눈앞에, 少年의 검은 곤색의 어깨가 있었다. 少年은 兩親과 女同生의 뒤를 따라 改札口를 막 나가려 하고 있었다.

쓰루요는 바구니속의 떡 꾸러미를 집어 들고, 少年을 등 뒤에서 부르려 했다. 그러나 생각과는 달리 목소리가 나오지 않았다.

精神없이 떡 꾸러미를 집어, 少年의 어깨를 두드렸으나 바로 그때 少年은 홈으로 들어가 버리고, 그 女의 손은 보람도 없이 虛空을 두드렸을 뿐이었다.

그러는 사이, 홈으로 들어가지 못했던 餞送人들이 조금이라도 먼저 나가려고 밀치고 하는 사이에 쓰루요의 자그마한 몸뚱이는 그 人波속에 묻혀버리고 말았다.

發車準備의 汽笛이 길게 끌면서 울리기 始作 했다. 한 번 더 汽笛이 울리면 汽車는 發車하는 것이다. 겹겹이 둘러싸인 사람들에게 막혀서 쓰루요에게는 보이지 않았지만 이미 이즈미들은 上等級 車에 完全히 타 버린 것 같았다.

이젠 時間이 늦었다.

쓰루요는 사람壁을 뚫고 나와서 待合室을 빠져 밖으로 뛰어 나왔다. 陸蒸氣는 停車場을 出發하여 暫時後에 나지막하게 줄지어 서있는 검은색의 市街地를 달린다. 道路위에 臨時로 鐵路를 깔은 것처럼 防柵도 없다.

쓰루요는 달리면서 自身이 陸蒸氣보다 먼저 달리려고 하고 있다고 느꼈다. 그렇게 하더라도 進行中의 列車에 떡 꾸러미를 傳達 할 수도 없을 뿐인데도 무엇 때문에 그렇게 하는지 自身도 알 수가 없었다. 알 수 없으면서도 精神없이 달렸다.

두 번째의 汽笛이 긴 餘韻을 끌면서, 灰色 하늘에 가득 펴졌다.

海岸線을 따라 달리는 車輪의 소리와 汽笛소리 때문에

靑魚가 들어오지를 않는다고 漁夫들이 騷亂을 피울 程度로, 멀리까지 울리는 긴 소리 였다.

사카이정(堺町)의 오코바치江의 기슭에까지 달려와서 쓰루요는 발을 멈추었다. 입속이 메마르고, 心臟이 목구멍으로 튀어 나올 것같이 苦痛스러웠다. 그 女는 고개를 쳐들고 얼굴을 빗방울에 부딪치면서 水面으로 떠오르는 고기처럼 입을 벌리고 눈을 감은 채 혓바닥으로 빗방울을 받았다. 그리고 젖은 얼굴을 亂暴스럽게 훔치고서 只今 달려온 길을 뒤돌아보았다.

列車는 地軸을 울리면서 벌써 近處까지 다가오고 있었다. 쓰루요는 어깨로 숨을 쉬면서 路線 저쪽으로 눈망울을 돌렸다. 반쯤 편 부채模樣의 排障器를, 路線의 全面으로 쑥 내어 밀고서, 나팔꽃 模樣의 煙突에서 煙氣를 吐하면서 달려오는 弁慶號의 모습이 보였다.

上等車가 列車의 어디쯤에 連結되어 있는가, 그 女는 이때껏 注意해서 본 일도 없었다. 그러나 上等客車는 한 輛밖에 없으므로 精神을 차리고 보지 않으면 놓쳐버리고 말 것 같았다. 그 女는 떡 꾸러미를 움켜쥐었다. 少年이 窓門곁에 있어주었으면 하고 바랬다. 그 窓門이 또한 열려있기를 바랬다.

땅울림이 발밑을 흔들면서 그 女를 삼켜버리듯, 弁慶號

는 검은 쇳덩이가 되어 눈앞을 끊을 듯이 스쳐 지나가 버렸다. 窓門의 列이 줄지어 흘러갔다. 大槪의 窓門에, 男子나 女子의 얼굴이 알아 볼 듯이 보였다. 그러나 어느 얼굴도 區別 할 수 없는 사이에 貨車가 뒤따르고 그리고 列車는 오코바찌江의 陸橋를 빠져 나가고 있었다.

쓰루요는 한쪽 손으로 떡 꾸러미를 높이 들어 올리면서, 列車를 따라 달렸지만, 暫時後 漸漸 다리가 풀려졌다. 路線의 위에서 列車는 그 꼬리가 漸漸 작아져갔다.

"이 자식아. 빨랑빨랑 꺼져버려.—"

이제는 검고 가느다란 띄처럼 되어서 산허리와 그 아래에 펼쳐있는 집들의 그늘 속으로 사라져가는 陸蒸氣를 向하여 쓰루요는 온힘을 다해서 소리 질렀다.

그와 同時에 그 女의 손가락은 떡 꾸러미를 헤집고 떡을 꺼내어 自身의 입으로 가져갔다.

"맛있다. 맛있단 말이야……. 새파란 박쪼가리, 이 새끼야."

쓰루요는 개가 짖어 대듯이 소리쳤다.

2

 집밖에서 들려오는 異常한 기척에 맨 처음 눈을 뜬 것은 쓰루요였다.
 저녁 무렵부터 불기 始作한 거센 南風이 새벽녘이 되자 漸漸 그 勢를 더하여, 그렇지 않아도 겨우 支撑하고 서 있는 板子집이 只今이라도 훌쩍 날아가 버릴 程度로 흔들리고 있지만 쓰루요의 잠을 깨운 것은 그 삐걱거리는 소리 뿐만은 아니었다. 바다가 우는 듯 한 무언가가 와글거리는 소리와 어지럽게 物件이 튕기는 듯한 소리가 뒤섞여 있었다.
 치사꾸와 미네는 진흙탕에라도 빠진 듯이 잠에 흠뻑 빠져 있었다.
 三日前에도 暴風雨가 있어서, 靑魚잡이에 나갔던 漁船들의 殆半이 遭難을 當했고, 바다는 많은 數의 漁夫들을 삼켜 버렸었다. 오타루의 內川에서도 건져 올린 死體가 제법 많았다.

치사꾸와 미네도 近處의 여러분과 함께 郡廳으로부터의 緊急使役에 나갔었고, 死體를 끌어 올려 파묻거나 작은 배에 실어 가쓰노우(勝納)江까지 싣고 오거나 하는 勞役이 繼續되고 있어서 너무도 疲勞해 있었다.

집안에 時計가 없었으므로, 正確한 時間은 알 수가 없지만, 어미 子息이 솜이 다 빠져버린 얄팍한 이불속으로 들어가고부터 아직 그렇게 時刻이 흐르지 않았기 때문에, 열 時인가 열 한 時쯤 되었는지도 모르겠다.

쓰루요는 어둠속에서 귀를 곤두세우고 있었지만, 부서진 문틈 사이가 시뻘겋게 물들여져 있는 것을 보고서 精神이 번쩍 들어 콩 튀듯 뻘떡 일어나 맨발로 부엌으로 뛰어 나갔다. 그리고선 반쯤 열려진 판자門을 여는 瞬間, 그 女는 가슴이 멎어버리는 듯 숨을 쉴 수가 없었다.

좁다란 道路를 건너 나지막하게 줄지어 서 있는 집들의 지붕이 그림처럼 거뭇거뭇하게 떠올라 있다. 그 바로 저쪽 편은 하늘 가득이 널따란 불기둥이었다. 뿜어 오르는 불티가 熱風에 흔들리면서, 붉은 눈처럼 휘날리고, 그것이 마치 海溢이 밀어 닥치는 듯한 소리를 내면서, 불기둥과 함께, 빙글빙글 돌면서, 밤하늘을 뒤덮고 있었다. 道

路는 夕陽빛을 받은 듯이 환하게 밝아 있었다.

온몸에 惡寒이 달리고, 쓰루요는 다리가 떨려서 더 以上 서 있을 수가 없었다. 兩손으로 기둥을 붙든 채 소리를 지르려고 했지만, 목소리마저 나오지 않았다.

"불……. 불이야……."

가까스로 소리를 질렀다고 느꼈다.

그러나 몸에 얼이 빠져버린 듯이 말이 되어 나오지 못하고, 意味도 알 수 없는 낮은 쉰 목소리가 가뜩이 목구멍에 채워져서 새어 나오고 있을 뿐이었다.

바로 그때, 검으스레 하게 늘어서 있는 건너편 지붕 하나가 별안간에 시뻘건 불을 吐하기 始作했다. 그러자 믿을 수 없는 速度로 모든 지붕이 불에 휩싸이고 말았다.

쓰루요는 門앞에 엉덩방아를 찧듯이 뛰어들어 왔다.

"아빠. 불이야. 火災가 났다니까요."

쓰루요는 반 울음소리로 소리를 질렀다. 이번에는 스스로도 깜짝 놀랄 程度로 믿을 수 없을 만큼 큰 목소리 였다. 치사꾸와 미네는 그 목소리에 一旦은 눈을 떴다.

치사꾸는 부엌으로 구르듯이 내려섰지만, 門 바깥쪽은 하늘이고 길이고간에 온통 불바다로 變해 있기 때문에, 슬쩍 바라다 본 것뿐으로, 動作이 멈춰지고 말았다. 그는 말문이 막혀버린 듯, 눈을 부릅뜨고선, 右往左往 부엌을

맴돌았다.

미네도 치사꾸를 따라 부엌으로 내려섰지만, 그 女가 茫然自失, 우뚝 선채로 넋을 잃은 듯한 動作을 한 것은 但 몇 秒에 지나지 않았다. 사람의 얼굴도 마주 바라보지 못하는 程度로 마음이 여린 그 女에게, 이런 생각할 수도 없는 沈着함과 勇氣가 어디에 숨겨져 있었는지, 미네의 態度는 그때에 完全히 바뀌어졌다.

"쓰루. 精神을 빼앗겨서는 안 된다. 엄마가 네 곁에 있으니까."

미네는 入口에 엉덩이를 내리고 쭈그리고 앉아서 훌쩍거리고 있는 쓰루요의 목덜미를 끄집어 올리면서, 沈着한 목소리로 달래주었다.

"아빠랑 쓰루요, 옷을 입을 만큼 껴입어요. 몸 하나만 빠져 나가면 되니까 唐慌할 必要는 없단다."

치사꾸나 쓰루요는 그러한 미네의 말에 어느 程度 精神을 차렸다. 미네의 意外로 沈着한 態度가 突然한 恐怖에 壓倒 當해 있던 마음에 얼마간의 餘裕를 回復시켜 주었던 것이다.

"엄마, 지붕이 불타고 있어요."

재빠르게 몇 가지 옷을 껴입고 紫木綿의 三尺帶를 이리저리 휘둘러 매고 있으면서 지붕을 쳐다본 쓰루요가 말했다.

"쓰루, 이불을 있는 대로 부엌마당으로 던지거라."

미네는 벌써 옷을 다 입고 등에 보자기 꾸러미를 비스듬히 매고서, 물을 길어서 부어놓는 물통 곁에 서서 소리를 지른다. 치사꾸와 쓰루요가 끌어내어 놓은 이불위에다 미네는 언저리까지 물이 가득 채워져 있는 솥을 넘어 뜨렸다.

"자아, 모두 이것을 눌러쓰고 산 쪽으로 달리는 거다. 쓰루, 놓치지 말고, 精神 똑바로 차리고 따라 오는 거다."

미네는 촉촉이 젖은 이불을 쓰루요와 男便에게 쥐어주면서 自身도 남은 한 장을 머리에서부터 푹 눌러 섰다. 그때에는, 낡은 板子위에 바람에 날리지 않게 돌을 올려 놓은 것뿐인 天井은 벌써 붉은 아지랑이를 깔아 놓은 듯이 보였다.

미네를 先頭로해서 쓰루요를 가운데에 꼭 끼우고선 세 사람은 한 덩어리가 되어서 바깥의 불의 洪水 속으로 뛰어 들었다.

메이지(明治)十四年 五月 二十一日 야밤에 일어난 이 火災는, 但 하룻밤 사이에 오타루(小樽)市街地의 地圖를 바꿔 놓을 程度의 큰 火災였다.

發火는 유곽가(遊廓街)인 곤단정(金曇町)에 가까운 와까마쓰정(若松町)의, 히노데야(日之出屋)라는 料亭이라고도 하고, 또는 有名한 춤추는 곳이라고도 하였지만, 여하튼간에 이것을 곤단정 火災라고 불렀다.

　사랑스런 곤단정 왜 그렇게 탔을까.
　자면서도 돈을 뜯는 그 罰로서
　서른세 칸 집들이 모조리 탔구나.

　이와 같이 當時의 俗된 노래로 불리어지기도 했지만, 全燒된 것은 곤단정의 妓樓뿐만이 아니었다.
　불은 南쪽에서 불어오는 熱風을 타고, 發因地였던 와까마쓰정(若松町)은 勿論, 隣接한 노부가정(信香町), 곤단정(金曇町), 류도꾸정(龍德町), 카이운정(開運町)등 十一個町의 五百八十余戶를 잿더미로 만들었다. 말해서 當時의 繁榮하고 있던 오타루의 거리는, 이 火災로 因하여 하룻밤 사이에 全滅하고 말았던 것이다.
　그런 後, 노부가町 周邊에 모여 있던 여러 官廳을 爲始해서 經濟機關이나 商街등도 北쪽켠으로 移動하게 되었고, 새로운 繁榮中心이 港口의 北쪽켠으로 發展하게 된 原因을 만들었다는 点에서 그날 밤의 大火災는 오타루의

歷史를 바꾸어 놓았다고도 할 수 있겠다.

쓰루요들은 波濤처럼 밀려오는 불기둥 속을 헤치면서 산 쪽에 있는 오꾸자와정(奧澤町)까지 避해와서, 千辛萬苦끝에 천만궁(天滿宮)의 境內로 들어갈 수 있었다.

쓰루요나 미네도, 둘러쓰고 있던 이불이 군데군데 타서 헌 걸레조각처럼 되어 버렸으나, 용케도 傷處하나 없이 끝났다.

그러나 치사꾸는 이불이 타면서 뿜어 나오는 煙氣가 苦痛스러워 途中에서 벗어버렸기 때문에, 어깨나 팔목에 가벼운 火傷을 입었다.

미네가 瞬間的인 判斷에서 山方向으로 逃亡하라고 指示한 것은 賢明한 處事라고 말하지 않을 수 없었다. 불에 쫓겨 反射的으로 물을 聯想하고 바다 쪽으로 逃亡친 群衆들 中에서는 불과 바다에 빠져서 많은 死傷者가 發生했다고 했다.

천만궁의 境內로부터, 하늘을 검붉게 타오르는 불바다가 눈 아래 펼쳐져 보였다. 그것은 가까이에, 巨大한 불의 屛風이 눈앞에 펼쳐져 있는 듯이 보였다.

"여기도 危險할런지도 모르겠군. 좀더 산속으로 들어가는 것이 어떨까."

치사꾸는 놀란 눈을 휘둥그레 뜨면서 미네를 바라보

았다.

"먼저 숨을 좀 돌리고 狀態를 보자고요. 밤에는 불이 가깝게 보이거든요. 바람方向만 바뀌지 않는다면 예까지는 오지 않으리라 보이긴 하지만."

미네는 떨고 있는 쓰루요를 품에 꼭 끌어안고서, 잠자코 불바다를 내려다보면서 分明한 語調로 말했다.

普通때의 미네와 치사꾸가 完全히 뒤바뀐 狀態가 되어 버렸다. 쓰루요는 놀란 나머지 아직도 皮膚에 닭살이 돋아 있지만, 마음 어딘가 한구석에 눈을 활짝 뜨게 하는 생각이 있었다. 假令일러 境內까지 불이 타들어 온다고 하더라도 미네에게 이렇게 안겨 있으면 걱정 없다는 氣分 이었다. 이것은 일찍이 느껴보지 못했던 마음의 經驗이었다.

어느 틈에 境內는 避難民으로 꽉 차 버렸다. 어린애의 울음소리나 神經을 곤두세우는 女子의 날카로운 목소리가 어둠속의 이곳저곳에서 들려왔다.

"이 거리도 이젠 그만이로구나……. 모두 잿더미로 變해 버렸으니. 뭔가 남은 게 있어야지."

치사꾸는 떨리는 목소리로 중얼거리고 있다.

보자기 속에는 밥 말린 것 外에 치사꾸와 쓰루요의 깨끗이 빨아 놓은 속옷과 냄비, 그리고 나무 밥공기가 세

개, 그리고 새로 삼은 집신이 세 켤레 있었다. 짧디 짧은 瞬間的인 미네의 機智였다.

　미네는 事務所에 가서 수건에 菜種油를 적셔가지고 와서 그것을 찢어서 치사꾸의 팔의 火傷에 繃帶처럼 동여매었다.

　그러는 사이에도 避難民은 무리를 지어 繼續 올라 왔으며, 境內는 立錐의 餘地도 없이 變해 버렸고, 萬一 바람의 方向이라도 變한다면, 收拾할 수도 없는 混亂狀態에 빠지리라는 것은 뻔한 事實이었다.

　"이렇게 뭉쳐 있으면 危險하다. 뒷산으로 分散 하라."

　神官이 소리 높여 외치고 있었지만, 힘들어서 겨우 到着한 安全地帶를 떠나 다른 곳으로 移動하려는 사람은 한사람도 없었다.

　쓰루요 家族은 이들 數많은 사람들 틈에 있었다. 그들은 天滿宮의 뒷산으로 올라 가, 樹林사이의 풀숲에 이슬을 떨구고 서로 몸을 붙였다.

　"이렇게 되어버렸으니, 내일부터 어쩌면 좋다지."

　치사꾸는 검은 樹林사이로 벌겋게 퍼져가고 있는 불의 帳幕을 내려다보면서 중얼거리고 있다.

　똑같은 생각은 쓰루요의 자그마한 가슴속에서도 어둡게 울리고 있었다. 불면 날아가 버릴 程度로 낡아빠진 板

子집이라도, 내 집이었고, 生活의 本據地 였다. 그것이 어느 날 갑자기 없어져 버리고 나니 그 낡아빠진 오두막이 그렇게도 마음의 큰 支柱였다는 것을 새삼 알게 되었다. 그렇지만 쓰루요는 自身의 不安스런 마음을 表面에 들어내어 보이지 않았다. 미네나 치사꾸에게 空然스레 걱정만 끼치게 된다는 것을 알고 있기 때문이다.

"災難은 우리만 當한게 아니라고요. 오타루가 全部 타버린 것은 아니잖아요. 어떻게 되겠죠. 사람 八字 굶어서 죽으라는 法은 없어요."

미네는 이렇게 말하고서,

"쓰루. 只今 좀 자 두거라."

하고 쓰루요의 머리를 自身의 무릎사이로 끌어안았다.

쓰루요는 고개를 끄덕거리고선 눈을 감았지만, 도저히 잠이 올 턱이 없었다.

"여보, 只今도 삿포로에 가고 싶으세요."

쓰루요의 머리 위에서 미네의 조용한 목소리가 들렸다.

"글쎄다. 잘 모르겠다고. 어떡하면 좋을지……."

"於此彼, 우리들 이 土地에 남는 다해도 잠 잘 집 한 칸 없어요. 當身이 가고 싶어 하는 土地에 가서 처음부터 새로 始作하는게 어떠세요."

"어디에 가든, 나란 놈은 運도 지지리도 없는 놈이야.

삿포로에 到着하기도 前에 우리 食口 세 사람은 벌판에서 굶어 죽고 말거야."

"나요, 조금이지만 돈을 가지고 있어요. 여기 四円 七十錢 있어요."

미네는 허리 깊숙이에 손을 넣더니, 맨몸에 둘둘 말려있던, 손으로 만든 纏帶(전대)를 끌러 놓았다.

纏帶속의 四円 七十錢은 모두 少額의 硬貨들 뿐으로, 받아들은 치사꾸의 손바닥이 묵직하게 느껴졌다.

치사꾸는 稀微한 불빛으로 어슴푸레한 어둠속에서 손바닥위에 놓여있는 纏帶와 야위어 거칠하게 느껴지는 미네의 얼굴을 번갈아 보았다. 무슨 돈이냐고 묻지도 않았다. 먹는 둥 마는 둥의 그날그날의 生活속에서 文字그대로 손톱에 불을 집히면서도, 미네는 萬一에 對한 準備를 怠慢할 수가 없었던 것이다.

이 數年間, 物價高가 繼續되고 있다고는 하지만, 쌀이 한 되에 八錢 五厘, 된장 一貫에 二十一錢의 時勢였다. 그런데도 四年前 세이난(西南) 戰爭以後, 政府가 紙幣를 濫發한 關係로 紙幣의 價値는 下落이 繼續되고 있었으므로 當然히 硬貨의 信用度가 높아져, 近年 四月에는 硬貨 一円에 對해서 紙幣 一円 八十一錢의 價値로 流通되고 있었다. 四円 七十錢의 硬貨는 紙幣로 바꾼다면 十円에

가까운 돈이다.

"當身, 어느 사이에……. 다시 봐야겠구려. 미네 大明神이로구먼."

치사꾸는 纏帶를 접어서 톡톡 두드렸다. 그는 재빠르게 元氣를 되찾아, 여느 때의 樂天的인 치사꾸로 되돌아가기 始作 했다.

"當身이 元氣를 되찾아서 다시 한 번 熱心히 努力해 주신다면 저도 기뻐요. 北海道 변두리까지 흘러와서, 저나 우리 쓰루는 當身밖에 依支할 곳이 없으니까요."

"잘 알고 있다오. 나도 男子다. 돌멩이에 짓이겨 지더라도 깃발 한번 세우지 못한다면 故鄕의 여러分들에 對해서도 얼굴을 對할 수가 없지. 좋아, 좋고말고. 삿포로로 가는 거다. 가서 다시 한 번 始作해 보자고요."

"저도 熱心히 일 하겠어요. 그 代身 삿포로에 가면, 이번에야말로 苦生이 되더라도 뿌리를 내리고 일 해 주세요. 우리들 셋 모두 삿포로의 흙이 된다. 이렇게 생각해 주세요."

"하고말고. 삿포로로 가기로 決心한 것은 當身이잖나. 當身이 그런 마음이라면 나도 하나고 둘이고가 없지."

미네는 삿포로에로 가는 것을 싫어한 것은 아니라고 말하고서 입을 다물었다. 一旦 뿌리를 내린 故鄕땅 같은 곳을 손쉽게 버리는 것이 싫었기 때문이었다.

어느 곳을 가더라도 처음부터 樂土가 기다리고 있을 裡도 없고, 苦生을 참지 못하고 또 다시 다른 땅에 눈을 돌려 이리저리 轉轉하다보면 結局 뿌리 없는 풀포기 身世가 되어 一生을 마치는 것이 不安스러웠기 때문이었다.

그러나 삿포로는 처음부터 치사꾸가 눈여기던 땅이기도 했다. 이번에는 그도 그곳에 뼈를 묻을 覺悟가 되어 있음에 틀림없다고 미네는 생각했다. 男便을 믿고 男便에게 自身의 人生 全部를 바치면서 따르는 것은 미네와 같은 女人이 가지고 있는 커다란 能力 中에 하나이기도 했다.

쓰루요는 미네의 무릎베개에서 눈을 감거나 뜨거나 하면서 이들의 對話를 듣고 있었다.

그 女는 只今까지 어느 쪽이었냐 하면 樂天的이면서도 상냥한 치사꾸쪽이 좋았었다. 마음이 弱하고, 他人 앞에서는 얼굴을 들지 못하는 미네는 좋아하기는 했어도 어쩐지 답답하다는 생각이 들었었다.

그런데 이 밤, 쓰루요는 自身의 마음속에서 미네가 다른 사람으로 비춰지기 始作했다고 느껴졌다.

아침이 되고서부터 바람이 多少間 弱해졌다고는 하지만, 거리는 아직도 繼續 불타고 있었다.

쓰루요가 주워 온 나뭇가지로 불을 집히고 냄비에 물을 붓고 물을 끓여 말린 밥을 다시 불려 배를 채우고선, 치사꾸는 거리의 狀態를 본답시고 山을 내려갔다. 되돌아 온 것은 저녁이 다 되어서였다. 쫀끼레氏라는 別名의 소네 쥬사부로와 함께였다. 소네도 火傷을 입었는지 머리에 때 묻은 繃帶를 두껍게 감고 있었다.

그때쯤 되어서 불은 겨우 잡혀지고 山에서는 불빛이 보이지 않게 되었으나, 아직도 하늘 가득히 검은 煙氣가 피어오르고 있었다.

"쓰루. 無事해서 多幸이다."

소네는 쓰루요의 머리위에 손을 얹고서 언제나처럼 變함없는 無表情한 목소리로 말했다.

"소네氏도 多幸히 無事해서……."

미네는 불에 탄 이불을 접어서 풀 위에 깔고서 소네를 爲해 자리를 만들었다.

"난 말이죠, 혼자 몸이라서 이런 때에는 處身하기 좋지만, 驛 貨物 取扱所가 불에 타는데 내버려 두고 逃亡 칠 수도 없고 해서 말이죠."

"貨物 取扱所도 불에 타 버렸어요?"

"貨物 取扱所도, 郡廳도, 開拓使 出張所도, 警察署도, 海關所도 하나도 남김없이 모조리 잿더미로 變해버렸다오. 오타루가 없어져 버렸다니까."

치사꾸가 若干 興奮된 얼굴을 하면서 입을 열었다.

"미네. 귀가 번쩍 뜨이는 이야기가 있구먼. 삿포로에 가려면 險하기 짝이 없는 길이라서 쓰루의 다리로서는 無理라고 생각되어서 걱정하고 있었는데, 소네氏의 이야기지만, 이시카리까지 공짜로 배를 태워 주겠다는구먼."

"헤에-, 정말인가요."

"來日, 第二이시카리마루(第二石狩丸)라는 開拓使의 배가 出港할 豫定으로 되어 있는데, 罹災民으로서 이시카리(石狩)方面으로 갈 사람은 공짜로 배를 태워 준다는구먼. 當身네들도 삿포로로 옮길 決心이라고 하던데."

"거기로 가서 새로 始作 해 보려는 참이지요."

"그럼, 내가 手續을 해 주겠소. 헌데, 第二이시카리마루는 이시카리江 入口까지만 가는 것이기 때문에, 그 後로는 다시 작은 배에 옮겨 타야만 하지만 陸路로 돌아 가는 것보다는 훨씬 쉬울 거요."

"쫀끼레氏도 같이 안 갈래요."

쓰루요가 눈을 반짝이면서 말한다.

"쓰루. 그런 失禮말씀을 해서는 안 되지."

미네가 唐慌해서 쓰루요를 나무랐지만, 소네는 눈 깊숙이에 아련한 微笑를 머금었다.

"그렇게 말 해 주니까 고맙기는 하지만, 난 아마시(余市)로 가려고 한단다."

"아마시에는 아는 사람이라도 있습니까?"

치사꾸가 그렇게 물어보자, 소네는 눈에서 웃음을 거두었다. 그의 뺨에 痙攣과 같은 것이 흘러 지나갔다.

"아마시에는 나와 같은 카이쓰藩 사람들이 二百戶 程度 모여 살고 있다오. 옛날 같은 번(藩)에서 살던 사람들끼리 어울려 살다보면, 어느 程度는 사쓰죠오(薩長=가고시마 周圍의 옛 이름) 政府의 橫暴를 잊을 수 있을는지도 모르지."

※【(번)藩=江戶(에도)時代 다이묘(大名=一萬石以上인 武家)의 領地나 그 政治形態】

미네가 저녁밥 代身 말린 밥을 더운 물에 끓여 공기에 담아 권하자 죤끼레氏는 그것을 쓰루요 앞으로 밀어 놓으면서,

"이럴 때일수록 貴重한 食糧을 남에게 함부로 주거나 하는 것은 곧 自身이 他人에게 依支하게되는 거라고요. 이제부터라도, 어디로 가든 괴로운 生活이 오랫동안 繼續될테니까, 무엇보다도 먼저 自己 스스로 自身의 몸을 지킬 줄 알아야 하오. 北海道처럼 苛酷한 土地에서 살아가기 爲해서는 그러는 것이 道德的 義理의 根本이라는

것을 記憶해 두는 것이 좋을 거요."

하고 말하고선 자리에서 일어섰다.

미네는 한대 얻어 맞은 듯, 어깨를 떨어뜨리고 고개를 떨어뜨렸다.

치사꾸는 아직도 完全히 불길이 잡히지 않은 거리를 소네氏와 같이 山을 내려가서 어둑어둑해지자 若干의 쌀과 된장을 가지고 돌아왔다. 罹災民의 어른 한사람에 對해서, 하루에 쌀 三合과 된장 二百그램, 十五歲 以下의 애들에게는 쌀 二合과 百그램씩 配給 되는데, 以後 七日間만 郡廳에서 配給해 준다고 했다.

"나야 글을 쓸 줄도 모르고, 本人이 出頭하지 않으면 配給을 안준다기에 當身 몫하고 쓰루 몫은 抛棄했는데 소네씨가 手續을 해 주어서 三人分을 全部 받아 왔지." 하고 치사꾸가 말 하는 것을 듣고서,

"소네라는 사람, 무서운 사람 같기도 하고, 좋은 사람 같기도 하고, 진짜 알 수 없는 사람이네요."

미네는 疑惑이 가득한듯한 微笑를 띄우고 있다.

"世上을 바른 눈으로 보고 있지 않다는 것은 틀림없지만, 사무라이(武士)出身으로서 우리들과 같은 것들에게도 사람대접을 해 주시거든. 뿌리는 좋은 分이야."

치사꾸는 그렇게 말하고선 꺼칠한 수염투성이의 얼굴

에 쓴웃음을 지어 보이는 것이었다.

"그런데 말이야, 出身이 사무라이라서, 곧잘 어려운 말을 하는 데는 질려버린 다니까. 아까 적에도 말이야, 當身이 배우지 못한 것은 하는 수 없지만, 쓰루가 열세 살이 되도록 까지 읽기 쓰기를 가르쳐 주지도 않고, 마냥 두는 것은 크게 잘못된 일이라고 마구 나무라는 거야."

"쓰루가 마음에 걸렸던가보죠."

"아니지. 계집애들에게는 읽기 쓰기 같은 거 아무짝에도 必要없어. 쓰루, 너 工夫 하고 싶으냐."

"아니야, 하고 싶지 않아, 그까짓 거."

쓰루요는 힘차게 머리를 흔들었다. 그 女는 工夫라는 것을 생각해 본 일도 없고, 自身이 工夫하러 學校에 다니는 날이 오리라고는 생각지도 않았다.

더군다나, 只今 그 女는 그럴 틈이 없었다. 그 女의 腦裡속에는 아직도 본 일도 없는 삿포로의 그림으로 꽉 차 있었다.

想像해 볼 수 있는 方法도 없는 것이다. 그러나 그것은 廣大한, 그리고 아름다운 거리에는 틀림 없을 것 같았다. 치사꾸의 이야기를 들어보면 西洋式 집들로 가득 지어져 있다고 했고, 모든 사람이 官員처럼 洋服을 입고 훌륭한 馬車를 타고 다닐지도 모른다. 來日 그곳을 向하여 出發

하려는 것이다.

두밤째의 野宿도, 쓰루요는 가슴이 울렁거려 끝내는 반짝이기 始作하는 별빛을 쳐다보면서 밤늦게까지 잠을 이룰 수가 없었다.

다음 날 아침 일찍이, 쓰루요 父女는 어머니가 가져 내온 새 조리를 신고서 오꾸자와의 山을 내려왔다.

거리는 눈이 닿을 만 한데는 무두 타 버렸다. 미네는 불타버린 벌판 가운데의 새하얗게 말라있는 길을 따라, 港口쪽으로 내려가면서, 二年余동안 살고 있었던 노부가정(信香町) 近處를 휘둘러 찾아보았으나 分揀할 수가 없었다.

불에 타버린 廢墟의 가는 곳마다 아직도 하얀 煙氣가 뭉게뭉게 피어오르고 있고, 매큼한 空氣가 목구멍을 刺戟하고 있다. 타버린 자국에로 찾아오는 사람은 아직 눈에 보이지 않는다.

船艙에서 소네 쥬사브로가 기다리고 있었다.

소네는 約束대로 乘線手續을 끝마쳐 준 것 以外에도 5되程度의 쌀과 된장 꾸러미를 들려주었다. 罹災民 配給으로 쓰루요 家族의 나머지 六日分을, 全部 받아내어 왔다고 했다.

이젠 이 거리를 떠나기 때문에, 치사꾸는 辭讓 했으나,

罹災民의 當然한 權利를 抛棄해 버릴 必要가 없다고, 소네는 前과 다름없이 冷情하게 꾸중하는 듯한 語調로 말했다.

開拓使 附屬船 이시카리마루(石狩丸)는 第一號에서 四號까지 있어, 쓰루요들이 타기로 되어있는 第二이시카리마루는 四十三톤의 帆船이었다. 쓰루요들 外에 三十人 程度의 罹災民이 함께 타고 있었다.

出帆時刻이 다가오자, 소네는 품속에서 한 通의 便紙를 꺼내어 건네주면서 치사꾸에게 말했다.

"삿포로에 가면 쓰키삿푸(月寒)라는 곳이 있어요. 그곳에 나수 나나로(那須七郞)라는 者가 있는데 만나보면 뭔가 도움이 되는 일이 있을지도 모르겠소. 當身네들에 對해서는 여기에 仔細히 적어 두었다오."

"헤에, 하나부터 열까지……. 정말 고마워서……."

"只今은 무엇을 하고 있는지 모르겠으나, 前에는 난베 모리오까(南部盛岡)의 武士로서 나와는 生死를 같이한 때도 있었지. 아주 틀림이 없는 사나이니까, 必要할 때에는 무언가 도움이 되리라 생각하오."

"소네氏도 健康하시고요. 정말 많은 弊를 끼쳤습니다."

미네가 人事를 하였다.

"當身들도. ……서로 살아만 있다면 언젠가는 또다시

만날 날이 있겠지."

소네는 表情마져도 읽을 수 없는 조용한 語調로 말하고선 쓰루요의 머리위에 손을 얹으면서,

"쓰루. 이제부터 이 世上은 말이다. 女子라 하더라도 한 사람 몫의 學問은 몸에 익혀 두지 않으면 안 된다."

하고 하얀 이를 내어 보이면서 싱긋 웃었다.

쓰루요는 입을 크게 벌리고서 눈을 동그랗게 떴다. 쫀끼레氏의 웃는 모습을 본 것은 이번이 처음이었기 때문이다.

"헤어지는데 對한 膳物이라기보다……, 그렇지, 쓰루에게 이걸 주지."

소네는 쓰루요의 눈길이 따가운 듯 쓰루요의 視線으로부터 눈을 避하고서, 언제나처럼 無表情한 그이로 되돌아가서, 허리의 箭筒을 끄르더니 쓰루요의 손에 쥐어 주었다.

그것은 구리製品이긴 하지만 金과 銀을 象嵌(상감)한 훌륭한 物件으로서 부채모양의 먹집아래에는 작은 銀방울이 달려있다. 흔드니까 맑고 깊은 소리가 난다.

소네는 人事를 받는 것을 避하는듯이 그대로 발을 돌려 배에서 멀어져 갔다.

出帆은 午前 일곱 時로 豫定되어 있었으나, 아직도 大

火災의 餘塵이 가라앉지 않는 混亂속이었으므로 出港의 準備가 늦어져서 겨우 닻을 올린 것은 아홉 時가 조금 넘어서였다.

바다는 조용했다. 엊그제의 熱風이 거짓말처럼 느껴졌다. 배는 불에 타서 廢墟로 變해버린 오타루의 거리를 뒤로하고, 미끄러지듯 이시카리만(石狩灣)을 向해 北上했다.

그 배안에서 치사꾸 一家는 한 사람의 젊은이와 人事를 나누면서 알게 되었다. 다끼다 와가로(瀧田吾郎)라 하는 도꾸시마(德島)의 이다노군(板野郡) 키쓰(木津)라는 마을에서 왔다고 했다.

다끼다 와가로의 目的地는 시노미치(篠路)였다. 도쿄를 돌아 그저께 오타루에 到着, 다음날 出發 豫定인 삿포로行 蒸氣機關車를 타기 爲해서 하룻밤 자게 되었는데, 입은 그대로 불속을 脫出해 나왔다고 하면서 快活하게 웃었다. 그의 兄이 시노미치에 먼저 가 터를 잡고 기다리고 있다고 했다.

"저희들은 故鄕마을의 親舊들과 힘을 모아 시노미치 一帶에 아메리카式의 커다란 農場을 만들어 보려고 생각하고 있습니다. 지난여름, 여기저기를 돌아다녀 보았지만, 시노미치는 땅도 기름지고 훌륭한 土地 입니다. 저희들이 먼저 와서 모든 準備를 끝내놓고 내년 봄에 故鄕의 親舊들을 모두 부르기로 되어있기 때문에 도쿄에서 現代式 農器具를 注文하고 돌아오는 길입니다."

다끼다의 端正한 얼굴에는, 意志的인 强靭함이 번득이고 있었다.

"어떤 時代가 오더라도, 農夫의 生活이 고달프다는 것은 日本의 農業의 規模自體가 작기 때문이지만, 本土에서는 땅이 狹小하기 때문에 開發하기가 쉽지 않지요. 그러나 北海道는 다릅니다. 펼쳐져있는 土地는 거의 無限이 올시다. 이 新天地는 大農經營을 爲해서 存在하는것처럼 느껴지거든요. 어떻습니까. 여러분도 當場 定한곳이 없으면 저희들과 함께 일 해 보시지 않겠습니까?"

"네에. 좋은 말씀이지만, 亦是 우리들은 삿포로로 가려고 마음먹고 있기 때문에……"

하고 치사꾸는 얼버무리듯이 對答했다.

實로 말해서, 치사꾸에게는 다끼다가 하는 말을 잘 알아들을 수가 없었다. 아메리카類의 農場이라든가 大農經營의 말들은 그에게는 너무나 生疎한 말들이었다. 그곳에서는 쌀이나 보리 같은 日本의 農作物은 生産하지 않는다는 듯한 印象 이었다. 無學者인 그에게는 손에 익지 않은 西洋의 農機械와 方法으로 外國種의 農作物만을 生

産한다는 이야기로 들렸다.

 自身과 같은 平凡한 農夫에게는 因緣이 없는 이야기라고 치사꾸는 생각했다. 그러나 다끼다의 이야기가 그의 마음에 아무런 그림자도 던지지 않았다고는 할 수 없었다.

 農夫의 일이라는 것은 때에 따라서는 豫告도 없이 變하는 것으로서, 自身에게는 至極히 平凡한 農夫로도 되지 못하는 것이 아닌가하는 漠然한 不安感이 언뜻 마음 밑바닥을 흔드는 것이다. 그러나 그것도 곧 意識의 深層으로 빠져 사라져 갔다.

 치사꾸는 맑디맑은 바다색깔에 눈을 던졌다. 아사사토(朝里)의 海岸線이 멀리 아련히 보이고, 곁에서 쓰루요가 귀에 箭筒을 갖다 대고서 흔들고 있는 방울소리가 좁은 船內에 隱隱히 울려 퍼지고 있다.

 바람이 일면서 뱃전이 울렁거리는 것은 바로 그때였다.

 바람은 時間이 흐를수록 漸漸 그 勢를 더해갔고, 結局 배는 닻으로 가기를 그만두고 닻을 감았다. 어느 틈에 벌써 둔한 회색구름이 나지막하게 하늘을 덮었다.

 커다란 물방울이 떨어지기 始作한것은 그로부터 얼마 되지 않아서였다.

 六月도 初旬께의 큰비는 若干 異常한 變化이기도 했다.

船內의 移住 罹災民의 거의 全部가 農村 出身이므로 어느 얼굴을 보더라도 어둡고 不安스러워 보였다.

이런 날씨의 妨害를 받으면서도, 이시카리港에 到着한 것은 저녁때가 다 되어서였다.

그날은 벌써 시노미치로 連結해 주는 배가 모두 끊겼기 때문에 上陸해서 驛貨物所나 漁具保管倉庫에 머무는 者도 있었으나, 大部分은 船長의 好意로 船內에서 한밤을 밝혔다. 쓰루요들도 그들 中에 있었다.

다음날 午前 十時, 一同은 토요히라마루(豊平丸)라는 七톤짜리 작은 蒸氣船을 바꿔 타고 한 時間程度 이시카리江을 逆行하여 이바라도(茨戶)에 닿았다. 시노미치는 여기에서 陸路로 二키로程度의 地點에 있었다.

이바라도에서 시노미치까지에는 樹林사이로 띠처럼 平坦한 길이 열려져 있었다. 다끼다 靑年의 이야기로는 시노미치의 驛貨物所의 所長이었던 하야야마 신타로(早山淸太郞)라는 사람이 메이지 七년에 私財 二百五十円을 털어 만든 길이라고 했다.

시노미치는 보이는 것이라고는 原生林밖에 없는 그런 숲속에 자라잡고 있는 한 움큼의 聚落(취락)에 不過했다. 驛 貨物 取扱所만이 不自然스러울 程度로 깨끗하게 덩그마니 지어져 있고 設備도 整頓되어 있었다.

치사꾸 一家는 勸에 못이기는 척, 다끼다 와가로의 자그마한 집에서 點心을 얻어먹고서 쉬기로 했다. 와가로의 兄이나 그들의 同志로서 獸醫師이기도 한 쓰가하라(塚原)가, 그들을 爲해서 들 사슴의 고기를 구워 주거나 했지만 짐승고기를 먹어보지 못했던 치사꾸나 미네는 손이 잘 가지 않았으나 쓰루요만은 잘도 먹어 치웠다. 시노미치에서 삿포로로 가는 길은 후쿠후루(伏古)江을 작은 배로 逆行하여 가는 것이 普通이겠으나 치사꾸들은 陸路로 가기로 했다. 앞날을 생각해 보면 얼마 되지 않는 船賃이라도 아끼지 않으면 안되었다.

　陸路는 이것도 메이지 六年 하야야마 신타로가 開拓해 놓은 것으로서 이 以前의 꾸불꾸불 굽이진 舊道보다는 훨씬 낳았지만 배를 타고 가는 것 보다는 꽤 힘이 들었다.

　곰을 쫓기 爲해서 와가로가 방울을 하나 주었다.

　치사꾸가 앞장을 서서 방울을 흔들면서 걸어 나갔다. 險한 길이었다.

　얼마를 걸었는데도 길 兩쪽에는 끊임없는 原生樹林으로서 그 안쪽은 夕陽무렵처럼 어두컴컴하고 空氣조차 차갑게 느껴졌다. 눈을 들어 하늘을 보면 하늘은 길이의 가느다란 띠처럼 보일 뿐이다. 때마침 들 사슴들이 무리를 지어 길을 건너 달아났다. 그 발소리에 놀란 이름 모를 새떼들이 一齊히 날아오르는 소리가 바다의 波濤ㅅ소리처럼 들려오지만, 보이지는 않았다.

쓰루요는 自身들이 어둑어둑한 바다 밑을 이리저리 헤엄쳐 다니는 작은 물고기처럼 느껴지기도 했다. 새 조리를 신었기 때문에 생긴 물집이 부릅떠서 한 발자국 옮길 때마다 아픔이 머리끝을 쑤셨지만 쉬고 싶은 마음은 없었다. 발을 멈추게 된다면 하늘을 뒤덮고 있는 깊고 깊은 樹海속으로 빠져 들어가 버리고 말 것 같은 氣分이 드는 것이다.

얼마만큼 걸었는지 모르지만, 드디어 樹海속에 작은 耕作地가 몇 개 보이고 그 周圍에 点点이 人家가 보이기 始作했다. 大槪는 板子로 壁을 만들었고 나무板子를 얹은 지붕이었으나, 가는 대쪽으로 엮은 壁에 나무껍질을 바른, 사람이 사는 집이라고는 생각도 할 수 없는 자그마한 집도 몇 채 있었다.

그러나 세 사람은 누가 먼저라기보다 소리를 질렀다. 다시 되살아난 그런 氣分이었다.

耕作地 옆에서 나무를 쪼개고 있던 男子가 쓰루요를 보자 소매로 흐르는 땀을 훔치면서 길가로 나섰다. 세 사람은 그 男子의 好意로 그의 집에서 疲困한 다리를 쉴 수

가 있었다.

그곳은 오까다마(丘珠)라는 마을 이었다. 이와데현(岩手縣)에서 온 사람이 많고, 이집 사람들도 四年前에 이와데의 오오와다(大渡)라는 산골地方에서 開拓使의 募集에 應해서 移住해 왔다고 했다.

이를 악물고 괴로움을 견뎌 왔으나 이젠 힘도 精力도 올 데까지 왔다고 한다. 이러한 짐승과 같은 生活이 子息들에게 너무나 애처롭게 여겨져서 어떻게 해서든 故鄕으로 돌아가려고 한단다. 當身네들도 삿포로에 가더라도 이런 不景氣에는 뾰족한 일이 없을게라고—그 男子는 말했다. 쓰루요와 같은 또래의 계집애와 보다 어린애가 둘, 오두막의 入口를 들락거리고 있다.

한 時間 程度 쉬고 나서 세 사람은 이 오두막의 여러분에게 人事를 하고 나왔다. 좀 걷다보니 部落은 싱거울 程度로 끝나버리고 길은 다시 樹海의 깊은 수렁 속으로 빠져 들어갔다.

"정말 괜찮을까요? 定해진 곳도 없이……, 不景氣라는데……."

방울을 흔들면서 앞장서 가는 치사꾸의 등 뒤에서 미네는 힘없는 목소리로 중얼거리듯 말했다. 火災가 났을 때의 그 女의 그림자는 어디에고 찾아볼 수가 없었다.

"어떻게 되겠지. 그런데 쫀끼레氏가 써 준 便紙도 있고 아까적의 오오와다의 사람처럼 꼬마애가 둘이나 있는 것도 아니고, 쓰루요도 이젠 한사람 몫은 하니까……."

自己自身에게 元氣를 주는듯한 語調로 치사꾸는 말했다. 그리고 나서는 서로 간에 입을 꼭 다물었다.

그리고 나서 조금 지나자 쓰루요가 미네의 손에 끌려가면서 울음을 터트렸다. 疲困하기도 했거니와 발에 물집이 터져서 더 걸으려야 걸을 수가 없었다. 그러자 치사꾸가 쓰루요를 등에 업었다.

그리고 나서 쓰루요는 自身이 그렇게도 憧憬하고 있었던 삿포로의 거리에 언제 到着했는지도 몰랐다. 어느 틈에 치사꾸의 등에서 잠이 들어 버렸기 때문이다.

"이것 봐, 쓰루야. 눈을 떠 보렴. 삿포로에 到着했단다, 삿포로에!"

치사꾸가 흔들어 깨우는 바람에 무거운 幕이라도 내려처진 것처럼 무거웠던 눈을 떴다.

周圍는 벌써 夕陽이 감돌고, 서쪽하늘이 붉게 물들어 만만하게 펼쳐져 있는 山稜線이 검은 그림자처럼 떠올라 보였다.

그 女의 網膜속에 비춰진 것은 그것뿐이었다. 쓰루요는 다시금 치사꾸의 등에다 얼굴을 파묻고서 가느다랗게 잔

숨을 쉬기 始作 했다.

明治 十四年 五月 二十四日의 일이었다.

3

 赴任해서 한 달밖에 되지 않았으나, 이즈미 쓰나오(伊住通直)는 너무도 바쁜 나날이었다.

 그는 前任者가 이제 막 新設된 農商務省으로 轉出된 뒤를 이어 民事局長으로 赴任해 왔지만, 그 外에도 重要한 特別任務를 띠고 왔던 것이다. 開拓使의 官營事業을 調査整理하고 民間拂下를 爲해서 準備作業을 하는 것이었다. 따라서 來年 正月이면 開拓 十個年 計劃이 끝나기 때문에, 이 以前에 일을 끝내어야 할 必要가 있었다.

 中央에서 參議라는 要職을 맡고 있는 사쓰마파(薩摩派)官僚의 巨頭인 구로다 키요다카(黑田淸隆)가 長官으로 있기 때문에 開拓使는 거의가 사쓰마파 一色으로 깔려 있다. 이즈미도 사쓰마派 出身으로 구로다에게 拔擢되어진 사람으로서 그런 点으로 봐서 일하기가 쉬울 줄 알았으나 實際로는 그렇지도 않았다.

開拓使 本廳의 職制는 七局 二十七課로 編成되어 있으나 같은 사쓰마派의 同僚들 間에서도 嫉視나 反感이나 打算의 소용돌이는 이루 말 할 수 없었다. 겉으로 봐서는 사쓰마 一色이라고는 하지만, 서로를 헐뜯는 것이 非一非再 하였다. 또한 拂下한다는 所聞을 들은 商人들의 工作도 끈질기기 짝이 없었다.

그러나 이러한 惡條件이 겹겹이 쌓여 있는데도 이즈미 쓰나오는 한 치의 흐트러짐 없이 堂堂하게 處身하고 있었다. 그는 구로다 幕下의 新官僚들 中에서도 제법 똑똑한 者로 通하고 있다. 이러한 点을 구로다에게서 認定을 받아 拂下의 事前工作을 擔當하게 되었던 것이다. 구로다의 期待에 어그러지지 않기 爲해서는 周圍의 誘惑에 빠져 弱하게 보이거나 해서는 안되었다. 그러다보니 敵은 漸漸 불어만 갔다. 그것도 어쩔 수 없는 일이었다.

오늘, 이즈미는 事務所에 出勤하자마자 곧 大書記官관 토토노루 히로타케(調所廣丈)의 房으로 불려갔다. 大書記官은 次官에 相當하지만, 長官인 구로다 키요다카가 中央政府의 參議로서 도쿄를 떠날 수 없는 關係로, 토토노루 大書記官이 事實上의 長官이라해도 좋을 程度다.

"자아, 앉으시오."

이즈미가 房으로 들어가자 토토노루는 키가 작아서 더 뚱뚱해 보이는 몸을 쇼-파에 파묻으면서 그렇게 말하고선 앞의 의자를 턱으로 가리켰다.

그 말에 따라 이즈미는 의자에 앉았으나 토토노루는 그 外 아무 말도 하지 않았다. 툭 튀어나온 조끼의 배에 축 느려져있는 금줄을 짧고 통통한 손가락으로 만지작거리고 있으면서 한손으로는 콧수염을 쓰다듬고 있다.

"用件은 무엇입니까."

暫時 後 이즈미가 하는 수 없이 물어보자, 토토노루는 의자 등에 後頭部를 젖히고서 가늘게 뜬 눈으로 날카롭게 그를 쏘아 보았다.

"어떻소, 맡은 일은. 順調로운가."

"全力을 다하고 있습니다."

"듣자하니 商人들이 제법 시끄럽게 군다고 하던데."

"그런 者들과는 一切 面會를 辭絶하고 있으며, 文書에 依한 請願도 全部 接受하는 것은 아니기 때문에 그렇게 시끄러울 것도 없습니다."

"그건 왜지?"

이즈미는 大書記官의 反問의 意味를 알 수가 없었다.

只今은 아직 官營事業의 內容을 調査하고 있는 段階이다. 拂下의 公正性을 期하기 爲해서는 官吏로서의 自身

의 몸을 潔白하게 가지기 爲해서라도 業者와의 接觸을 避하는 것은 當然한 處事이다.

이즈미는 토토노루 大書記官의 눈을 쳐다보면서 默默히 相對의 다음 말을 기다렸다.

"勿論, 나도 그것이 官吏로서 當然한 일이라고 생각하지. 그런데 말이야, 妙한 所聞이 들려온단 말이야."

또 그런 所聞 — 하고 이즈미는 생각했다. 그에 對한 中傷이나 誣告는 若干 誇張해서 말한다면, 本廳內에 모르는 사람이 없을 程度다. 그것이 大書記官의 귀에까지 들어 간 것이로구나 하고 생각했다.

그는 옅은 嘲笑를 입가에 흘렸다.

"얼토당토 않는 헛 所聞이 나돌고 있다는 것은 저의 不德의 탓으로서 부끄럽게 생각하고 있습니다만, 못들은 걸로 해 주셨으면 합니다."

"자네에 對해서 어떤 所聞이 나도는지 나는 모른다네. 또한 아무렇게나 떠도는 所聞만을 듣고서 每事를 判斷할 만큼 어리석지도 않고."

토토노루는 椅子등에서 몸을 일으키면서 姿勢를 바로 했다.

"자네는 도쿄에서 구로다 長官으로부터 무언가를 듣지 못했는가. 萬一 들었다면, 假令 그것이 極秘事項이라 할지라도 나는 長官의 不在를 맡고 있는 大書記官이다. 내게만은 이야기 해야만 하는 거 아닌가."

"長官 閣下로부터의 모든 指示는 모두 보고 드린 것과 같습니다. 그 外 極秘事項은 없습니다. 어떻게 된 일인지 分明히 말씀해 주십시오."

"자네가 商人들을 拒否하고 있는 것은 이미 拂下의 相對가 決定되어 있기 때문이 아닌가."

"무슨 말씀을 하시는 겁니까."

이즈미는 卓子 모서리를 잡고서 自己도 모르게 몸을 앞으로 내어 밀었다.

"자네, 고다이 토모아쓰(五代友厚)라는 사람을 알고 있겠지."

"알고 있습니다."

고다이 토모아쓰는 요즈음에 와서 財界에 발을 드려 關西貿易商會를 經營하고 있지만, 싸쓰마藩의 幕府打倒 運動에서는 구로다 키요다카들의 大先輩이기도 했다. 그러나 만난 것은 삿포로에 赴任 直前, 구로다가 만들어 준 宴會席에서 同席한 것이 처음이었다.

"그 고다이에게 구로다 長官은 이미 拂下의 密約을 준 것이 아닌가. 자네는 長官의 뜻을 가지고 赴任한 人物이 아닌가. 아무것도 모른다고는 못하겠지."

"今方 처음으로 듣는 이야기입니다."

이즈미는 놀라움을 억누르면서 말했다.

"그렇지만 전, 事實이라고 생각하지 않습니다. 어느 곳에서 이런 이야기를 들으셨습니까."

"도쿄에 出張中인 物産局長이 關西貿易商會의 나까노 고이찌(中野梧一)라는 사람에게서 直接 들었다고 했다. 나까노는 고다이나 후지다조(藤田組)의 후지다 덴사부로(藤田傳三郞)와 함께 關西貿易의 代表者다. 無責任한 말이라곤 생각지 않아. 그런데 本道의 官營事業을 一括해서 모조리 關西貿易이 拂下를 받으려 하고 있다. 적어도 大書記官인 내가 무엇 하나 알지 못하는 사이에 말이야."

立場을 無視當한 토토노루 大書記官의 憤慨도 憤慨려니와 萬一 事實이라면, 아무리 고다이 토모아쓰가 同鄕의 先輩라고는 하지만, 조금이나 마도 구로다의 政治生命에 欠을 남겨서는 안 된다.

그렇지 않다고 할지라도, 不平不滿으로 꽉 차 있는 사무라이 出身들의 反政府的인 움직임이, 繼續되고 있는 不景氣와 함께 一般 民衆에까지 波及되어 自由民權運動이 遙遠의 불길처럼 번지고 있는 이 時點이다.

北海道 近處에는 아직껏 그러한 氣味는 없으나 도쿄나 關西地方에서도, 東北地方에까지 藩閥政府 打倒라든가,

國會開說 要求라든가하는 運動으로 시끄럽다고 한다. 그 實事情을 이즈미는 直接 보고 왔었다. 이런 때에 구로다의 身邊에 疑惑스런 事件이라도 일어난다면 구로다는 勿論이고 政府自體가 窮地에로 빠질 憂慮가 있는 것이다.

"事實인지 아닌지를 長官任께 直接 여쭈어 보셨습니까."

暫時 後에 이즈미가 물어 보았다.

"그보다 먼저, 자네의 對答이 듣고 싶네. 자네는 長官으로부터 고다이 件에 對해서 아무런 지시를 받지 않았다 이 말이지."

"말씀드린 그대롭니다."

"그렇다면 나의 意見을 말해 주지. 나는 一括拂下는 相對가 누구든 間에 贊成 할 수 없네. 特히 고다이 토모아쓰라면 長官께서 世上의 指彈을 받을는지도 모른다. 万에 하나라도 維新以來 빛나는 長官의 功動과 名譽에 欠을 남기는 일은 반드시 沮止하지 않으면 안 돼. 자네도 異議는 없겠지."

"말씀에 더할 나위 없습니다. 저를 도쿄에 보내 주십시오. 萬一 그러한 事實이 있었다면 저의 몸을 던져서라도 長官任의 뜻을 바꾸도록 해 보겠습니다."

"아니야. 長官은 내가 直接 만나지. 手苦했네."

토토노루 히로타케는 그렇게 말하고선 이제 用務가 없다는 듯이 쇼-파에서 몸을 일으켰다. 이즈미도 자리에서 일어섰다.

　複道로해서 自己자리로 걸어오면서, 이즈미는 이것은 或是 구로다 長官의 失脚을 겨냥한 反구로다派의 陰謀가 아닌가하고 疑心도 해 보았다. 얼마든지 있을 수 있는 일이다.

　그러나 이야기의 出處가 關西貿易의 나까노 고이찌이고, 시부에(澁江)物産局長이 直接 들었다고 하는데서야 全的으로 부정할 수도 없는 일이었다.

　나까노는 옛날에는 사이또 도끼요시(齊藤辰吉)라는 藩의 臣下로서, 維新後에는 장주의 이노우에 카오루(井上馨)의 힘을 얻어 야마구찌(山口) 懸鈴으로 勤務했고, 고다이와 오오사카 商法會議所를 設立하여 그 副會長으로 있었다. 勿論, 普通 單純한 商人만은 아니었다.

　고다이 도모아쓰로 말하자면, 모든 政商中에서도 大物로 通한다.

　政府高官의 거의 大部分이 往年의 幕府 打倒 運動時代의 同志이거나 後輩였다는 關係를 利用하여 오늘의 대(大)를 이루었던 男子였다.

　구로다 長官과는 特히 親密한 關係였다. "할 意向만 있다면 내가 손을 써 주지", 程度로 구로다도 말했는지도 모른다.

原則的으로 이번의 官營事業의 拂下件은 새로이 第二次 十個年 計劃을 세워서 開拓使에서 繼續해 나가야만 했던 것을 政府의 財政貧困과, 대장성의 대장경(大藏卿)인 사사노 도코타미(佐野常民)의 猛烈한 反對에 부딪쳐 하는 수 없이 民間에게 拂下한다는 對應策을 세웠던 것이다. 따라서 一括拂下 할 것인가 分割拂下 할 것인가에 對해서 論難이 있었으나 開拓使의 方針이 一括拂下로 決定되었기 때문에 어느 누구에게서도 不平이 나올 수가 없다. 特히나 大權力者인 구로다의 일이고보면 그런 程度로 생각하고 있는지도 모른다.

그러나 理由야 어떻든 간에, 開拓使는 구로다의 私有物이 아니다.

大書記官 토토노루 히로타케 마저도 모르는 사이에 그와 같은 重大事를 獨斷으로 決定한다고 하는 것은 亦是 그 態度에는 問題가 있었다.

구로다로서는, 北海道의 開拓을 이 程度까지 이끌어 온 것은 모두가 나의 힘이다, 라는 自負心을 가지고 있다. 그것이 타고난 自慢스런 性格과 한 덩어리가 되어서 어쩌다 보니 몹시도 獨裁的인 行動으로까지 되었던 것이다.

이즈미는 物産局長의 房앞에서 걸음을 멈추었다. 門을 열자 옆자리에서 젊은 職員이 나왔다.

"局長任 계신가."

"外出 하셨습니다만."

"그래."

이즈미는 되돌아 門을 나오면서 이 젊은 職員에게 傳言을 할 것인가 말 것인가 暫時동안 躊躇했다.

"무슨 急한 用務라도 계시면 제가 連絡을 해 보겠습니다만,"

"나가신 곳은 이 近方인가?"

"야요루 입니다만, 今方 달려가서 連絡해 드릴까요."

"아니, 괜찮네."

이즈미는 自身의 房으로 되돌아 왔다.

그러나 시부에 局長으로부터 直接 이야기를 듣지 않고서는 마음이 가라앉지가 않았다. 토토노루 大書記官의 말 中에도 무언가 꺼림칙한 点이 있었다.

구로다의 名譽를 걱정하고 있는 듯 한 말이긴 하나 內心 깊은 反感이 內包되어 있다는 것은 토토노루의 態度에서 읽어 볼 수가 있었다. 큰일이 일어나기 以前에 구로다의 善處를 바라지 않으면 안되었다.

바로 點心時間 이었으므로 食事하러 갔겠지만 시부에 局長은 놀기를 좋아하는 性味로서 술에 너무 밝다. 술만 들어갔다 하면 언제 돌아올는지는 아무도 모르는 것이다.

이즈미는 秘書인 호시시마에게도 行先地를 밝히지 않고 本廳을 나섰다.

야요루는 와다시마(渡島)의 히다카(日高) 거리에 있다. 요 一週日 程度 以前에 市街地의 名稱이 바뀌어져, 야요루의 近處는 미나미 일조(南一條) 니시 삼정목(西三丁目)으로 바뀌어 졌지만 開拓使 本廳에서 걸어서 얼마 되지 않는 곳이다. 高級旅館이 本業이지만, 料亭으로서도 一流로서 다리고 있는 妓生만해도 六, 七名이 있고, 開拓使에서는 가끔 利用하기도 하는 집이다.

一層의 작은 房으로 들어가자 곧 마담이 얼굴을 내어 밀면서 人事를 한다.

"어서 오세요. 괜찮으시겠습니까, 여기라도. 二層에는 시부에 局長任께서 와 계십니다."

"시부에 局長에게 用務가 있어 왔는데, 꽤 들어가 있겠지. 이것 말이요."

손가락으로 술잔을 들어 입으로 가져가는 시늉을 하니까 마담은 살짝 웃어 보이면서,

"아니에요. 同行하신 分과 긴한 이야기를 하고 있어서,

오늘은 아직 조금도……"

"同行이 있단 말이지."

"네. 도쿄의 미쓰비시(三菱)商會의 어느 分이시라고 했는데……."

이즈미의 눈 깊숙이에, 瞬間 차가운 빛이 흘러갔지만, 마담이 눈치 채기 以前에 언제나의 無表情한 눈매로 되돌아갔다.

"그럼, 오셨다고 連絡을 해 드릴까요."

하면서 마담이 허리를 일으켰다.

이즈미는 그만 두려했으나 마음을 바꾸었다. 이대로 만나지 않고 그대로 돌아갔다간 나중에라도 시부에의 귀에 들어가게 되면 되레 좋잖게 생각될 念慮가 있는 것이다.

"좀 時間을 낼 수 있는지 여쭤 봐 주겠소?"

이즈미는 別 일도 아니라는 듯이 고개를 끄덕거려 보였다.

시부에 유끼쓰게(澁江行助)가 二層에서 내려 올 때까지 제법 時間이 걸렸다. 이즈미가 뭣 하러 왔는지 斟酌이 가지 않아서 마담에게 狀態를 물어 보거나 아니면 같이 온 同行에게 이즈미란 사람이 어떤 사람인가를 說明을 하는 것이거나 둘 中 하나이겠다.

드디어 시부에는 여느 때보다 더 화끈하게 터놓는 모

습으로 房으로 들어왔다.

이즈미보다 五, 六歲 아래임에 틀림없으나, 六尺에 가까운 巨軀에다 노르께한 턱수염마저 기르고 있기 때문에 어찌 보면 시부에 쪽이 더 들어 보인다. 모습에 어울리지도 않게 배가 튀어나와 있지만, 意外로 小心한 策士型이라고 이즈미는 보아왔다.

"아니, 當身처럼 謹嚴한 分 앞에서 대낮부터 빨간 얼굴을 보이게 되어서 할 말이 없구먼요."

시부에는 무늬가 놓인 하오리의 소매를 氣勢도 좋게 흔들면서 자리에 앉아 턱수염 사이로 하얀 이를 드러내어 보이면서 웃었지만, 實은 얼굴에 술기운이라고는 전혀 없었다.

"그런데 用件은?"

"여쭈어 보고 싶은 일이 있어 찾아뵈었습니다. 當身께서는 도쿄에서 開拓使의 官營事業이 고다이 도모아쓰의 關西貿易에 一括拂下 된다는 事實을 듣고 오셨다는데 그것이 事實입니까?"

시부에는 곧바로 對答을 하지 못했다. 그는 卓子에 한쪽 팔꿈치를 고이고서 턱수염을 만지작 거리면서 무엇을 찾아내어 보려는 듯한 눈매로 變했다.

"그것 말인가요. 어떻게 當身의 귀에까지 들어가게 되

었습니까."

"조금 前, 토토노루 大書記官에게 불려 갔었죠."

"저런, 저런, 입이 가볍긴."

시부에는 어이가 없다는 듯이 쓴웃음을 지었다.

"일이 일인 만큼, 外部로 새어 나가면 長官任을 爲해서라도 좋잖을 뿐더러 開拓使로 봐서도 狀況이 좋지 못할 거라고 再三 注意해서 말씀 드렸는데도……. 當身은 長官任의 心腹이니까 相關은 없겠지만."

"그렇다면 나까노 고이찌氏로부터 當身이 直接 들으셨단 말씀이군요."

"들었었지요. 그러나 나는 當身께서 赴任할때 모든 것을 알고 있었으리라 생각 했었는데…. 그렇지 않았단 말인가요."

"當身은 도쿄에서 長官任과 만나셨겠군요."

이즈미는 相對方의 비웃음이 섞인 態度를 無視한채 再次 물었다.

"勿論, 만나 뵈었지요."

"그렇담, 長官任에게 일의 옳고 그름을 말씀 드렸겠군요."

"아아니……."

시부에는 멋쩍은 듯이 視線을 避했다.

"왜 지요. 當身답지 않지 않습니까?"

"나까노와 만난 것은 삿포로로 돌아오기 바로 前이었고 한편 우리들과 같은 下部直屬의 身分으로 長官閣下 面前에서 따져 물을 수도 없잖은가요. 하여튼, 問題가 微妙하게 되었군요. 멍청한 下部直屬이 質問들을 해서 長官任이 困難하게 되지 말란 法도 없고 말이죠."

"뒤가 켕기는 일이 아니라면 困難할것도 없지 않습니까. 말씀 中에는 長官에게 不正이라도 있는 듯이 들립니다만."

"曲解하면 困難하지요, 이즈미氏. 當身이 長官閣下를 끔찍이 생각하고 있다는 것은 잘 알고 있으나 나도 閣下의 身邊을 생각하는 마음은 남에게 뒤지지 않는다고 말해 두고 싶어요."

시부에는 목소리에 힘을 넣어 말했다.

"다만 하나, 어디에로 一括拂下를 하던 間에 政府의 方針으로 決定된 事項이라면 不正도 아무것도 아니지 않는가요. 但只, 問題가 妙하게도 事前에 世上에 새어 나간다면 原來는 아무 일도 아닌 것이 바람직하지 못한 事態로 빠져버릴 念慮는 있는 거지요. 내가 듣기로는 이 問題는 이미 政府內에서도 內定이 끝난 것으로서 이젠 長官 한 사람의 意見이라고는 생각되지 않아요."

"大書記官의 말씀과는 多少 差異가 있는 것 같은데요."

"大書記官은 一括拂下 그 自體를 反對하고 있으니까. 말이 났으니까 말인데 當身은 어떻게 생각하나요. 勿論 一括拂下를 贊成하는 쪽이겠지요."

"政府의 決定이라면 異論의 餘地가 없지요. 다만 저의 個人의 意見이라면 各各의 事業에 適合한, 틀림없는 業者를 選定해서 拂下해야 한다고 생각됩니다만."

"호-, 그럼 當身은 長官閣下의 方針에 反對한다는건가요?"

"個人的인 생각으로서는 그렇습니다. 上部로부터 決定이 났으면 官吏로서는 반드시 따라야 하겠습죠. 모처럼 貴한 時間에 失禮가 많았습니다."

이즈미가 人事를 하고 일어서자 시부에도 소매를 떨치면서 巨體를 일으켰다.

"빠른 時日內에 한 번 더 천천히 만나서 이야기해 보기로 합시다. 좋은 意見도 듣고 싶고, 할 이야기도 있으니까."

시부에는 눈웃음을 치면서 그렇게 말했으나 이즈미는 아무 대꾸도 하지 않고 鄭重히 머리를 숙일 뿐이었다.

그는 느릿느릿한 걸음걸이로 큰길을 걸어 나오면서 머

릿속에서 하나의 事實을 反芻하고 있었다.

　시부에 局長은 그가 只今 야요루의 二層에서 만나고 있는 者에 對해서는 한마디도 말 해 주지 않았다. 그 사람은 도쿄에서 온 미쓰비시商會의 사람이라고 한다.

　그것과는 아무런 相關이 없는 일일까. 業者와 開拓使의 物産局長이라하는 자리의 만남은 어느 聯想에 連結되고 있다. 더군다나 相對가 미쓰비시商會라면, 一介 物産局長의 權限內의 작은 問題는 아닌 것이 틀림없다.

　무언가 걷잡을 수 없는 커다란 검은 소용돌이가 구로다長官의 周邊에 泡沫을 일으키면서 다가오고 있는 것을 이즈미는 느꼈다.

　어둠이 제법 깊어서 이즈미는 官邸로 돌아왔다.

　開拓使 本廳앞의 果樹園을 등에 지고, 큰길의 남쪽컨에 자리 잡고 있는 여러 棟의 官舍를 흔히들 靑官邸라고 부르고 있다. 以前의 民事局長이 農商務省으로 轉出된 뒤에 시부에 局長이 市內에있는 白官邸로 옮기고, 只今까지 시부에가 살고 있던 靑官邸의 집이 이즈미앞으로 주어졌던 것이다.

　夫人인 우다꼬(歌子)와 두 아이들, 書生, 食母아이, 머슴等 全 家族의 人事를 받으며 居室로 들어오자, 뒤따라 바꿔 입을 옷을 챙겨서 들고 들어온 우다꼬를 向하여,

"누굴 시켜서 난베야(南部屋)를 불러주시오." 하고 말했다.

"난베야라면, 마침 다른 일로해서 안에 와 있습니다만."

"응, 그래, 그럼 書齋로 좀 들도록 하시오."

"沐浴물이 準備되어 있는데요."

"나중에 하지."

이즈미가 그렇게 對答하고 옷을 갈아입고서는 스스로 담배통을 들고 書齋로 들어갔다. 書齋는 그의 趣味대로 다다미위에 外製 絨緞(융단)을 깔고 맵시도 좋게 만들어진 쇼-파와 卓子를 곁들인, 西洋風으로 꾸며져 있다.

이즈미가 쇼-파에 몸을 파묻고서 銀製 담뱃대에 담배를 재워 두어 모금 빨고 있을 때, 門이 열리면서 난 베야가 허리를 꾸부리면서 들어왔다.

난베야는 기름장사로서 미나미 二조의 기수나리(創成川) 江邊에 商店이 있다. 各種 램프도 요코하마에서 直送된 것이 陳列되어 있다. 나이는 四十歲 程度일까.

이즈미가 이 官舍로 移徙왔을때 램프를 난베야에 맡겼는데 特別한 指示도 없었는데도 단번에 各各의 房에 그의 趣味대로의 物品을 納品한 才氣와 솜씨가 마음에 들어, 그 以後로부터는 단골이 되어 頻繁히 出入하게 되었던 것이다.

처음부터 장사꾼이 아니었다는 것은 첫눈에 알아볼 수 있었지만 이야기를 듣고 보니 생각치도 못한 난베 모리오까(南部盛岡)의 오래된 武士로서, 쓰키삿푸에 들어가서 많은 일을 했으나 三年前에 삿포로로 移住해 왔다고 한다.

現在로선 아직 삿포로의 生活에 익숙지 못한 이즈미家의 집안일은 뭣이든지 난베야와 相議를 했고 精誠스레 돌보아 줄만큼 가까운 사이가 되었다.

"자네를 부르려던 참이었는데 마침 와 있었구먼. 안에서 무슨 付託이라도 하던가?"

우다꼬가 葉茶를 날아와서 놓고 나가자, 이즈미는 난베야에게 담배를 勸하면서 물었다.

"前부터 夫人께서 잔심부름 할 계집애를 찾아 달라고 말씀이 있으셨기 때문에……."

하고 난베야는 對答을 하고 굵은 실로 짠 주머니에서 담뱃대를 끄집어내어서 불을 붓치고서 卓子위에 놓여있는 램프의 불빛사이로 微笑를 지어 보낸다.

"아무래도 植民地(멀리 떨어진 곳이라는 의미)라서 身分이 確實한 것을 고르다보니 많지가 못합니다. 얼마前에 이 程度라면 하고 생각되는 者가 나타났기에 마음에 드실는지는 모르겠지만, 하여튼 夫人 마음에 드실 것 같아서 찾아뵙고 있던 中입니다."

"늘 弊만 끼치게 되누먼."

"千萬에 말씀입니다. 그런 말씀은 하시지 마십시오. 다만 若干 마음에 걸리는 点이 있어서 歸家 하실 때까지 기다리고 있었습니다."

"무슨 이야기인데."

"實은 여기에 紹介해 드리려고 하는 계집애 말씀입니다. 요전번 오타루의 火災때에 脫出하여 兩親과함께 저를 찾아온 者 말씀입니다만 그 父親인 다까오까 치사꾸(高岡治作)라는 者가 저의 옛親舊의 便紙를 가지고 찾아 왔습니다."

난베야는 말을 끊고 호주머니에서 한 通의 便紙를 끄집어내어 이즈미 앞으로 내어 밀었다.

겉봉에는 나수 나나로(那須七郞) 앞 이라 쓰여 있고 뒷면에는 소네 쥬사부로(曾根十三郞) 라고 達筆의 署名이 쓰여 있었다. 文面에는 옛 情을 못 잊어하는 人事로 始作해서 다까오까 치사꾸 一家의 事情이 簡潔하게 쓰여 있고, 찾아가거든 힘이 되어 달라고 했다. 그러나 그 뒷글을 읽어 내려가던 中 갑자기 이즈미의 表情이 굳어져 갔다.

드디어 便紙를 다 읽고 나서 얼굴을 들어 올린 그의 눈에는 普通이 아닌듯한 한줄기 빛이 스쳐 지나갔다.

"난베야, 이 者는 어떤 사람인가."

"옛 가이쓰의 武士로서 저와는 저 維新事變 當時 함께 官軍과 싸운 同僚입니다."

나수 나나로는 램프의 불빛 쪽으로 얼굴을 들이미는 듯 한 모습으로 목소리를 낮추었다.

"생각하는 点이 있어 아마시에 살고 있는 同志들과 함께 上京한다고 쓰여 있습니다. 戊辰以來의 恥辱을 갚고, 藩閥政府의 徒黨들에게 한방 먹일 때가 가까이 다가 왔다고도 쓰여 있습니다. 또한 저에게도 옛날의 뜻이 只今까지 變치않고 남아있다면 아마시로 오지 않겠느냐고 勸하고 있습니다. 이 点을 어떻게 생각 하십니까?"

"소네라는 사람, 自由民權論者인가?"

"오랫동안 만나지 못했기 때문에 確實한 對答은 드릴 수 없습니다만, 저로서는 그렇게 생각하지 않습니다."

"그렇담, 무슨 일이 일어 난다는 게지?"

"아마시는 舊카이쓰藩의 武士들이 많이 모여 살고 있는 고장 입니다. 只今까지도 새 時代에 怨望을 품고 있는 그 옛 時代를 憧憬하는 者들로 그 數가 적지 않습니다. 그들이 徒黨을 만들어 政府의 要人을 襲擊할 計劃이라도 세우고 있는 것이 아닐까요."

"그런 일을 해서 어떻게 하겠다는 것이지? 메이지 時代가 열리고서도 十四年이라는 歲月이 흘렀다. 要職의 大臣 한 둘쯤 危害를 加했다고해서 政府의 기틀이 움쩍도 하지 않을 것이라는 것은, 아무리 머리가 낡은 頑固者라 할지라도 알만한 일일 텐데."

"勿論, 그들이라고 모를 리는 없겠죠. 그래서 한방 먹이겠다고 쓰여 있지 않습니까. 적어도 해가 갈수록 쌓인 鬱憤을 吐露하고 죽을 場所를 찾으려는 것이 아니겠습니까. 바보스런 일이라고 생각 하실지 모르겠습니다만, 이것은 盜賊으로 몰려 討伐을 當하여 日本땅에 몸 둘 곳을 잃어버린, 恥辱과 쓰라림을 맛본 者가 아니면 알리가 없는 氣分일 겝니다."

"나로서도 그런 것을 모르는 바는 아니라네. 그런데 자네는 어떻게 할 셈인가. 아마시로 갈 것인가?"

"그렇게 마음먹었다면, 이렇게 소네의 便紙를 가지고 찾아오거나 하지는 않았습니다."

나수는 微笑를 띄었다. 自己自身을 비웃는 것처럼 느껴졌다. 램프의 불빛이 만들어 주는 그늘 때문만은 아니었다.

"저도 以前에는 적어도 니시쿄(西鄕)나 오오쿠보(大久

保)氏에게 한 칼의 怨恨을 갚아주고 싶다고 꿈과 같은 생각을 한 적도 있습니다. 그러나 그러한 어두운 憎惡感에 휩싸여 사는 것에서 너무나 疲勞感을 느꼈습니다. 過去의 亡靈으로부터 벗어나 새로운 自身을 키워 나가는 길 外는 없다고 생각했습니다. 소네들 쪽에서 본다면 이러한 저야말로 불쌍한 落伍者일는지 모르겠습니다만……."

"그렇다면 그냥 내버려 둘 수도 없는 일이로구먼."

이즈미는 팔짱을 끼고서 중얼거리듯이 말했다.

"이 文脈만을 본다면 不穩스런 計劃이 있다고 斷定 지울 수는 없지만 一旦 調査해 볼 것까지는 調査해 봐야겠다."

"마음대로 하십시오. 저는 다만 알려 드리는 것 뿐입니다."

"이 편지를 들고 온 다까오까라는 者는 소네의 親舊는 아니라 이 말이지."

"그 点에 對해서는 念慮 마십시오. 니이가다의 무라가미에 살던 一介 農夫로서 無學文盲의 單純한 移民者일 뿐입니다. 이들 夫婦를 마루야마村의 저의 아는 사람의 小作人으로 붙여 주었습니다."

"잘 알려 주었네. 잘 알고 있겠지만 이 일에 對해서는

絕對로 他人에게 말해서는 안 되네. 그리고 이 便紙는 暫時동안 내게 맡겨 두게나."

이즈미는 소네의 便紙를 文匣속에 넣고서 손가락으로 담뱃대를 만지작거리면서 暫時동안 물끄러미 나수 나나로를 바라보았다.

"아까 제게 뭔가 用務가 계시다고 말씀하셨는데 무슨 일입니까?"

나수가 조용히 이즈미를 올려다보면서 물었다.

"아, 그것 말인가. 이러한 일인데……."

하고 이즈미는 躊躇스런 氣色이었으나 마음을 決定했는지 姿勢를 바로 했다.

"이것은 자네를 믿고 하는 말인데 官을 爲해서 한번 일을 해주지 않겠나."

"開拓使의 일입니까?"

"그렇기도 해. 그러나 나의 想像이 맞는다면 보다 큰일인지도 모르지. 일의 如何에 따라서는 政府의 安危에 關係되는 일인지도 몰라."

"政府의……. 무슨 일인지는 잘 모르겠습니다마는 저같은 사람이 敢히 그러한 일에 써지리라고는 생각되지 않습니다만."

"자네 야요루의 妓生들 中에 切親한 妓生이 있다고 말

石狩平野 ▪ 上 95

한 적이 있었지."

"그런 弄談의 말씀을…."

나수는 苦笑를 禁치 못했다.

"이즈미氏도 사람이 나빠요. 政府의 安危에 關係되는 일이라고 울림 짱을 놓으시더니만 고작 그런 한 푼어치도 안 되는 일을……."

"오늘 시부에 物産局長이 도쿄에서 온 어떤 人物과 야요루에서 만났다. 그 男子가 미쓰비시 商會에서 온 사람이라는 것은 알고 있으나, 正確한 身分, 姓名, 삿포로에 온 目的, 可能하다면 시부에 局長과의 談話內容도 함께 알고 싶네. 내가 찾아가서 調査 해 볼 수도 없는 일이고 해서 자네에게 秘密을 付託하는 것일세. 이 일이 最初의 일인데 어떤가, 맡아 주겠는가."

"密偵의 役割을 말씀하십니다그려. 眞實한 人間이 할 일은 못되누먼요."

나수는 차가운 눈빛으로 變했다.

"自身의 行爲에 使命感을 갖지 못했을 境遇, 자네가 한 말 그대로겠지. 나는 나 自身의 立場이 許諾하는 한 他人에게 이 일을 맡기려고 하지 않아. 安全을 圖謀하기 爲해서라도 原則的으로 他人에게 맡겨서는 안 되는 일이야. 싫다면 하지 않아도 相關없네."

"이즈미氏는 제가 소네의 편지를 들고 왔다는 일로해서 朋友를 팔아먹는 卑劣한 人間이라고 생각하고 계시는 것은 아닙니까?"

"그렇게 생각하지 않네. 肉親이나 朋友의 信義를 超越해야 할 義가 사람에게는 있는 法이니까. 자네도 그렇게 믿고 있기 때문에 오늘 밤 나를 찾아 온 게 아니던가. 다만, 내가 付託하는 것이 자네 쪽에서 보아 義롭지 못한 일이라고 생각되면 꼭 해 달라는 것은 아닐세."

나수 나나로는 눈 한번 깜박이지 않고 이즈미의 눈동자 깊숙이에 박혀있는 어떤 것을 바라보고 있다가 드디어 착 가라앉는 목소리로 말했다.

"그럼 한 가지만 여쭤 봐도 되겠습니까?"

"그러게나."

"어째서 도쿄의 그 사람과 시부에 局長과의 關係를 알고 싶으십니까. 人間의 集團속에는 반드시 醜한 싸움이 곁들이기 마련입니다. 官員의 世界라 하더라도 반드시 例外라고는 할 수 없겠습죠. 萬一 開拓使 內部의 派閥 싸움이라면 그러한 役割은 容恕해 주십시오. 저와 같은 놈에게도 아직 한 푼어치의 뜻(志)이라는 것이 있습니다."

"只今으로서는 말 할 수가 없다네. 다만 이것은 廳內의

派閥과같은 問題는 아니고, 더군다나 시부에 局長과 나 사이의 쓸데없는 이야기 하고는 距離가 먼 일이라는 것만큼은 分明히 말해 줄 수 있네. 다음은 자네 마음먹기에 달렸네."

나수는 무릎위에 손을 나란히 얹고서 暫時동안 視線을 내리깔고서 생각하는 듯하더니 急히 고개를 들고서 끄덕거렸다.

"잘 알겠습니다. 저의 힘이 닿는 데까지 도움이 되어 드리겠습니다."

"그래, 그렇게 해 주겠는가."

하면서 卓子의 모서리를 잡고 머리를 숙이는 이즈미를 말리고선 나수는 자리에서 일어섰다.

"그럼, 急히 이 길로 야요루로 가보겠습니다. 德澤에 이제부터는 터놓고 女子를 만나러 가게 되었습니다 그려."

이즈미도 쇼-파에서 일어나 門까지 나수를 바래주고서 쇼-파로 되돌아 와서 默然히 앉아 식은 葉茶를 훌쩍이었다.

난베야도 옛날 敵便에 섰던 人間이었고보면 그에게 구로다 長官의 一身이 걸려있는 秘事의 한 귀퉁이에 聯關시키는 것이 과연 옳은 일인가 그른가는 이즈미에게도

一抹의 不安이 없는 것은 아니었다.

萬若 그가 사쓰마派의 官僚의 巨頭인 구로다에게 不利한 事實을 떠버릴 境遇, 소네 쥬사부로처럼, 새삼 過去의 怨恨을 불러 일으키지 말라는 保證은 없는 것이다.

그러나 난베야 이제는 조금이나마 自由스런 生活을 할 수 있는 男子라고 믿기도 했다.

첫째 赴任해서 바로 直後부터 이즈미의 身邊에는 그이만큼 마음을 터놓고 지내는 人間이 없었다.

이즈미는 집사람들이 自己 다음으로 沐浴湯을 쓰려고 기다리고 있다는 것을 생각하고서 氣分을 바꾸려는 듯이 가볍게 머리를 젖고서 일어섰다.

居室에 들어와 보니 卓子를 마주하고서 女同生 다께꼬의 工夫를 도와주고 있는 지로가 흐트러진 姿勢를 바로하고 쓰나오를 쳐다보았다.

지로는 쓰나오의 뜻대로 가을學期부터 삿포로 農學校의 豫備科에 入學하기로 되어 있으나 다께꼬는 한 달 程度 앞에 第一小學校의 四學年에 進級하였다. 지로는 十五歲. 다께꼬는 네 살 아래이다.

"지로. 함께 沐浴하지 않겠나."

쓰나오가 이끌었다.

지로에게는 그 말이 命令으로밖에 받아들여지지 않음

을 어쩔 수 없었다. 언제나 그러했다.
"예"
對答과 同時에 그는 일어섰으나 즐거운 氣分은 아니었다.
그곳에 나수 나나료를 바래다주고 우다꼬가 들어왔다.
"걱정하지 마시라는 말씀을 올려달라고 하고서 돌아갔습니다."
우다꼬는 男便을 쳐다보았다. 지로와 똑같은 거북스러운 듯한 눈매였다.
"二, 三日 中으로 난베야가 심부름 할 계집애를 한사람 데리고 오겠다고 하였습니다."
"그렇게 해 달라고 當身이 付託 했었다더군."
"그것이 다까오까 쓰루요라는, 여기로 赴任할 때, 데미야의 棧橋에서 失手를 저질렀던 바로 그 떡 팔이 계집애라고 합니다."
"그렇다더군."
쓰나오는 無表情한 모습으로 중얼거리듯이 對答 하였으나, 다께꼬는 깜짝 놀란 듯이,
"저런, 그 더러운 애가 우리 집에 온단 말예요."
"그런 말버릇 해서는 안 돼요."
우다꼬가 나무랬다. 다께꼬는 아무렇지도 않았다.

"그렇지만 그런 거지같은 애가……."
하고 말하고서 쓰나오의 嚴한 視線에 부닥치자,
"히야! 무서워!"
다께꼬는 머리를 숙이고 킥킥거린다.
 그 女는 엄마와 오빠처럼 쓰나오에 對해서 그렇게 威壓感을 느끼지 않는 것 같다. 오히려 쓰나오를 包含해서 여러분의 생각에 對해서는 別로 神經을 쓰지 않는 强靭함이 엿보이는 듯했다.
"저도요, 아무리 잔심부름 하는 애라 할지라도 온통 行儀作法도 배우지 못한 되는대로 놓아기른 애로서는, 어떻게 했으면 하고 생각 합니다만."
"當身 좋은 대로 하는 것이 좋겠구려."
쓰나오가 무뚝뚝하게 던지고서 沐浴湯 쪽으로 걸어가자 그 뒤를 지로도 아무 말 없이 뒤따라 들어갔다.
"다께꼬는 싫어. 오빠도 그렇지?"
다께꼬의 카랑카랑하고 기운찬 목소리가 뒤쪽에서 들렸으나 지로는 對答은 勿論, 뒤돌아보지도 않았다.
 옷을 벗고 있으려니, 浴室 저쪽에서 湯에서 더운물이 넘치는 소리가 들렸다.
"구라기찌. 물이 좀 찬 것 같은데."
하고 쓰나오가 아궁이쪽의 老人에게 말하는 소리가 들

렸다.

지로는 그때의 계집애의 얼굴을 記憶해 보려고 했으나, 잘 떠오르지 않았다. 조리를 신은 작고 때 묻은 맨발과, 화 난 눈만이 記憶에 떠오를 뿐이다. "손대지 마. 저리 비켜."라는 怒한 목소리만이 只今도 確實하게 귀에 남아 있었다. 떡을 집어 줄려고 하는 自身을 왜 그런 눈으로 노려보면서 火를 냈는지 알 수 없었지만 좋은 印象은 아니었다.

"지로, 뭐하고 있는 거냐."

쓰나오의 목소리가 들렸다.

지로는 서둘러 沐浴湯 안으로 들어갔다.

"넌, 뜨드미지근 한 것을 좋아하니까, 꼭 알맞겠다."

쓰나오는 그렇게 말하면서 湯속에서 나왔고, 바꿔 들어가는 지로가 발끝을 담가보니 皮膚가 찌릿할 程度로 뜨거웠다.

지로는 이를 꼭 앙다물고 조금씩 몸을 가라앉히면서, 이런 때 다께꼬라면 "앗 뜨거"하고 소리를 지르리라고 생각했다. 찬물을 좀 타자고 아버지께 要求했음에 틀림없다.

아버지에 對해서 어떻게 해서라도 다께꼬처럼 자유롭게 對하지 못하는 自身에게 그는 언제나 마음 언짢은 氣

分이 드는 것이다.

"지로, 등 좀 밀어주지 않을래."

쓰나오가 말했다. 지로는 꾹 참고 몸을 담그고 있던 浴槽에서 튕겨 오르듯이 뛰어 나와서 아버지 등 뒤로 돌아갔다.

"八月부터 農學校의 規則이 바뀌어져, 豫備科가 四年으로 되었단다. 本科와 합하면 八年이 걸린다는 뜻이다."

맨몸으로 보니 武術로 鍛鍊된 아버지의 몸은 筋肉이 단단하여 두껍게 느껴졌고, 靑年들처럼 强靭하게 보였다.

"길게 느껴지겠지만 지나고 보면 잠깐이다. 放心해선 안 돼. 北海道는 갓 태어난 巨人과 같은 곳이다. 一代나 二代에서 키워질 그러한 곳이 아니다. 정말로 이 未知의 天地와 함께 살아가기 爲해서는 먼저 다른 곳에 가서 돈을 번다는 根性을 버리지 않으면 안 된다. 나도 이젠 도쿄에로는 돌아가지 않는다. 이 땅에서 죽는다. 너도 그렇게 한다. 그리고 너의 子息들 까지도. 이 土地와 함께 이즈미家의 歷史도 새로이 여기서부터 만들어 가지 않으면 안 된다. 世上에 들어내어 떠들 必要는 없지만, 스스로 부끄럽지 않는 歷史를 만들지 않으면 안 되는 거다."

"네"

"넌 도쿄에 있는 學校에 다니고 싶겠지만 이젠 너도 알겠지. 여기는 새로운 나라다. 너희들의 나라인 것이다."

지로가 아버지와 함께 沐浴을 하는 것은 자주 있는 일은 아니었다. 쓰나오로부터 이렇게 말을 걸어오는 것도 정말 드문 일이었다. 지로는 不知不識間간에 가슴에 따뜻한 무엇이 펴져 오는 것을 느꼈다.

"失禮합니다."

板子門의 바깥에서 목소리가 들리고, 書生인 이네무라(稻村)가 들어왔다. 팔소매를 걷어 올리고 바지를 무릎언저리까지 말아 올리고 있다. 쓰나오의 등을 밀어 주는 것은 언제나 그의 分擔이었다.

지로(次郎)는 여느 때 같았으면 잘 되었다는 氣分이었을 것이다. 그러나 오늘 밤에 限해서만은 아버지의 등을 이네무라에게 빼앗겨 버리는 것이 아쉽게 느껴졌다. 좀 더 아버지와 단 둘만의 時間을 갖고 싶기까지 했다.

다음날 아침, 쓰나오는 官舍를 나서자 큰 길로 곧장 키수나리 江邊 옆으로 빠져 카리모토陣(假本陣)의 앞에서 江을 끼고서 南쪽으로 向했다.

난베야는 江을 건너서 本陣과 마주보는 位置에 있다.

各種 燈油, 西洋 램프, 난베야(南部)라고 가로로 쓴 看板이 걸려있고, 그 아래로 屋號를 하얀색으로 뜬 주렴이

부는 듯 마는듯한 江바람에 가늘게 흔들리고 있다.

"아이고! 이즈미 氏. 엊저녁에는 많은 것을 배웠습니다. 자-, 올라 오십시오."

商店의 다다미를 깐 計算臺 앞에 앉아있던 나수가 門間앞에 서있는 쓰나오를 보자 帳簿整理하던 손을 멈추고 나왔다.

"일부러 여기까지 오시게 해서 罪悚합니다. 밤에라도 찾아뵙고 말씀 드리려 했습니다만."

"아니, 官舍에는 近方에 눈들이 많아서. 너무 자주 자네에게 오라 가라 하는 것도 未安하고, 또 어떤 일이 벌어지고 있는지 얼른 알고도 싶고 해서 말일세."

"여기서는 이야기 할 곳이 못됩니다. 어서 안으로 드시지요."

하고 나수는 걸치고 있던 곤색무명 앞치마를 끌러 접으면서 앞서서 안쪽으로 案內했다.

쓰기삿푸에 있을 즈음 함께 살게 되었다고 하는, 아직도 젊은, 소우나이(庄內) 胎生의 夫人이 차를 날아와서 人事를 하고 나가자 곧 나수는 목소리를 낮추어 말을 꺼내었다.

"말씀하신 그 分은 亦是 도쿄의 미쓰비시 商會에서 온 사람이었습니다. 그저께부터 야요루에 묵고 있다고 하더군요."

"姓名은?"

"오세끼 다쓰오(尾關立雄)라고 합니다. 宿泊簿에 쓰여 있는 것만으로는 確實치는 않겠습니다만 시부에氏도 그렇게 불렀다고 했으며 주머니에도 오세끼라 刺繡(자수)가 놓여 있는 것을 女子가 보았답니다. 미쓰비시의 어느 程度의 位置에 있는 者 인가는 잘 알 수 없으나, 토사(土佐)의 옛 武士라 하였으며 이야기 하는 것을 보면 매우 重要한 地位에 있는 者가 틀림 없는 것 같습니다."

"옛 토쥬우(土州)의 사무라이라……."

이즈미는 낮은 목소리로 중얼거리면서 물끄러미 空間의 한 点을 凝視 하는듯한 눈매였다.

미쓰비시商會는 토사번(土佐藩)의 해원대(海援隊)의 사카모토 류우마(坂本龍馬)등이 같은 번(藩)의 코도우쇼지로(後藤象二郞)나 이와사키 미따로(岩崎彌太郞)들과 合作으로 일으킨 토사상회(土佐商會)의 後身이다. 維新以後의 메이지(明治) 四年에 이와사끼가 오오사카에서 海運業을 始作할때 미쓰비시商會라 고치고 옛날의 同志였던 政府의 要人들과 손을 잡고 海運業界를 한손에 獨占하여 오늘에 이르고 있다. 따라서 幹部들 中에는 토사 出身이 많다.

"이름만 알게 되면 身分에 對해서는 이쪽에서 調査해 보지. 삿포로에 온 目的은 斟酌이 가던가."

"現在로서는 여기까지밖에 進行되지 못했습니다. 그러나 이곳으로 오기 前에 하꼬다데에서도 數日間 묵은 모양이고, 놀랍게도 요즈음의 開拓使의 官營事業 拂下件에 對하여 海運關係 事業을 겨냥해서 뒤 運動을 하고 있는 것이 아닌가하고 생각이 됩니다만."

"나도 그런 程度라고는 생각이 되지만……. 그것뿐만은 아닐 것같은 氣分이 든다네. 若干 마음에 걸리는 点이 있거든."

나수는 입을 다물고 이즈미를 바라보았다.

무엇이 마음에 걸리는가를 묻고 싶은 눈매였으나 그 程度까지 信用을 얻지 못했다면 굳이 듣지 않아도 좋다는 눈매이기도 했다.

이미 나수를 끌어들여 秘密을 要하는 일에 손을 대게끔 했다. 어정쩡한 信賴는 信賴가 아니다. 多少 危險이 없는 것은 아니지만 걸어 보는 수밖에 없다고 쓰나오는 나수의 눈길을 받아들이면서 마음속으로 決定했다.

"미리 말 해 두는 것이지만, 난베야, 이것은 나의 想像에 不過 해. 그런 意味에서 들어 보게나."

나수는 고개를 끄덕거리면서 姿勢를 고쳐 앉았다.

"나는 구로다 長官을 失脚시키려는 陰謀가 있는가가 아닌가하는 생각이 든다네."

"長官閣下를……. 開拓使에서 말씀입니까."

"陰謀가 있다고 한다면 以前부터 開拓使 內部에도 서로 氣脈을 通하고 있는 者가 있겠지. 그러나 長官은 政府의 參議이기도 하지. 그러니까 陰謀의 根源地는 政府內에 있는 것인지도 모른다는 거다."

나수는 눈 한번 깜박거리지 않고 쓰나오를 凝視하고 있을 뿐이다.

"그럴 境遇, 一介 開拓使의 問題가 아니다. 政府의 現勢力을 바꿔치려는 陰謀라고 보지 않으면 안 되네."

"그것은 어떤 證據라도 있어서……."

"아무것도 없어. 그래서 想像이라고 했지 않은가. 그러나 官營事業의 拂下에 對해서는 微妙한 問題가 있네. 假令 長官의 意中에 어떤 商會가 있다고 치자. 只今까지도 拓殖事業에 많은 利權을 얻고 있는 미쓰비시商會가 이것을 알고서 손가락만 만지작거리면서 보고만 있을 턱이 없다. 미쓰비시도 政府에 對해서 運動을 한다, 이것은 政府內의 反구로다派에게 있어서는 絶好의 機會가 되는 것이다. 미쓰비시商會의 이와사끼 요타로는 現在로서는 最高의 政商이란 말일세. 이와사끼의 背後에는 現政府의

參議인 오오구마 오모노부가 도사리고 있다네. 아니 오오구마 參議의 뒤에 미쓰비쉬가 도사리고 있다고 하는 것이 옳겠지."

"정말……."

조금 있다가 나수는 衝擊이 사라지지 않는 소리로 呻吟하듯 중얼거렸다.

"생각 할 수 있는 일이군요. 그럼 그 오세끼 다쓰오라는 人物은 簡單한 商用이 아니고…."

"그건 알 수 없지만, 마음에 걸린단 말이야. 그 男子에게 눈을 떼지 말아 주게."

"알겠습니다. 信賴해 주신데 對하여 어긋나는 짓은 絶對 없을 것입니다. 저도 原來는 사무라이 나부랭이입니다."

"付託하겠네."

이즈미는 가볍게 默禮를 남기고서 자리를 떴다.

나수의 餞送을 받으면서 밖으로 나오니 유월의 햇살이 水面에 은빛 종이를 발라 놓은 듯한 빛을 發散시키고 있다.

쓰나오는 近間에 도쿄에 한번 다녀와야겠다고 마음먹었다. 구로다 키요다카가 정말로 고다이 도모아쓰의 關西貿易에 一括拂下를 하려고 한다면 그것만은 구로다를

爲해서 어떻게 해서라도 생각을 바꾸도록 하지 않으면 안 되었다.

開拓使에 닫자마자 廳內의 雰圍氣가 뭔가 騷亂스러운 듯이 느껴졌다. 房으로 들어가자 곧 秘書가 들어왔다. 局長會議가 있으니까 곧 出席하라는 것이었다.

쓰나오가 會議室로 들어가자 토토노루 大書記官을 正面으로하고 卓子를 가운데로 그 左右에 六人의 局長이 앉아 있었으나, 언제나처럼의 會議가 아니고 어느 얼굴을 보더라도 못 올 데라도 온 것 같은 緊張스런 空氣가 꽉 차 있었다.

"늦어 罪悚합니다."

쓰나오가 누구에게라기보다 꾸뻑하고 자리에 앉자 토토노루 히로다케가 冊床위의 書類에 눈을 떨구고서 아까부터의 繼續인듯한 이야기를 始作했다.

"공봉(供奉)은 기타시라가와미야노우히자(北白川宮能久) 親王殿下를 爲始해서, 左大臣 아리주무가와미야다루히도(有栖川宮熾仁) 親王殿下, 오오구마 參議, 오오기 參議, 사사노 大藏卿, 도꾸다이 테라미야 內卿, 고메다 侍從長, 各省의 大書記官, 그 外 三百余名으로 七月 三十一日 도쿄를 出發…"

"말씀 중에 罪悚합니다만 只今의 말씀 어떻게 되는 이

야기입니까."

쓰나오가 물었다.

토토노루는 눈을 들어 그를 노려보았다. 늦게 와서 뭐냐는 듯한 얼굴이었다.

"오늘 아침, 宮內省과 구로다 長官으로부터 急報가 있었다. 天皇陛下께서 七月 末부터 約 二個月 豫定으로 東北地方및 北海道를 巡幸할 豫定이니 準備에 萬全을 期하라는 命令이 내려졌다."

쓰나오는 의자위에서 몸을 緊張 시켰다. 會議에 參席하고 있는 모두가 한결같이 緊張된 모습들을 하고 있을 뿐이다.

"七月 三十日, 도쿄를 出發, 토치키, 미야지루, 후쿠시마, 이와테의 諸懸을 巡幸한 後에 本道에는 八月 三十日, 아오모리에서 戰艦 후소(扶桑)를 타고 건너와서, 以後 九月 七日 하꼬다데, 오타루에서 出港 할 때까지 九日間에 걸쳐 全道 各地의 拓殖事業을 두루 觀覽하실 豫定이라네. 구로다 長官任은 마쓰호 內務卿과 함께 八月 上旬頃 먼저 이리로 건너와서 諸般의 準備에 萬全을 期하기로 되어있기 때문에 詳細한 것은 長官께서 오신 然後에 하기로 하고, 只今부터라도 大略의 準備에 臨하지 않으면 안 되겠네."

그리고선 各局의 當面의 準備分擔이 討議 되었지만, 亦是나 天皇의 巡幸을 迎接하게 되다보니 그것은 너무나 큰 일이 아닐 수 없었다.

道路 하나를 두고 말하더라도, 行列이 通過하는 길은 全道를 通하여 全部 整備하지 않으면 안 된다. 沿道의 警戒나 人民의 思想, 素行의 調査도 精密을 期할 必要가 있다. 一般行政은 巡幸이 끝날 때까지 一切 中止할 수밖에 別 道理가 없었다.

會議는 저녁때까지 繼續되었다.

이즈미는 토토노루에게 도쿄 出張의 許可를 얻으려 했었으나 그런 일이 언제 있었느냐는 듯이 完全히 사라져 버렸다. 이렇게 되다보니 但 半나절이라도 자리를 비울 餘裕가 없었다. 그는 자와키 刑法局長을 불러서, 다들 나가버린 房에 남았다.

"오타루의 驛貨物取扱所에 소네 쥬사부로라는 者가 있다네. 舊카이쓰의 武士였지. 이 者의 動靜에 對해서 뭔가 異常한 点이 있는 듯 하니까 먼저 귀담아 줍시사 하는 거라네."

쓰나오는 天皇의 巡幸을 알기 前까지에는 소네에 關한 것은 自己 스스로 非公式的으로 調査해 보려던 참이었다. 그러나 巡幸을 눈앞에 두고서는 騷擾의 낌새가 아무리 微微하다해도, 그냥 輕視해 버릴 수가 없었다.
 그는 刑法局長에게 난베야에게 보낸 소네의 便紙內容을 詳細하게 털어 놓을 수밖에 없었다.

4

 어느 날 아침, 쓰루요는 미네에게 이끌려서 오두막집을 나섰다.
 치사꾸는 날이 밝자마자 開墾地의 伐木作業場에 나갔고, 오두막에는 없었다.
 小作人으로 써 준 오까시마를 비롯하여 몇몇 큰집 부엌을 돌면서 人事를 끝마치고서 삿포로 神社를 參拜했다. 健康하고 無事하게 主人에 奉仕 할 수 있도록 해주십사 하고 미네가 가르쳐 준대로 몇 번이고 작은 목소리로 빌면서 合掌했다.
 "잘 듣거라. 只今부터는 난베야氏가 身元保證人으로서 父母 代身에 너를 보살펴 줄 것이다. 엄마, 아빠 걱정일랑 하지 말고 난베야의 夫婦를 父母라 여기고 말씀 잘 들어야 한다."

미네는 누비질 한 옷 위로, 난베야에게 보낼 膳物로 野菜 꾸러미를 지고서 한손으로 쓰루요의 어깨에 팔을 두른 채, 쓰루요의 발걸음에 맞춰서 걸어갔다.

가난의 밑바닥을 헤매면서 살아들 왔지만, 父母子息이 서로 떨어져 살아 온 적은 아직 한 번도 없었다. 열세 살 밖에 되지 않은 계집애를 남의집살이로 내 보내는 아픔과 別離의 悲哀를, 딸애가 알아채지 못하게 하는 것도, 미네로서는 쉬운 일이 아니었다.

"只今까지처럼 응석받이는 안 돼. 쓰루에게 잘못이 있으면 난베야氏에게 큰 弊를 끼치게 되니까."

"아아니, 난베야氏 집에 가는 거야, 저 官員氏 집에 가는 거야."

쓰루요는 미네를 쳐다보았다. 억지로 밝은 얼굴을 하고는 있지만, 實은 그 女도 內心 不安과 슬픔을 감출 수 없는 눈빛이었다.

"그저께 난베야氏가 와서 말씀 하셨지만, 네가 너무나 아는 것이 없는 애가 되다보니 이대로라면 그 집에 바로 들어 갈 수가 없다는 구나. 그래서 當分間 난베야氏가 너를 다리고 있으면서 禮儀凡節을 가르쳐 주려고 한단다."

"응, 응, 當分間……. 얼마만큼……."

"글쎄……. 二十日 程度나 한 달이겠지. 그야 너 하기

나름이겠지만."

"으응……."

쓰루요는 하늘을 쳐다보았다. 솜뭉치 같은 구름이 뭉게뭉게 떠 있고 허리에 차고 있는 방울이 구름 속으로까지 스며들어 갈 듯한 맑은 音色으로 딸랑거리고 있다.

남의집살이로 가는 곳이 그 男子아이의 집이라는 것이 그 女에게는 몹시도 가슴 아팠다. 그래도 當分間이나마 난베야의 집에 머문다는 것이 若干이나마 마음의 慰安이 되기도 했다.

"아빠도 쓰루에게 이런 苦生을 시키려고 한 것은 아니란다. 機會가 나빴을 뿐이지. 아빠를 怨望하지 말거라."

"알고 있어."

쓰루요는 미네를 쳐다보면서 싱긋 웃어 보였다.

삿포로에 到着한 치사꾸 一家는 쓰가루야(津輕屋)라는 싸구려 旅人宿에서 사흘 밤을 묵었었다.

到着한 다음날, 치사꾸는 쓰키삿푸로 나수를 訪問 하였으나 그곳에 살지 않고 삿포로 市內에서 난베야라는 이름으로 기름 장사를 하고 있다는 것을 알았으나 旅人宿에서 그렇게 멀리 떨어지지 않는 곳에 그 商店이 있다는 것은 까맣게 몰랐었다. 저녁 무렵이 되어서 脈이 풀려 돌아오는 치사꾸를, 藥行商을 한다는 같은 旅人宿의 中年 男子가 거리로 誘引했다. 行商을 해 먹고 사느니만큼 世態에 익숙한 빈틈없는 男子로서 能熟한 言辯으로 치사꾸의 氣分을 들추기면서 兩 길가로 술집이나 飮食店의 看板이 늘어뜨려져 있는 좁고 긴 거리로 그를 끌고 갔다.

"목덜미가 하얀 암여우들의 소굴입니다."

하고 藥팔이 男子는 잇몸을 들어내어 보이면서 웃었다. 암여우들이 득실거리는 私娼街 골목인 것 같았다.

치사꾸는 꼬리를 빼려고 했지만, 모든 것을 自己에게 맡겨도 좋다는 藥팔이에게 끌려 들어가는 모습으로, 어느 술집으로 들어갔다. 검정색 목깃을 하고 감색 천에다 빨강이나 엷은 노랑의 무늬를 세로로 넣은 무명 직물로 만든 옷을 입고서 목을 하얗게 칠한 女子들에게 둘러싸여 마시는 中에 元來부터 술 좋아하고 와자지껄 떠들고 노는 것을 좋아하는 치사꾸는 氣分이 너무 좋았다. 그래서 제법 時間이 흐른 뒤에,

"자, 方向을 바꾸어서, 좀 더 좋은 곳으로 案內합죠."

하고 藥팔이가 궁둥이를 들어 올렸을 때에는 치사꾸도 마음이 風船처럼 부풀어 올라 現在의 自身의 境遇같은 것은 念頭에서 사라져 버렸다. 그러는 中에 그곳의 計算은 藥팔이가 全部 끝마쳤다.

二次로 끌려간 곳은 우수노(薄野)의 倫落街였다.

이곳의 華麗하고 繁華함은 여우들이 득실거리는 술집 골목과는 比할바가 못되었다.

昇月樓, 北海樓, 花月樓, 長谷川 等等 커다란 妓樓가 二十余個 처마를 맞대고 나란히 붙어 있고, 遊廓內에는 수많은 네모진 看板燈이 대낮처럼 환하게 밝혀져 있으며, 各 店 앞에서는 女子들이 눈부신 洋燈불빛 속에서 오가는 男子들에게 秋波를 던지거나 嬌聲을 發하거나 하고 있다.

오타루에 있을 때 몇 번이고 지나친 일이 있는 곤돈정(金曇町)의 繁華함도 여기와는 比할 바가 못된다고, 醉해서 들떠있는 치사꾸의 눈에도 그렇게 비춰져 왔다.

후지이정(藤井町), 오끼정(仲町), 야나기가와정(柳川町) 等等, 그냥 지나치는 것도 구경하는 것도 아닌 그냥 이리저리 거닐다가 야나기가와町의 하루끼루(春木樓)라는 妓房으로 들어갔다. 꾸밈새를 보니 二流 程度의 妓房인 것 같다.

헌데 다음날 아침, 돌아가려고 하니 計算이 二人分으로서 三円 八十錢이 나왔다. 藥팔이는 엊저녁 술집에서 全部 써버리고 한 푼도 없다고 머리를 긁적거렸다. 치사꾸는 새파랗게 질렸으나 後悔해 본들 只今에는 아무런 뾰족한 수도 없는 것이었다.

미네는 울고 싶어도 울 수가 없는 心情이었다. 二年동안에 피눈물로 모은 四円 七十錢의 全財産이 但 하룻밤의 치사꾸의 女子놀음에 모조리 사라져 없어져 버렸다. 미네는 눈물을 흘렸으나, 아무 말도 하지 않았다.

이젠 믿고 있었던 돈도 없어져 버렸다. 最下級의 旅人宿이라지만 세 食口의 하루 寄居에 七十錢씩 支拂해야 하기 때문에 하루도 놀 수가 없었다.

치사꾸가 노는데 빠져있는 동안, 旅人宿 主人에게 물어서 난베야라는 商店을 確認해 두었기 때문에, 다음날 아침 미네는 치사꾸를 일으켜 끌듯이 하면서 난베야를 訪問했다. 그날의 旅館費도 없기 때문에 나수에게 엎드려 付託하는 道理밖에 없었다.

나수는 소네의 便紙를 읽고 事情을 들어 보고서는,

"妻子息에게 우는 얼굴을 보여서야 쓰겠소. 마음이 여리다는 것도 때로는 病이로구면."

하고 쓴웃음을 흘렸다.

"땡전 한 푼 貯蓄한게 없다면야 小作에서부터 始作 할 수밖에 方法이 없겠지만, 그 小作이라는 것이 本土와는 달라 開墾하는 거친 일이 많기 때문에 苦生이 이만저만 아닐 텐데. 참고 견디어 보겠소?"

치사꾸는 등골에 식은땀이 흐를 만큼 罪悚스러워서 제대로 對答도 하지 못할 地境이었다.

나수는 마루야마 部落의 오카시마 구타로(岡島駒太郎)라는 開拓農家에게 한 字 便紙를 적어 주었다.

오카시마는 나수와 같이 난베(南部)武士로서 메이지 四年에 마루야마의 산기슭에 자리를 잡고 農事를 始作한 사람 中에 한 分 이었다. 참고 견디면서 熱心히 하다보면 드디어는 土地도 나누어 받게 될 테고 그런 다음에는 마음먹기에 달렸다고 나수는 말했다.

開墾의 거친 일은 夫婦 단 둘이서 하는 게 좋고 손발을 빼앗기는 아이라도 있게 되면 그만큼 사는 것에 틈이 생기는 것이 눈에 보이기 때문에 계집애는 市內에 남의집 살이로 내 보내는 것이 좋겠다는 나수의 意見이었다.

"남의집살이라 해도 商家같은 곳은 일도 많고 고될 뿐 아니라 훗날을 爲해서도 좋지 않으나 多幸히 開拓使의 高官宅에서 잔심부름 할 계집애를 求하고 있거든요. 給料도 그렇게 나쁘지도 않을 것 같고 모쪼록 付託한다면 先受金도 약간 받을 수가 있지요. 훌륭한 家庭에서 行儀見習을 하는데도 큰 도움이 될 수 있으니까 本人을 爲해서도 좋다고 생각하오만."

치사꾸와 미네는 마루房에서 이마를 문지르고만 있을

뿐이었으므로, 오늘의 宿泊費도 없기 때문에 그렇게 하는 수밖에 다른 道理가 없었다.

미네로서는 쓰루요와 떨어져 산다는 것은 무엇보다 괴로운 일이었으나 쓰루요의 앞날을 爲해서도 나수의 말이 틀리지 않았다.

開墾地의 苦生을 생각하는 것만으로도 열세 살의 쓰루요에게는 너무 무거운 짐임에 틀림없다.

그러면서도, 찬찬히 그 高官의 이름을 듣고서 미네도 치사꾸도 마음을 定했다.

이즈미 쓰나오는 쓰루요의 잘못을 탓하지 않고 도리어 一円이라는 큰돈을 내려준 그 親切한 官員이었다. 그의 邸宅이라면 쓰루요가 눈물을 보이는 일이 없을 것이라고 생각되었다.

"아빠도 엄마도 죽어라하고 熱心히 일할 것이다. 너도 힘내어야 한다. 그렇게 하면 언젠가는 우리 父母子息 셋이 다시 모여 살게 될게야."

練兵場의 들판을 왼쪽으로 하고 屯田兵 大隊의 本部를 따라 큰길로 접어들면서 미네는 쓰루요에게라기 보다 自身에게 盟誓라도 하는 듯한 語調로 말했다.

쓰루요는 닳아서 끊어져버린 옷깃을 손가락으로 저미면서 끄덕하고 머리를 숙였다. 미네가 어느 때를 생각해서 접어 넣어준 2개의 十錢짜리 銅錢이 손바닥을 통해서 틀림없는 感觸으로 느껴져 왔다.

"바로 이 商店이다 알겠지. 얌전히 굴어야 한다."

난베야의 商店앞에 와서 미네는 쓰루요의 귀에다 대고 말하면서 옷매무새를 고치고선 商店앞을 지나 부엌 쪽으로 돌아가려고 했다. 그러자 商店안에 있던 젊은 女人이 計算臺 앞에서 일어서서 손짓을 한다.

"다까오까氏, 이리로 들어오세요. 잘 찾아 오셨군요."

이 分이 나수의 妻인 모토에였다.

크고 潤氣있는 눈동자와 아주 예쁜 입술을 가진 얼굴이 하얀 女人 이었다. 볼이 오동통한 모습으로서 美人이라고는 할 수 없으나 어디엔가 好感을 주는 그런 印象 이었다. 二十五-六歲 程度였으나 몸집이 작은 덕에 서너 살 程度 젊어 보였다.

모토에氏에 이끌리듯이 미네는 操心스럽게 商店안으로 들어갔으나 몇 번을 請해도 다다미위로 올라가지 않았다. 그 女는 商店바닥을 淸掃하고 있는 十五, 六歲의 見習店員에게까지 鄭重히 허리를 굽혀 人事를 하고 겨우 다다미 한쪽 모서리에 살짝 걸터앉았다.

"올라오셔서 마음 便히 앉아 계세요. 우리 집 그이는 出他中이라서 저와 심부름하는 할멈밖에 없으니까요."

모토에는 다시 한 번 상냥한 語調로 미네에게 勸하면서 兩허리의 옷 구멍에 손을 찔러 넣고서 그 앞에 버티고서 있는 쓰루요에게 微笑를 보내었다.
　"쓰루야, 잘 와 주었구나."
　"응"
　쓰루요는 모토에의 뒤쪽의 선반위에 즐비하게 얹혀 있는 가지各色의 여러 가지 모양의 램프에 눈을 빼앗기면서 끄덕거렸다.
　"이것 봐! 人事를 드려야지."
　미네가 눈을 흘기는 듯이 바라보니까 唐慌한 나머지 쓰루요는 人事를 했으나 그와 함께 이마를 찰싹 두드리며 혓바닥을 낼름 내어 미는 習性이 다시 튀어 나오고 말았다.
　미네는 얼굴이 빨개져서 앉아 있던 門地枋 近處에서 일어섰으나 모토에가 웃으면서 말렸다.
　"當分間은 쓸쓸하겠고 울고 싶을 거다. 울고 싶을 때에는 실컷 울어도 좋아요. 그런데 울고 나서는 다시 元氣를 되찾아 熱心히 하는 거다. 알겠지."
　쓰루요는 아무 말 없이 고대를 끄덕일 뿐이다.
　모토에의 말은 앉은 자리에서의 一時的인 慰安이 아니었고 남의집살이의 괴로움을 強調하고 있는 것도 아니었다. 自身을 쓰루요의 立場과 바꾸어 놓고 말하고 있는 어머니 같은 氣分이 느껴지는 것이다.

미네는 몇 번이고 되풀이하여 모토에에게 쓰루요를 付託한다고 말하면서 자리를 일어섰다.

"잘 알아들었지, 쓰루요. 남의집살이가 第一 主要한거다. 다른 것은 아무것도 생각 말거라. 病에 걸리지 않게 하고, 몸을 잘 돌봐야 하는 거다."

미네는 쓰루요의 어깨위에 兩손을 얹고서 그렇게 말했다. 목소리가 떨리고 있었다. 쓰루요는 모토에와 함께 門밖까지 미네를 餞送했다.

"걱정하지 마세요. 제가 틀림없이 引繼 받았으니까요."

하고 모토에가 말했으나 미네는 벌써부터 對答을 할 수 없는것 같았다. 다만 말없이 鄭重하게 머리만 숙일 뿐으로서 발걸음을 돌려 빠르게 그 場所를 벗어났다.

"엄마……."

반마장 程度 물끄러미 바라보고 섰던 쓰루요는 急히 큰 목소리로 엄마를 불렀다. 앞으로 몸을 구부리고 걷고 있는 미네의 뒷모습의 어깨언저리가 가느다랗게 흔들리고 있는 듯이 보였다. 그러나 미네는 끝내 뒤를 돌아보지 않았다.

쓰루요는 이를 악물고 서 있었다. 참을 수 없는 외로움이 波濤처럼 몸 全體에로 퍼져서 눈앞이 안개처럼 부옇게 흐려져 왔고 멀리 사라져가는 미네의 뒷모습이 아지랑이 속을 뚫고 보는 것처럼 어른거렸다.

울지 않아, 絕對로 울지 않는단 말이야, 고 쓰루요는 마음속에서 必死的으로 되뇌고 있었으나 코끝이 시큰둥, 꽉 다물고 있는 입술 언저리가 痙攣이라도 일어나듯 툭 튀어 나왔다.

"벌써 울고 싶어 졌구나. 若干 빠른데."

미네의 모습이 골목을 돌아 보이지 않게 되자, 뒤에서 모토에가 어깨에 손을 얹고서 웃으면서 말했다.

"울게 뭐야!"

쓰루요는 소리를 쳤고, 그 소리에 놀라서 모토에가 뒤돌아보았다. 마음속에서만 되뇌고 있던 말이 不知不識間에 입언저리를 트고 튀어 나와 버렸던 것이다.

"그 勇氣, 그 勇氣. 자 먼저 沐浴부터 하고 나서 옷을 갈아 입자구나."

모토에는 그렇게 말하고서 쓰루요의 팔을 끌고 商店 안으로 들어갔다. 쓰루요도 自身의 부르짖음에 얼마간 唐慌해서인지 얼마간 氣分이 바뀌어졌다.

심부름하는 할멈과 見習店員인 신기찌에게도 紹介를 해 주었다. 할멈은 야마기시 마쓰노(山岸松乃)라 하였고 그 亦是 난베야에서 일하고 사는 쓰기삿푸 사람이었다. 일흔을 넘고 있기 때문에 開墾地의 밭일에는 無理였으므로 家族과 떨어져서 난베야에서 심부름이나 하고 있다고 했다.

마쓰노 할멈이 솥에서 더운 물을 큰 자배기에 부어서 뒷 門 앞에 내어 놓았기 때문에 쓰루요는 부엌의 入口에서 옷을 벗고서 자배기 속으로 들어갔다.

그러나 처음 찾아온 집의 뒷 門에서 발가벗은 몸으로 자배기에 몸을 담그고 있자니, 다시금 쓸쓸함이 휩싸여 오는 것이다. 只今쯤 미네는 얼마만큼 가고 있을까하고 생각이 들고, 어쩐지 自身은 알 수없는 먼 異國땅에 홀로 남겨져 버렸다는 氣分이 드는 것이다.

"쓰루야, 아줌마가 씻어 줄까."

붉은 깃을 단 옷을 입고서 소매를 걷어 올린 모토에가 그렇게 말하면서 나왔기 때문에 쓰루요는 눈에서 흘러넘치려는 눈물을 보이지 않으려고 唐慌스럽게 兩손으로 더운 물을 퍼서 亂暴스럽게 얼굴을 씻었다.

"亦是나 雪國의 아가씨로군. 이렇게 예쁘고 하얀 皮膚를 갖고 있지 않나. 헌데, 얼굴이나 목에 이렇게 때가 더북이 끼어서야 원."

모토에는 뒤로돌아 쓰루요의 목덜미를 씻어주면서 옷

었다.

"저……."

쓰루요는 몸을 움츠리면서 입을 다물었다.

"뭔데……."

"나요, 여기로 일하러 왔는가요."

"그렇지. 그런데 왜? 이제부턴 나라는 말은 쓰면 안 돼. 저라고 하는 거다."

"응"

"이말도 네라고 하는 거다. 왜냐하면 쓰루는 女子이기 때문이다. 그런데 왜?"

"일하러 왔는데도 여기 있는 사람이 몸을 씻어주고 해도 되는 건지……."

"오늘은 特別이다. 처음 맞는 날이니까. 그보다도 쓰루짱은 말부터 고쳐야겠구나. 훌륭한 官員의 邸宅에서 살게 될 테니까."

응, 하고 말하고서 唐慌해서 쓰루요는 머리를 흔들었다.

모토에는 몇 번이고 더운물을 갈아가며 精誠스럽게 몸을 씻어 주고서는 머리를 풀어 헤치고 머리까지 깨끗이 빨아 주었다. 쓰루요는 모토에의 손에 몸을 맡겨두고 있는 것에 그 어떤 幸福感을 맛보고 있었다. 急速히 모토에가 좋아지고 있다는 것을 알 수 있었다.

"끝나면 저기 옷을 내다 두었으니 갈아입도록 해라."

모토에는 손을 닦으면서 부엌 門으로 들어가 쓰루요가 입고 있던 옷을 안고서 그대로 안으로 들어가려고 했다.

그때 쓰루요는 갑작스레 무언가 생각이 떠오르는 듯했다. 그 女는 더운 물방울을 튀기면서 자배기에서 튀어나와 모토에의 손에서 自身의 옷을 빼앗았다.

"왜 그러니. 이것은 빨아서 잘 넣어두면 되지 않겠니."

어이없다는 表情으로, 모토에는 젖은 맨몸의 가슴에 누더기 같은 옷을 꼭 끌어안고 있는 쓰루요를 내려다보았다.

"이 옷이 마음에 들지 않느냐."

이 말을 듣고 쓰루요는 入口의 다다미위에 놓여있는 진 붉은 色에 紺色의 씨알이 돋보이는 기모노에 눈을 돌렸다. 綿織物이기는 하지만 아직도 새 옷 같은 옷이었다. 마음에 들지 않을 理가 없다.

쓰루요는 세차게 고개를 저었다.

"자, 옷을 갈아입어야지."

쓰루요는 마루방에 놓여있는 새 옷과 가슴에 안고 있는 누더기를 比較해 보면서 난처한 듯한 眞摯한 表情이 되었다.

"여기 二十錢이 들어 있어요."

"어디……."

"여기 이 옷속에요."

쓰루요는 밖에서 옷의 깃을 누르듯이 하면서 對答했다.

모토에는 그 近方을 만져보고 깃 뒤쪽에 바늘로 뉘어져있는 두개의 硬貨의 感觸을 確認 하고서 마음속으로 깊이 생각하는 듯한 語調로 말했다.

"엄마가 누벼 주었군그래. 未安하다. 잘 몰랐던 거다. 安心하고 옷이나 갈아 입거라. 돈은 大安心."

쓰루요는 환한 웃음을 띠면서 고개를 크게 끄덕거렸다.

沐浴을 끝내고 옷을 갈아입고서, 모토에가 머리까지 빗겨 매어주고서는,

"쓰루짱, 너, 宏莊한 美人이구나. 딴사람 같아 보여."

모토에가 感歎스런 목소리로 말했다.

쓰루요도 거울속의 自身이 自身이 아닌듯한 錯覺을 일으킬 程度였다.

모토에는 뉘어놓았던 두개의 十錢짜리 硬貨를 꺼내어서 옷장의 작은 서랍을 열더니 비단으로 만든 작은 주머니를 꺼내어서 그 속에 넣었다. 그리고서는 옆구리에 달고 다녔던 방울도 함께 주머니에 넣어서 그것을 쓰루요의 허리에 매달아 주었다.

나수가 돌아 온 것은 해가 지고 난 뒤였으나 부엌 안에

서 종종걸음으로 달려 나와서 멋적은듯이 웃으면서 人事를 하는 少女를 얼른 알아보지를 못하였다.

"왜 그렇게 서 계세요. 쓰루요입니다."

모토에가 자랑스러운 듯이 말하는 것을 듣고서도 마루야마의 開墾 오두막에서 보았던 땟자국이 자르르한 山원숭이같은 계집애와 눈앞에 서 있는 少女가 焦点이 흐린 映像처럼 잘 겹쳐지지가 않았다.

"하아, 이 애가 그 애인가……. 놀래키키는군. 작아도 女子란 亦是 도깨비로구먼."

하고 나수는 웃었으나 半 程度는 正直한 感情이기도 했다.

居室로 들어가자 곧 나가봐야한다고 옷도 갈아 입지 않고 火爐옆에 앉은 나수는 葉茶를 따르고 있는 모토에게,

"놀랬는걸, 정말."

하고 다시 한 번 말했다.

"저 程度라면 어디에 내어 놓아도 부끄럽지 않겠는데."

"말씨만 듣지 않는다면요."

"그런데 저 程度라면 意外로 빨리 이즈미氏 宅에 넘겨 주어도 괜찮지 않을까 몰라. 實은 오늘도 暫間 만났지만,

매우 바쁜 것 같고, 집에서도 될 수 있으면 빨리 사람이 必要 하시다더군. 더군다나 八月末頃에 天皇弊下께서 오시게 되어 있으니까. 只今부터 計算하더라도 두 달밖에 남지 않았지."

"天皇弊下께서? 여기 삿포로에 말씀인가요."

"東北 各縣도 巡幸할 豫定이시라더군."

"그러시다면 꽤 急하게 되었군요."

"오신다고 한 것은 지난해부터 定해져 있었다고는 하지만 若干 日程이 앞당겨 졌을 뿐이지. 여기 東北地方에서도 自由民權論者의 勢力이 펴져가고 있는 狀態에서 政府는 손을 쓰지 못하고 있거든. 豫定을 앞당겨서라도 天皇을 앞에 내세워 威壓을 내어 보이려는 手段이기도 하지만, 迎接하는 것도 큰일이야. 本廳에서도 마치 戰爭이라도 일어 난 것처럼 騷亂스럽다네."

"그렇다면 邸宅쪽에서도 뭔가 바쁘기 한량없겠네요."

"禮儀凡節이 그렇게 나쁘지 않을 程度면 괜찮으니까 되도록 빠른 時日內에 다려다 주도록 하게나. 그럼 나 暫間 나갔다 올 테니까."

"어디에? 食事도 하지 않으시고."

"야요루에."

나수가 싱긋 웃고서 일어서자 모토에도 일어나서 옷장

속에서 돈을 꺼내어 나수의 손에 쥐어 주었다.

"軍資金이 不足하면 허술하게 取扱當하기 마련이니까요."

"대단히 고맙습니다, 대장님."

夫婦는 웃으면서 商店을 나왔다.

쓰루요가 부엌에 있다가 뛰어 나왔다.

"어데 가는 거야. 只今 곧 밥 먹어야 하는데. 할멈이 이렇게 말했단 말이야."

나수와 모토에는 서로 얼굴만 쳐다볼 뿐이다.

"쓰루요, 너무 했구나. 이제 겨우 사랑스런 아가씨가 되었는데. 그런 말투를 쓴다면 도로아미타불이잖아."

나수가 어이가 없다는 듯이 말하자, 모토에는 웃음을 참지 못하고 터트리고 말았다.

쓰루요는 난베야에서 十余日間 머물렀다.

그사이 말의 씀씀이나 行動擧止에 對해서 嚴하게 다루었으나 그렇게 했어도 쓰루요는 괴롭다거나 하는 생각은 조금도 하지 않았다. 모토에의 가르침이 嚴하기 짝이 없었으나 그것이 嚴하다는 생각이 들지 않도록 깊은 思慮가 담겨져 있었다. 언제나 아이들 마음에 傷處를 입힌다거나 부끄러움을 느끼지 않도록 細心한 마음을 쏟고 있었다.

 일하는데 對해서는 쓰루요에게는 아무것도 아니었다. 아침 어스름할 때 일어나서 밤늦게 잘 때까지 그 女는 조금도 가만히 앉아 있지를 않았다. 무슨 일을 해야 할 것인가를 기다리고 있지 않았다. 할멈인 마쓰노가 움직일 틈을 주지 않을 程度였다.

 모토에가 말리지만 않는다면 마쓰노 뿐만이 아니라 見習店員인 신기찌까지도 自身의 일이 남아 있지를 않았을 게다. 난베야에 일하러 온 것이 아니라고 달래면서 商店 일은 쓰루요에게는 絶對 시키지 않았다.

 七月 九日의 아침, 쓰루요는 작은 보퉁이를 끼고서 나수를 따라 난베야를 떠났다. 보퉁이 속에는 모토에가 만들어 준 여름옷과 속옷가지와 잠옷이 들어 있었다.

 마쓰노는 배앓이에 特效藥이라는 藥을 주었고, 신기찌는 구부러진 구슬처럼 생긴 청석(靑石)을 주었다. 그가 熱心히 說明하는 것을 들어보면, 그것은 아이누族의 寶物로서 酋長만이 가질 수 있는 貴重한 寶物이라고 한다. 이 얼빠진 듯한 少年은 쓰루요와 헤어진다는 것이 무척이나 쓸쓸히 여겨졌는가 보다.

 모토에들은 모두 商店 門밖에까지 나와서 餞送해 주었다. 쓰루요는 뒤돌아 보고 싶은 마음을 참았다. 미네가

自身을 두고 떠나갈 때 한 번도 뒤돌아보지 않았던 그때의 氣分을 잘 알 것 같았다. 모퉁이를 돌때쯤, 참을 수가 없어서 뒤돌아 보았을 때 모토에들은 아직도 商店앞에 그대로 서 있었다.

"지금 가는 곳은 모두가 좋은 分들 뿐이니까 걱정할 必要는 없을 것 같다. 너는 일하는 애이고 性質도 明朗할뿐더러 率直하기 때문에 꼭 마음에 들어서 귀염을 받을 것이다."

나수가 慰勞하듯 말했다. 自身은 아무런 생각도 없이 마음을 기쁘게 해 주려고 했었으나 亦是 쓰루요의 얼굴에는 걱정스런 빛이 엿보이고 있었다.

"나도 자주 들릴 것이고 모토에도 이따금씩 너를 보러 들릴 테니까 困難한 일이라도 있으면 그때그때 辭讓말고 이야기 해라. 우리는 너의 父母를 代身하고 있으니까 말이다."

"네"

"나는 近間에 요코하마에 일이 있어 가는데 일을 熱心히 하고 있으면 돌아 올 때 좋은 膳物이라도 사다 줄께."

쓰루요는 고개를 끄덕거렸으나 웃음은 떠오르지 않았다. 이제부터 가는 집에서는 난베야와같이 마음이 便할 턱이 없다. 그 차가운 눈을 한, 對하기에 어렵게 보이는

官員이나 神經質的인 그의 妻를 나수나 모토에와 比較할 必要조차 없었다.

그리고 무엇보다도 괴로운 것은 그 少年의 存在였다. 그는 훌륭한 家門의 少年 이었다. 계집애들에게 돌멩이를 던진다거나 親舊들과 어울려 싸움질이나 한다든가 하는 亂暴한 곳이 없다. 그러나 그가 그런 亂暴한 便이 한결 마음이 便할 것이라고 생각되었다.

그의 앞에 서야 된다는 것을 생각하면 몸이 움츠려 들 것 같은 氣分 이었다. 라는 것은 그 少年이 싫어서가 아니었다. 少年에 對한 숨 막힐 것 같은 一種의 劣等感이 어디서부터 오는지를 쓰루요는 알 수가 없었다.

"그쪽의 아이들, 어떻게 부르면 좋은가요."

"지로氏는 도련님, 다께꼬氏는 아가씨라고 부르지 않으면 안 된다. 꼭 그렇게 불러야 된다."

쓰루요는 얼굴이 새빨개졌다. 입으로 말은 하지 않았으나, 가슴속에서부터 소리가 튀어 나왔다.

---싫어요. 그런 異常한 말은 絶對 안 할 거야.

그런 奇妙한 말로서 같은 또래의 아이들을 불러야 할 自身을 想像하는것 만으로서도 쓰루요는 부끄러움에 몸 全體가 근질거려 왔다.

더군다나 그 少年에 對해서는 더더욱 그러했다.

電信局을 돌아서 警察署 앞을 지나 두 사람은 靑官邸 앞에 到着했다.

바로 그 時間 두 사람이 門을 들어서려 할 때, 기모노로 正裝을 한 우다꼬가 玄關門을 나서려 하고 있었다. 그 뒤에는 그것도 端正하게 하까마(가랑이가 넓어 치마같이 보이는 일본 옷)를 입은 지로가 뒤따르고 있었다.

"外出하시는 참이시군요."

"네, 오늘이 農學校의 卒業式 날이고, 本科 學生들의 教鍊査閱이 있어서 지로에게도 보여 주어야 한다고 말씀이 있으셨기 때문이에요."

하고 對答하면서도 우다꼬의 視線은 나수의 뒤에 조그맣게 서있는 쓰루요에게 던져져 있었다. 自己의 눈을 疑心하고 있는 듯한 그러한 모습이었다.

"난베야氏, 이 애가 다카오카 쓰루요입니까?"

"그렇고말고요. 쓰루요, 人事 드려야지."

"쓰루요라 합니다. 아무쪼록 잘 봐 주시기 바랍니다."

쓰루요는 모토에가 가르쳐 준 대로 깊숙이 절을 하고서 鄭重히 人事말을 했다.

"몰라보겠는데요, 정말……. 난베야氏, 主人께선 當身任께 用務가 있으시다고 안에서 기다리고 계십니다만."

그들을 보내고서 쓰루요는 나수를 따라 뒷 門쪽으로 돌

아 들어갔다. 쓰루요는 지로가 그 女에게 別다른 注意도 보내지 않고 재빨리 지나쳐 갔다는 것에 對해서 가슴을 쓰러 내리는 듯한 氣分이 드는 것이었지만 그런데도 한편으로는 不滿이기도 했다. 우물 옆 가까이에 있는 倉庫앞에서 장작을 패고 있던 奴僕인 구라기찌(倉吉)가 부엌門 앞에서 書生인 이네무라(稻村)를 불러 나수氏가 왔다는 것을 알렸다. 書生은 안으로 들어가자 곧 되돌아왔다.

"어서 書齋로 듭시랍니다."

하고 말했다.

나수가 쓰루요에게 기다리라는 말을 남기고 안으로 들어가 버리자 書生은 넓은 문 앞에 선채로 入口에 몸을 꽂꽂이 한 채로 서 있는 쓰루요를 神奇한 物件이라도 보는 듯이 내려다보고 있다.

"너, 그 떡 팔이 계집애지. 꽤 不潔스런 계집애였잖아."

뻐기는 듯한 態度로서, 말은 사쓰마 사투리였다.

"쓰루요라 합니다. 앞으로 잘 付託드립니다."

쓰루요는 다시 단 하나 記憶하고 있는 人事를 했다. 邸宅에 가거들랑 누구에게라도 그렇게 하라고 모토에로부터 再三 注意를 받으면서 가르쳐 받았던 말이었다.

"야, 이거 氣分 그만인데. 普通사람들처럼 人事도 할 줄 알지 뭐야."

이네무라는 허리에 兩손을 걸치고서 몸을 뒤로 젖히면서 웃었다.
"그 外도 뭔가 말 할 수 있겠지. 말 해 봐."
쓰루요는 고개를 들어 이네무라를 쏘아 보았다.
"아하, 저 얼굴, 只今 그 얼굴이 所重히 간직해야 할 니다운 얼굴이야. 저것 보라고, 멍텅구리가 아는 게 그 말 밖에 없어서 앵무새처럼 뇌까리고 있다니까."
하고 이네무라는 재미있어 했다.
"아침부터 밤까지 잘 付託 해야 할 쪽은 난데, 난베야도 어수룩하게 가르쳤구먼, 강아지도 大槪는 너보다 재주가 많단 말이야."
"아저씨는 이집에서 뭐야."
쓰루요는 얼굴이 발갛게 되어서 물었다.
自身이 개와 比較된데 對해서도 憤慨했지만, 그보다도 너무나 좋아했던 난베야의 사람들을 비웃고 있는 것이 너무나 氣分이 나빴던 것이다.
"아저씨라고 부르는 子息이 어디있어. 이네무라氏라고 불러. 난 이 집의 書生이다."
"書生이 뭔데. 여기 主人任처럼 偉大한건가."
"바보 같군, 너 말이야. 使用人을 主人과 比較하여 어쩌겠다는 거야."

"使用人이라고. 그건 뭔데."

"아무것도 모르는 子息 아냐, 진짜. 말하자면 쓰이고 있는 人間이란 뜻이야."

"그렇담, 나와 똑같은거 아냐."

이네무라는 妙한 얼굴을 했다.

"이 子息, 쪼그마한 계집애가……."

이네무라는 半은 本心으로 入口에서 내려섰지만, 바로 그때 밖에서 구라기찌가 들어오는 것을 보고서 재빠르게 생각을 멈췄다. 구라기찌는 말없이 부엌 구석 쪽에서 빨랫감이 들어있는 광주리를 들고 나와서 쓰루요에게 안겨 주면서,

"이리 따라 오너라."

하고 앞서서 우물곁으로 걸어갔다.

"따분할 테니까 빨래라도 하고 있어라. 그 사이에 夫人께서 돌아오실 테니."

구라기찌는 쓰루요가 걸치고 있는 보퉁이를 받아서 곁에 심어져 있는 단풍나무 가지에 걸어 놓으면서 앞니가 하나도 없는 입을 오므리면서 웃어 보였다.

"未安해요."

쓰루요는 氣分이 시무룩해져 있었다.

"謝過 할 必要 없다. 넌 일하러 왔지 귀염을 받으러 온

것은 아니니까. 그런데 저놈도 나쁜 놈은 아니란다. 그래, 사이좋게 지내거라."

"네. 저, 다까오까 쓰루요라 합니다. 잘 付託 하겠습니다."

쓰루요는 싱긋 웃으면서 끄덕하고 머리를 숙였다.

"쓰루요라. 꽤 좋은 이름인데. 난 구라기찌란다. 자배기는 저쪽 倉庫에 있단다."

구라기찌는 그렇게 말하고서 남아있던 장작을 패기 始作했다. 쓰루요도 힘차게 우물곁에서 빨래를 始作했다.

한 時間程度 지나서 나수가 나왔을 때에는 벌써 쓰루요는 산처럼 쌓인 빨래를 헹구어서 빨랫줄에 널어 말리고 있었다.

"해내고 있구나. 바로 그거야."

나수는 쓰루요의 어깨를 두드려 주면서 말했다.

"熱心히 일해서 귀여움을 받는 거다."

"저-, 아줌마는 언제쯤 오시는 거죠?"

"아아니. 마음이 놓이지 않는단 말이야. 난 來日 急히 요코하마(橫浜)로 出張을 가게 되어있고 아줌마도 當分間 商店을 비울 수가 없을게다. 主人任께 잘 부탁드려 두었으니까 걱정할 것은 아무것도 없다. 몸이나 아프지 않도록. 알겠지."

나수는 그렇게 말하고 急히 돌아갔다.

그로부터 조금 後에 쓰나오도 官廳으로 出勤했다.

쓰루요도 구라기찌가 가르쳐 준대로 玄關쪽으로 달려가서 餞送했으나 쓰나오는 無表情한 視線을 던져 줄 뿐이었다.

四時가 若干 지나서 우다꼬와 지로가 農學校의 卒業式을 보고서 돌아 왔을 때에는 쓰루요는 구라기찌氏에게 물어가면서 邸宅 안팎의 淸掃와 沐浴湯의 물도 채우고 周圍의 풀 뽑기도 全部 끝내고서 부엌 구석에서 서투른 솜씨로 이네무라의 셔츠나 구라기찌 할아범의 옷의 터진 곳을 꿰매고 있었다.

우다꼬는 아무런 말은 하지 않았으나 그 일하는 솜씨가 퍽이나 마음에 드는 것 같았다. 그 女는 새삼 집안의 구석구석을 案內해 주면서 하루 해야 할 일의 順序를 일러 주었다.

順序에 依하면 아침 다섯 時에 일어나서 아궁이에 불을 지피는 것으로부터 始作해서 밤 우다꼬가 자도록 許諾할 때까지 거의 숨쉴 틈도 없이 꽉 짜여 있는 日課였으나, 쓰루요는 도리어 生生한 氣分이었다. 일하는 것이 즐거웠을 뿐 아니라 아무리 바쁘더라도 그저 普通이었다. 몸을 움직이지 않고 있는 것이 도리어 苦痛스럽기까지 했다.

 따로 房이 주어진 것도 그 女에게는 一種의 奇妙한 일이기도 했다. 自身의 房이라고 하는 槪念부터가 그 女에게는 잘 納得이 가지 않았다. 즐거운 일이 아닌 것은 아니지만 異常스럽게 여겨지는 쪽이 더 强하게 느껴졌다.

 여기는 부엌에 隣接한 다다미 석장 程度의 房으로서 이제까지는 구라기찌 할아범의 房이었으나 구라기찌는 玄關옆의 이네무라의 房을 같이 쓰도록 하였는데 이네무라는 그것이 큰 不滿이었다.

 "오늘의 卒業式에서는 열 사람 卒業生 中에 다섯 사람이 演說을 했는데 오오다 이네쓰구(太田稻造)라는 사람과 아시타데 겐따로(足立元太郞)라는 學生은 英語로 演說을 하더구나. 우찌무라 간죠(內村鑑三), 히로이 오사무(廣井勇), 미노베 긴고(宮部金吾)의 세 사람의 演說도 훌륭했다. 모두가 너 또래의 젊은이였다. 너도 房이 어떠니 不平스런 얼굴을 하기보다 조금이라도 工夫에 精進하도록 하거라."

 하고 지로를 나무랬다.

 學校로부터 돌아온 다께꼬는 부엌에서 일하고 있는 쓰루요를 보고서는,

 "너, 그 데미야에 있던 애?"

"네, 쓰루요입니다."

"헤에, 아주 예뻐 보이는데. 이 程度라면 귀여워 보이는데."

하고 어느 쪽이 年上인지 分間키 어려운 高壓的인 말을 던진 다음,

"잘 付託한다."

하고 웃었다.

그날 밤은 本廳의 給仕가 늦을는지 모르니까 먼저들 食事를 하라는 쓰나오의 傳言을 가지고 왔다.

그로부터 暫時 後, 쓰루요는 自身이 第一 苦痛스런 時間이 家族들의 食事時間이라는 것을 알 수 있었다.

밥상을 居室로 옮긴 後, 家族 여러 分이 食事가 끝날 때까지 그 女는 한쪽 구석에 앉아서 밥을 떠 주는 일을 하지 않으면 안 되었지만 이것은 그렇지 않아도 가만히 앉아 있는 것을 싫어하는 쓰루요에게는 바늘方席에 앉아있는 것 보다 더 苦痛스러웠다. 우다꼬는 그 女에게 空器의 밥 담는 法이나 밥을 담아 건네주는 法 까지의 一擧一動에 注意를 주면서 다께꼬의 재잘거림을 눈을 가늘게 뜨고서 받아 주고 있다. 눈앞의 家庭의 團欒(단란)함을 일부러 강하게 보여 주고 있고, 한편으론 完全히 無視當하고 있는 異色分子의, 몸 둘 곳 조차도 悚懼(송구)스러운 괴로

움은 생각치도 못한 사이에 마음의 저 밑바닥에까지 아프게 느껴져오는 經驗이기도 했다.

지로는 어머니나 女同生과 한마디도 입을 열지 않았다. 쓰루요에게도 눈길 한번 보내지도 않았다.

"지로야, 왜 그러느냐."

하고 우다꼬가 물어 올 程度로 그는 굳은 얼굴 表情이었다. 어떻게 보면 火가 나 있는 듯한 느낌마저 드는 것이다.

"아니요, 아무 일도 아니에요."

지로는 밥공기에 視線을 떨어뜨린 채 말하고선 재빨리 食事를 끝내고 곧 일어서서 自身의 房으로 들어가 버렸다.

쓰루요는 自身이 이 집에 온 것이 지로의 氣分을 傷하게 하고 있다고 생각했다. 그런 생각은 그 女의 마음을 더욱 萎縮시켰다. 그러나 지로가 자리를 일어서서 나가고 나자 한결 홀가분하다고 생각하기도 했다.

居室에서 食事가 끝나자 쓰루요는 이젠 살았다는 氣分이었다. 밥상을 거두어 부엌에 구라기찌와 이네무라의 食事를 準備했다. 그 女는 두 分의 식사가 끝난 後에 혼자서 먹어야 한다고 했다.

쓰루요는 뒤꼍으로 나와서 불을 부는 대통을 가지고

沐浴湯의 아궁이로 갔다.

지로는 오늘 하루도 입을 열지 않았다. 울고 싶을 程度로 마음이 沈鬱했다.

저런 子息, 심보 나쁜 바보子息, 지로 바보…….

불이 氣勢좋게 타고 있는데도 쓰루요는 일부러 볼을 불룩이면서 세게 대통을 불었다. 몇 번이고 똑같은 動作을 되풀이 했다. 그렇게 함으로써 지로에게 自身의 마음을 傳해 주는듯한 氣分이 드는 것이다.

어디엔가 바로 近處에서 부엉이가 울고 있었다.

그 女는 일어서서 周圍의 어둠을 휘둘러보았다.

마루야마에서는 밤에 오두막의 窓으로 부엉이가 보일 때도 있었다. 사슴의 무리들이 숲을 달리는 소리 때문에 밤늦게까지 잠을 이룰 수 없는 밤도 그렇게 珍貴한것도 아니었다.

치사꾸와 미네의 일이 별안간에 머리 가득히 겹쳐와서 쓰루요는 밤의 어둠을 向하여 입속으로 가느다랗게 두 사람을 불러 본다.

눈물이 흘러 나왔다. 그 女는 대통을 쥔 손등으로 亂暴스럽게 눈물을 닦았다.

"자, 나와 바꾸자구나."

갑자기 등 뒤에서 소리가 들리기에 돌아다보니 언제

나와 있었는지 구라기찌가 서 있었다. 쓰루요의 눈언저리가 물기에 젖어 있는 것을 알아 차린 듯 했으나 아무 말도 묻지 않았다.

"배고프지. 얼른 가서 밥 먹어라."

쓰루요는 끄덕이었으나 그대로 그곳에 서서 마루야마 쪽인듯한 밤하늘을 쳐다보고 있었다.

"할아버지는 삿포로 사람?"

그대로의 姿勢로 그 女는 쓸쓸히 물었다.

"에도(江戶)란다."

"에도란? 도쿄라는 곳?"

뒤돌아보니 구라기찌는 아궁이 앞에 앉아서 담뱃대에 불을 붙이고 있었다.

"그럼, 할아버지 食口는 도쿄에 있나요?"

"아무도 없단다. 아들이 한 놈 있었는데 우에노(上野)의 戰爭에서 죽어버렸단다."

"응, 그럼, 할아버지 집은 사무라이?"

"代代로 표구사(表具師)였단다. 그놈은 職場人이면서 사무라이 흉내를 내다가 죽고 말았지 뭐냐. 바보 같은 이야기지."

구라기찌는 담뱃대의 꼭지를 가볍게 장작개비에 털면서 일어섰다.

그 時刻 이즈미 쓰나오는 야요루의 안방에서 시부에 物産課長과 마주 앉아 있었다.

一週日 以前에 本廳의 職制가 改編되어 從前의 局이 課로, 課는 係로 바뀌어졌다. 特別히 相議할 일이 있다고 傳한쪽은 시부에 유끼쓰께였다.

"다름이 아니고 關西貿易商會에 對한 一括拂下가 어떤 性質의 것인가는 이제 確實히 알게 되었으나, 이것은 우리들 開拓使에서 祿을 먹고 있는 者들로서는 도저히 國民앞에 默過 할 수 없는 일이라오."

暫時 後 妓生들을 물리고 나서 시부에는 確實한 語調로 말을 꺼내었으나 쓰나오는 그에게 이끌려 갈 때부터 이미 用件이 무엇인가는 斟酌하고 있었다.

엊그저께, 도쿄로부터 關西貿易에의 拂下條件 이라는 것이 報告되어 와서 토토노루 大書記官을 爲始해서 本廳 內에서는 모두가 奔走하기 始作했다. 그 報告書에 依하면 구로다 長官에 依한 開拓使 官營事業의 關西貿易에로의 一括拂下 案은 亦是나 事實로서, 政府內의 사쓰마(薩摩), 장주系 要人의 贊成으로 太政大臣 미수지 미요시(三條實美)도 拂下에 對한 贊成쪽으로 기울고 있다고 했다. 더군다나 全北海道의 官營事業을 단돈 三十万円에 拂下하고, 그것도 無利子로 三十年 年賦로 갚는다는 條件이었다.

 메이지 政府가 들어서고 五年부터 始作된 開拓 十年計劃의 事業豫算은 年額으로 百万円이지만 이 十年間의 支出은 千 四百万円을 넘고 있다. 그렇게 해서 育成시켜 온 全事業을 아무리 過小評價 하더라도 三千万円을 上廻한다는 것은 틀림없다 하겠다. 그것을 百分의 一 밖에 되지 않는 돈으로 特定商社에게 一括拂下 한다는 것과 더군다나 支拂條件이라는 것이 三十年 年賦에다, 더더구나 無利子로 한다는 것은 누가 보더라도 常識으로서는 도저히 納得 할 수 없는 일이었다.

 고다이 도모아쓰(五代友厚)는 구로다 키요다카등 사쓰마派의 高官의 先輩格이었고 또 한 分의 關西貿易의 代表者인 나까노 고이찌(中野梧一)는 야마구찌(山口) 縣令을 지낸 일이 있는 잘 알려진 죠오슈우派(長州派)다. 政府內의 사쓰·죠오派와 뒷거래가 있다고 보지 않는 쪽이 異常할 程度였다.

 따라서 구로다는 北海道 長官이면서 中央政府의 參議이기도 하다. 그가 이 검은 소용돌이의 軸이 되고 있다고 보이는 것도 또한 當然한 일인지도 모른다.

 이 時點에 있어서도 쓰나오는 어디까지나 구로다를 믿으려고 마음속에서 다짐하고 있었다. 事實로 말해서도 그것은 구로다 一流의 배짱과 깊은 情誼에서 結局 그러한 일이 벌어지고 말았지만, 私腹을 채우기 爲해서 한 일이 아니라고 생각하고 있었다.

그러나 一括拂下도 穩當치못한 處身인데도 不拘하고 그 條件이라는 것이 너무나 어처구니가 없는 것이었다. 구로다에 對한 個人的인 感情은 차치하고서라도 그것에 눈을 감고 넘겨 버리기엔 쓰나오의 良心이 許諾하지 않았다.

"또한, 自由民權이다, 國會開設要求다 하는 全國的으로 不穩한 空氣가 높아지고 있는 이 마당에 이런 일이 實際로 行하여 진다고 보면 아마 國家의 큰일이 되지 말란 法도 없지. 이때에 開拓使는 結束하여 어디까지나 國家를 爲해서 反對하지 않으면 안 된다고 생각하는데 當身은 어떻게 생각하오."

"그렇고말고요. 나도 이번 長官의 뜻에는 贊成할 수가 없겠네요."

쓰나오는 卓子위로 視線을 떨군채 말했다.

"當身의 괴로운 立場은 잘 알 것 같구먼."

시부에는 쓰나오를 보고 마음속에서 우러나오는 듯한 말을 했다.

"그러나 이것은 政治의 옳고 그름을 分明히 하는, 말하자면 大義를 爲한 運動이니까 말이요. 問題는 私事로운 情을 넘어 서고 있어요. 우리들과 行動을 같이 해 주겠죠."

"長官에게 傷處를 입히지 않고 問題를 未然에 防止 할 수만 있다면 勿論 贊成입니다."

"고맙소. 바로 이 点이요 이즈미氏."

하고 시부에는 卓子에 몸을 구부리는 듯이 하면서 말했다.

"本廳內의 結束을 튼튼히 하기 爲해서나 또한 長官에게 訴請하는 效果에 對해서도 廳內의 反對運動의 中心으로서 當身만큼 適當한 適任者는 없어요. 여기는 꼭 當身이 主導者가 되어주기를 바라는 바이요."

"그건 困難합니다."

쓰나오는 고개를 들었다.

"다른 사람이 있을 것이오. 本廳內의 結束이라면 토토노루氏가 가장 適任者 아닙니까."

"大書記官은 안 돼. 그렇게 되면 長官과 大書記官과의 對立처럼 보여서 일이 開拓使 內部의 勢力다툼처럼 보일 우려가 있어요. 當身과 같은 長官 心腹人이 反對運動의 中心이 되는 거야말로 問題의 所在가 明確할 뿐 아니라 따라서 우리들의 行動의 正當性이 立證될 수 있는 것이라오. 그런데도 當身, 亦是 表面에 나서지 못할 무슨 理由라도 있나요."

"나는 이 問題에 對해서 아직도 若干의 疑問이 있습니다."

"호오. 뭔데. 좀 들려 줄 수 없겠소."

"當身은 요전번 오세끼 다쓰오라하는 人物과 만나고 있었지요. 미쓰비시 商會의 幹部 말입니다."

暫時동안 시부에는 對答이 없었다. 그는 물끄러미 쓰나오를 바라보았다. 그리고선 술잔을 집었는데 그것은 쓰나오의 視線을 避하기 爲한 行動이기도 했다.

"그것이 어떻다는 게요."

"오세끼는 무슨 目的으로 이따금씩 當身과 만나는지 들려주지 않겠소?"

"別로 特別한 일은 아니요. 미쓰비시는 元來부터 北海道의 海運事業에는 因緣이 깊지. 그래서 官營事業中에 海運關係만은 미쓰비시에서 拂下 받고 싶다는 뜻이었소. 그것을 打診키 爲해서 왔던 거요."

"그것뿐인가요?"

"그 外에 뭐가 있겠소? 나도 海運關係만은 미쓰비시에게 拂下하는 것이 只今까지의 關係로 봐서도 올바른 길이라고 생각하지만 勿論 오세끼에게는 아무 말도 하지 않았다오. 勿論 말할 必要도 없었겠지만 빠른 時日內에 當身과 만나게 해 줄 참이었어요."

"미쓰비시는 이와사끼 요타로를 爲始해서 토사(土佐)人으로 뭉쳐져있고 오세끼도 토사人입니다. 한편 關西貿易의 고다이 도모아쓰는 사쓰마, 나까노는 죠오슈우派이고 본다면, 무언가 석연치 않는 점이 없지 않습니까."

"잘 모르겠는걸. 무슨 일인데."

"現政府는, 사쓰마派와 토사, 사가 出身者가 서로 反目하고 있는 것은 周知의 事實이고 이 政府內의 二大 勢力의 反目이 開拓使의 拂下問題를 둘러싸고, 그대로 미쓰비시와 關西貿易과의 暗鬪라고하는 形態로 나타나고 있다고 생각되는 것은 나의 생각이 지나친 것일까요."

"若干 빗나간 이야기지만 그 이야기를 좀 듣고 싶군요."

"그렇다고 한다면 이것은 拂下問題 그 뒤에 中央政界의 구로다 長官에 對한 올가미가 숨겨져 있는지도 모릅니다. 나의 생각이 지나쳤다면 그 以上 多幸스런 일은 없겠으나 구로다 長官과 對立하고있는 오오구마 오모노부 參議는 사가藩 出身이고 오오구마 參議의 背後에는 미쓰비시商會가 있다는 것은 숨길 수 없는 事實입니다. 나로서는 事實의 眞相을 確實히 알아야만 하겠어요. 長官에

對한 反對運動도 그 後가 아니면 생각할 餘地가 없다고 생각합니다만."

시부에는 술잔을 놓고서 險惡한 눈빛으로 變했다.

"그러니까 當身은 우리를 廳內의 反對派로서, 正義를 앞세워 實質的으로는 長官의 失脚을 노리는 政治的 陰謀의 앞잡이라고 생각하고 있다는 거요."

"그럴 理가 있나요. 다만 正直하게 말하자면 그렇지 않다고도 斷言할 수도 없지요. 요는 나로서는 아직 잘 理解가 되지 않는 点이 있다는 것이지요. 그러니까 確實하게 納得이 갈 때까지는 내가 先頭에 선다는 것은 그렇게 할 수 없는 일이라는 것을 말하고 있는 겁니다."

"그럼 疑問이 解消되면 當身도 뒤편에서 팔짱만 끼고서 있지만은 않겠다는 뜻이로구먼."

"勿論이죠. 그때는 假令 長官에게 등을 돌리는 한이 있더라도 잘못은 잘못으로서 바로잡지 않으면 안 되겠지요."

"좋소. 그럼 빠른 時日內에 그 疑問을 解消시켜 주겠어요. 어떻게 하면 納得이 될 수 있겠소."

"그건 걱정 마십시오. 오늘아침 어떤 者를 도쿄에 派遣했으므로 그 者의 報告를 듣고서 다시 對答하지요."

"그게 좋겠소. 果然 솜씨 한번 빨라서 좋군요."

시부에는 뒤틀리는 心情으로 살짝 빈정거리면서 吐하듯 말했으나 곧 氣分을 바꾸어서 술잔을 勸했다.

"長官도 當身같은 忠誠스런 部下를 두어 多幸한 일이요. 그러나 操心 하시요. 무엇보다 當身처럼 믿음이 끊어졌을 때에는 絶望도 크다는 것을…!"

"마음에 새겨 두지요."

쓰나오는 冷情하게 對答하고 자리를 일어섰다.

女子들의 餞送을 받으면서 밖으로 나오자 차가운 밤바람이 볼에 부딪치듯이 얼굴을 스쳐가자 마음이 한결 爽快했다. 얼굴이 불에 쬐이듯한 氣分은 술 때문만은 아니었다. 구로다의 身邊을 念慮하는 생각이 가슴을 파고드는 것이다.

官舍의 大門을 들어서자 아직 玄關에 到着하기도 前에 발소리를 알아차린 구라기찌가 門을 열면서 나왔다.

우다꼬도 이네무라도 玄關에서 人事를 하였고, 그 뒤에 쪼그마한 계집애가 똑같이 人事하는 것을 보고서, 쓰나오는 그것이 오늘아침 난베야가 데리고 온 쓰루요라는 것을 알았다.

"어린애가 이렇게 밤늦게까지 깨어있으면 안 돼."

쓰나오는 玄關으로 들어가면서 이렇게 말했다. 그리고선 이 애에게는 꾸지람으로 들렸는지 모른다고 생각했다.

5

 겉으로는 장사일로 요코하마에 간다고 하고서 도쿄로 向한 나수 나나로는 이즈미 쓰나오로부터 두 가지의 任務를 傳해 받았다.

 그 하나는 구로다 키요다카를 만나서 拂下問題의 眞相을 確認하고, 萬에 하나 그것이 事實이라면 이즈미의 意見書를 傳하는 한편 開拓使 本廳內의 內部情勢도 說明하고 拂下의 中止를 懇請하는 것이었다.

 또한 다른 하나는 萬一 구로다가 懇請을 들어주지 않을 境遇, 니시쿄 시다미찌(西鄕從道)와 舊 사쓰마 藩主였던 시마쓰 키미(島津侯)를 說得해서 兩者들로부터 고다이 도모아쓰에게 拂下申請을 取下하도록 勸告하게 하는 것이었다.

 쓰나오는 구로다에게 보내는 意見書와 함께 시마쓰, 니

시쿄에게는 開拓使에서 하고 있는 일들을 自初至終 詳細히 說明한 依賴狀을 나수에게 携帶시켰다. 그날이 七月 十日이었다.

開拓使에서는 天皇을 迎接하는 準備에 숨 돌릴 틈도 없는데다가 그 위에 昨年에 繼續해서 메뚜기의 被害가 今年에도 容恕없이 찾아 올 것 같아서 그 對策에도 全力치 않을 수 없었다.

메뚜기의 被害는 昨年에도 토카치(十勝)地方으로부터 發生해서, 히다카(日高), 키모부리(膽振)에서 이사하라(勇拂)의 들판을 거쳐, 아부다(虻田), 삿포로郡 周邊으로까지 퍼져서 이들 地方의 農作物에 壞滅的인 打擊을 주었는데, 今年은 各 地方으로부터의 發生情況의 報告를 綜合해 보면 昨年以上의 大群이 豫想되어 農民은 勿論이고 開拓使에서도 血色을 잃을 程度였다. 急速히 五万円의 臨時豫算을 策定하여 救濟對策에 臨하고 있으나 豫想은 暗澹할 뿐이었다.

나수 나나로 로부터 두 번, 報告의 便紙가 到着했다.

最初의 便紙에는 구로다 키요다카와 만나서 이즈미의 意見書를 手交한 模樣이 詳細히 적혀 있었다.

拂下問題는 모두가 事實이었고, 도쿄에서는 糾彈의 世

論이 들끓고 있었으나 구로다는 이미 政府가 內定한 일을 一部 謀略的인 反對에 屈服하여 變更시킨다는 것은 政府의 威信에 關係되는 問題라하여 全的으로 생각을 바꿀 意向이 없다고 하였고, 이즈미의 配慮는 기쁘기 짝이 없으나 이즈미에게는 삿포로에 가서 直接 만나 그 間의 事情을 잘 說明해 주겠다고 하는 것이었다.

두 번째의 報告書에는 시마쓰나 니시쿄들 두 분께서는 고다이(五代)의 說得에 對해서 消極的인 反應밖에 表하지 않더라고 쓰여 있었다.

只今은 이미 主從의 關係는 없어진지 오래다. 그들에 對한 拘束力은 내게는 없다고, 시마쓰는 잘라 말하더라는 것이었다.

나수의 意見에 依하면 시마쓰 키미(島津侯)의 마음속에는 舊 家臣들의, 더군다나 大部分 身分이 낮았던 者들이 어중이떠중이 모여 陳을 치고 있는 메이지 政府에 對해서 별로 신통찮은 感情을 갖고 있는 듯이 보였고, 사쓰마派로 말하더라도 시마쓰 키미와는 無緣의 存在로서 때를 만나 繁榮을 누리고 있는 者들에 對해서 우두머리라는 感情이 없는 것이다.

오히려 上昇勢를 탄 者들이 꾸미고 있는 일이 너무 지나쳐서 失脚이라도 한다면 氣分이 좋을 程度로 생각하고 있다는 것이다.

니시쿄쪽은 그런대로 協力的인 態度를 보였다. 그러나 니시쿄도 구로다 안(案)의 贊成者 中의 한 사람이고 拂下 問題가 이런 程度로 問題化 된 것은 오오구마 參議를 主謀者로 한 토사派와 사가派가 自由民權論者와 結託한 政治的 陰謀라고 하는 意見은 구로다와 같았다.

現在로서는 니시쿄를 說得시켜 보려는 참이지만 이보다도 구로다등의 사쓰마派의 大臣들이 不當한 條件의 拂下를 固執하는 뒤 事情을 着實히 調査하여 찾아내어서 그것을 구로다에게 보여주면서 생각을 中止하도록 하는 것 以外는 다른 뾰족한 方法이 없다고 생각한다고 나수는 結論으로 끝맺고 있었다.

두 번째에는 便紙와 함께 몇 種類의 新聞도 보내 왔었다.

〈郵便報知〉, 〈東京 요코하마每日〉은 連日 紙面의 大部分을 割愛하여 激烈한 論調로 北海道 官營事業의 拂下는 사쓰마派의 陰謀라고 糾彈하고 있고, 〈東京日日〉, 〈메이지日報〉등의, 從來에는 政府 擁護의 立場에 서 있었던 御用新聞에서 까지도 이 問題에 限해서만은 筆을 모아 政府攻擊으로 바뀌었다.

또한 團團珍聞 같은 大衆趣向의 畵報를 兼한 新聞도

連日 拂下問題를 辛辣한 諷刺의 資料로 取扱하고 있었다. 여기에는 구로다 키요다카는 그 이름을 흉내로 하여 惡玉家奴(악인가의 늙은이)의 검은 문어로 그려져 있고, 고다이(五다이=도미=代)라는 奸婦와 結託해서 집(北海道)을 橫領하려 한다는 諷刺畵가 온 紙面을 차지하고 있어, 非難이 一般 民衆에까지 浸透되어 있다는 것을 말해 주고 있었다.

雜報欄에는 連日 市內의 各所에서 열리고 있는 彈劾演說會의 熱狂狀況을 알려주고 있었다. 그것은 모두가 나라를 念慮한다는 意味에서의 攻擊이라고 말해도 좋았다.

쓰나오는 이대로는 더 以上 잠자코 있을 수가 없는 焦燥感을 느끼지 않을 수 없었다.

이 程度로 全國的인 非難을 받고서는 나수가 구로다의 秘密을 찾아내어 그것을 들이민 非常手段을 쓰지 않더라도 제아무리 구로다라 할지라도 拂下는 斷念하지 않을 수 없었다. 그러나 假令 拂下를 中止한다 하더라도 여기까지 輿論이 沸騰해 버렸기 때문에 구로다의 政治生命이 아무런 傷處없이 끝날 것인가 아닌가는 疑問이기도 했다.

事態가 조금이나마 구로다에게 有利하도록 收拾策을 세우지 않으면 안 되었다. 그 일을 爲해서라도 하루빨리 구로다가 拂下中止를 公表하는 것이 先決問題였다.

事情이 許諾한다면 쓰나오는 도쿄에로 뛰어 가고 싶었다. 그러나 그것은 不可能한 일이었다.

그는 眞情을 吐露한 長文의 拂下中止 勸告의 便紙를 再次 구로다에게 써 보냈다. 시마쓰 키미와 니시쿄 시다미찌에게도 구로다를 說得해 달라는 懇願의 便紙를 띄웠다.

나수에게는 다시금 시마쓰, 니시쿄의 協力을 얻어서 고다이 도모아쓰에게 申請을 取下하도록 極力 諫하는 것과 함께 구로다와 고다이 사이에 萬에 하나 秘密去來의 事實이 있다 하더라도 그것을 찾아내어 보았댔자 아무런 所用도 없으니까 嚴重히 삼가라고 指令했다.

그러나 구로다 키요다까가 激昻하는 世論앞에 屈服하리라고 생각했던 쓰나오의 豫想은 그로부터 보름이 되기도 前에 完全히 빗나갔다.

政府內에서는 구로다를 爲始해서 이토 히로부미(伊藤博文), 오오키 다카마가(大木喬任), 마쓰노 마사요시(松方正義)등이 贊成派로 돌아섰고 强硬한 反對派로서는 오오구마 오모노부(大隈重信) 뿐이었으나 暴風과도 같은 世論의 反對에 눌린 太政大臣 미수지 미요시(三條實美), 右大臣 이와쿠라 토모미루(岩倉具視)등의 太政官은 開拓

使의 事業實態調査가 完了될 때까지 拂下의 許可를 延期할것을 決議하고, 七月 三十日 아수가와 좌대신궁(栖川左大臣宮), 오오구마, 오오키의 各 參議들은 天皇을 隨行하여 東北 北海道 巡幸길에 올랐다.

太政官으로서는 當然한 處置였다.

그런데 구로다의 頑強함은 想像을 超越한 것이었다. 그는 이 決定을 알자마자 火가 머리끝까지 올라서 미수지 미요시에게로 달려가서 顔色을 잃어버린 미다카를 앞세워 天皇의 行列을 치스무(千住)까지 달려가서 거기서 거의 强制로 하다싶이하여 決裁를 얻어 내었고, 이 치스무에서의 決裁狀況의 情況을 傳해들은 直後부터 開拓使 廳內의 反 구로다的인 行動은 단번에 꼬리를 감추고 말았다.

決裁가 내린 以上 이미 事件의 是非를 가릴 수 없다는 것이 시부에 유끼쓰게들 反對派가 態度를 豹變한 理由라고 할 수 있었다.

그러나 實際로는 太政大臣을 一喝에 벌벌 떨게 하고 天皇까지도 理由를 묻지 않고 決裁를 내릴 程度의 구로다 키요다까와 그 背後의 사쓰죠 財閥들의 權力의 强大함에 새삼스레 恐怖에 가까운 威壓感을 느꼈음에 틀림없다 하겠다. 구로다에게 등을 돌리는 것은 곧 官人으로서는 自殺行爲라는것을 깨달은 듯하였다.

이즈미를 對하는 態度도 一變했다. 어느 누구든지 그의 顔色을 쳐다보면서 그의 뜻을 받아들이려는 雰圍氣였다. 시부에 마저도 그러했다.

八月에 접어들어 구로다 長官이 마쓰노 內務卿과 함께 삿포로에 到着하자 本廳內의 모든 것이 熱烈한 구로다派의 樣相을 띄었다. 一括拂下案에 뿌리 깊은 反對가 있었다는 것이 거짓말처럼 보였다.

그러나 그에 反해서 이즈미의 마음은 날이 갈수록 沈鬱해져 갈 뿐이었다.

그에게는 開拓使의 全事業을 不過 三十万円에 그것도 無利子 三十年 割賦라고하는 엉터리 條件으로 一括拂下하는 것에 對하여 도무지 納得이 되지 않았다. 한편 太政大臣이나 天皇에게까지 裁可를 强要했다고 하는 强靭한 行爲도 認定키가 어려웠다.

구로다의 行爲는 分明히 藩閥獨裁로서, 政府도 太政官도 있으나 마나한 것이다. 이러한 것이 前例로 남게 된다면 日本의 政治體制가 다시 한 번 幕府的인 專制政治로 逆行하는 危險마저 생기지 말란 法이 없다.

쓰나오는 勿論, 自由民權論의 同調者도 아니고 反對로 이것을 危險思想視하고 있는 正統保守派이었다. 그러나 그이마저 이번과 같은 獨裁的인 政治暴力을 對하고 보니 自由民權論者들이 民選議會의 開設을 要求하고 있는 必然性이 알 듯한 氣分이 드는 것이다. 하물며 藩閥政府에 對한 反感이 全部가 國民感情으로까지 變하고 있는 現在, 구로다의 無理數가 國民에게 미치는 影響은 能히 斟酌하고도 남음이 있다 하겠다.

쓰나오는 오타루에서 구로다를 迎接 할 때부터 구로다와 단둘이만의 時間을 노리고 있었으나 구로다의 周圍에는 언제나 數많은 高官들이 함께하고 있어서 그는 그이대로 차례차례로 끊임없이 싸이는 일에 쫓기고 있었다. 그가 겨우 짧은 時間이기는 해도 구로다와 私的인 이야기를 나눌 機會를 얻은 것은 數日 後이었다.

그날 미리부터 工事를 서두르고 있었던 도요히라관(豊平館)이 內部裝飾이나 家具類를 除外하고는 거의 落成되어 있었기 때문에 이즈미는 구로다를 案內하면서 視察했다. 木造 二層의 華麗한 루네쌍스風의 이 白堊館이 天皇이 머물기로 豫定된 집이기 때문이다.

그날도 前과 같이 많은 隨行員이 따르고 있었으나 토토노루 大書記官이나 다른 課長等은 同行하지 않았기 때문에 쓰나오는 구로다와 나란히 많은 群衆의 先頭를 걷고 있었다.

구로다는 바로 뒤따르고 있는 工事 責任者들에게 줄곧 質問을 던지고 있었으나 쓰나오에게는 왜 그러는지 말을 거는 것을 꺼리고 있는 눈치가 엿보였다.

 "閣下, 지난날 도쿄에서 나수라 하는 者가 만나 뵙기를 請願한 일이 있다고 생각됩니다만."

 一層을 全部 둘러보고 二層으로 오르는 階段 中間쯤에서 쓰나오는 드디어 絶好의 機會를 얻어서 목소리를 떨어뜨렸다.

 "나수……."

 구로다는 記憶을 더듬어 보는 듯이 중얼거리더니 若干 뜸을 드리고 나서,

 "아아, 그 사내……."

 하고 끄덕거렸다. 아무래도 別로 마음에 없는 首肯처럼 보였다.

 "나수에게 들려 보낸 小生의 便紙도 받아 보셨으리라 믿습니다만 그 点에 對해서 꼭 듣고 싶은 말씀이 있습니다."

 "그건 이미 決裁가 내려서 決定이 끝난 것이네. 걱정하지 않아도 돼."

 "그렇지 않습니다. 일이 閣下의 政治生命을 危殆롭게 할 뿐만 아니라 國政 바로 그것이 國民의 不信을 산다고

본다면 現在의 政治機構가 崩壞될 危險마져 있게 되는 것입니다."

구로다는 階段을 다 오르자 바로 앞 房으로 들어갔다.

그는 兩팔을 뒤로젖혀 잡고서 房 한가운데에 선채로 壁이나 天井을 휘둘러보고서는 繼續해서 壁紙나 裝飾에 對해서 質問을 關係者에게 던지고 있었다. 自然히 각 工事의 擔當者들이 구로다의 周圍를 둘러 싸버리게 되어 쓰나오는 입을 다물 수밖에 없었다.

그러나 各 房을 돌아 보고나서 발코니로 나갔을 때 쓰나오는 再次 機會를 얻었다. 玄關 바로위의 半圓形으로 달아낸 발코니 위에 서서 여름 뭉게구름아래 整然히 펼쳐져 있는 거리 風景을 바라보고 있었다.

"벌써 이렇게까지 變했군 그래. 十年前의 이 近處는 어디를 가든 原生林과 억새나 꽈리 같은 짙은 풀이 무성한 自然 그대로 벌판이었는데."

구로다의 중얼거림에는 깊은 感懷가 넘치고 있었다. 이 茫漠한 북녘의 荒野에 이 程度까지의 거리를 創造한 것은 自身이었다고 充足한 自負心을 갖고 있는 것이었다.

"北海道의 開拓은 閣下의 努力으로 드디어 여기까지 오게 되었습니다. 이렇게 心血을 기우려 쌓아올린 事業을 閣下 自身이 진흙탕 속으로 던져버리는 일이 되어서는 平生 恨이 될 것입니다."

쓰나오는 말했다.

"한편 開拓을 여기까지 進行시켜 온 것은 閣下 한 分만의 힘이 아니었습니다. 實際로는 風雪과 苦難을 참고 견디면서 開拓에 從事 해 온 民衆의 努力의 結實이기도 합니다. 이들 民衆을 背反 한다는 것은 아무리 閣下라 할지라도 그렇게 하실 수 있는 權利는 없습니다."

"자네는 拂下에 反對한다는 게로군."

구로다는 거리의 잔잔한 風景에 눈을 던진 채 그대로 말했다.

"下級者가 上層部의 決定에 反對한다거나 하는 命令에 不服從한다는 것은 官員으로서는 容恕할 수 없는 일이다. 자네가 눈에 들어서 赴任 시켰던 나에게 잘못 보았구나하는 생각이 들지 않도록."

"詳細히 말씀 올리면 꼭 아시게 되리라 믿습니다. 꼭 時間을 내어 주시기 바랍니다."

"目下 바쁘다네. 언젠가 틈을 내어보기로 하지."

구로다는 冷情하게 말하고선 몸을 싹 돌려 발코니를 떠났다.

토요히라館에서 天皇이 視察하기로 豫定되어 있는 麥酒釀造場을 둘러보는 長官一行과 헤어져서 쓰나오는 本

廳으로 돌아오는 길에 複道에서 자와기 刑法課長과 만났다.

자와기(澤木)는 삿포로 警察을 爲始해서 天皇이 巡幸할 地域의 警察分署의 署長을 모아놓고 第一回의 綜合警備會議를 열고 있는 中이라서 매우 바쁜 모양이었으나 쓰나오를 보자 지나치려는 발걸음을 멈추고,

"요전번에 말 한 소네에 關한 이야기인데."

하고 귀에 입을 모아 말했다.

"겨우 발목을 잡았는데, 最近에 도쿄에서 떠난 것 같아. 이쪽으로 되돌아 온 行蹟이 있다네."

삿포로 警察署의 搜査現況은 只今까지 몇 번 자와기로부터 쓰나오에게로 報告가 있었다. 그에 依하면 소네 쥬사부로는 五月의 大火災 後에 곧바로 오타루(小樽)를 떠나 아마市(余市)로 가서 네 사람의 옛 카이쓰 武士들과 함께 다시 오타루로 돌아왔다가 五日 後에 하코다데마루라는 스크넬(돛대가 둘 以上의 中型 帆船)배를 타고 도쿄로 向했다는것 까지는 알고 있었다.

"다른 네 사람과 함께란 말이지."

"現在로서는 그것까지는 確實치 않아. 몇 名이 도쿄에 남아 있는지 또는 눈에 띄지 않게 分散해서 한 사람내지 두 사람씩 짝을 지어 돌아오는 것도 생각 되누만. 嚴重하

게 警戒를 펴고 있으니까 알려지는 대로 報告 하겠네."

"이쪽에서 생각 하는 것만큼 그렇게 念慮될 일이 아닐는지도 모르겠으나 때가 때닌만큼 付託하겠네."

"정말, 이런 때에는 귀찮은 存在들이지."

자와기는 苦笑를 禁치 못하면서 急히 會議室로 들어갔다.

쓰나오가 民事課의 自己 房으로 들어가자 기다리고 있었는듯이 호시시마(星島) 秘書官이 그를 맞았다. 호시시마는 한 다발의 서류를 들고 있었다. 지쓰란(室蘭), 호로베쓰(幌別), 코도니루(琴似), 도우베쓰(當別), 야마하나(山鼻)를 爲始해서 各地의 戶長이나 農事 通信員으로부터의 報告書이었다.

〈코도니루(琴似)村 戶長 수게노 다다즈 報告〉
메뚜기 떼, 제니하꼬(錢函)方面으로부터 大擧 飛來.
오후 3 時頃에 滿天飛翔, 보는 이로 하여금 恐怖를
느낄 程度. 適當한 驅除器가 없기 때문에 人力으로
退治하기로 決定. 一家口當 한 되 半을 잡기로 約束했
으나 너무 大軍이다보니 別無效果. 다시 村民과 相議
하여 撲滅法을 講究中임.

〈야마하나(山鼻)村 農事通信者 아라기 진노쓰께 報告〉
二, 三日前 메뚜기떼 모든 方向으로부터 屯田耕地에 飛來. 驅除準備를 하는 中에, 어제 午後 다시 西北方으로부터 飛來. 마치 눈꽃이 하늘에서 내림과 똑 같음. 그 狀態, 筆로서는 敢히 表現不可.

〈도우베쓰(當別) 待機員의 報告〉
메뚜기떼 떼 지어 날아와서 各 耕地를 無差別 襲擊. 村民과 合勢하여 이를 捕獲한 結果 但 몇 時間동안 捕獲量 各者 五, 六되에 達함.

눈으로 읽어가는 中에 쓰나오는 가슴이 막혀왔다.
메뚜기 떼의 被害는 무슨 일이 있더라도 天皇의 귀에 들어가서는 안 된다는 長官과 大書記官으로부터의 示達이 있었다. 二年 以上의 大 메뚜기 떼의 被害를 아마도 天皇은 알지 못한 채 넘어가고 있는 것 같다.
한마디로 말해서 開拓이라고는 하지만 이것이 어느 만큼의 어려운 事業이라는 것을 中央의 高官들은 實感的인 認識을 거의가 가지고 있지 않는 것이 現實이었다. 天皇을 爲始한 政府大官들의 來道는 그들에게 開拓의 올바른 認識을 깨우쳐 주는 絶好의 機會이기도 했다.

더욱이 北海道의 苛酷한 自然條件이나 開拓農民의 피를 죄는 듯한 悲慘한 努力의 實體를 있는 그대로의 모습으로 보여줄 必要가 있었다.

開拓事業의 成功한 部分이나 多收穫을 거둔 村落만을 골라서 보여준다는 것은 現實과는 關係도 없는 觀賞用으로서의 구경거리에 不過 할 뿐만 아니라 開拓의 實體를 誤認시키는 것이었다.

오히려 窮乏한 村落의 實態나 開拓事業이 直面하고 있는 問題点에 視察의 重点을 두어야만 한다는 쓰나오의 意見은 最初의 會議席上에서 깨끗이 一蹴되고 말았다.

聖上陛下에 對해서 괴로운 일을 보이게 해서는 惶悚하기 때문이라는 것이다. 메뚜기 떼의 被害로 因하여 恐慌을 가져오게 한 現 實態도 勿論 "괴로운 일" 中에 하나였다. 各地의 메뚜기 被害中에 야마하나村에서 온 報告書는 그런 意味로서 매우 重大한 것이었다.

九月 一日, 天皇은 馬車로 通過하는 길목이기는 하지만 야마하나村에서 屯田兵의 農耕作業의 實況을 拜見한 後에, 야마하나學校에서 休息하기로 豫定되어 있었다.

村民들이 메뚜기떼 退治에 狂奔하고 있는 모습이 天皇의 눈에 띄어서는 안 되며 當日의 馬車는 作業狀況을 보기 쉽게 無蓋車로 豫定되어 있으므로 메뚜기 떼가 덤벼들 念慮도 있었다.

卽刻, 重點的으로 야마하나村의 메뜨기떼 驅除에 全力을 다하라고 호시마 秘書官에게 指示를 하고나서 쓰나오는 給仕가 갖다놓은 식은 葉茶를 훌쩍이었다.

토요히라館에서의 長官의 態度가 무거운 응어리가 되어 가슴 깊숙히 가라앉아 있다. 나수의 便紙에 依하면 구로다는 그의 憂慮에 感謝하고 있음에 틀림없다고 했고 北海道에 가서 구로다쪽에서 詳細한 그 間의 事情을 說明 할 것이라고 쓰여 있었다.

그러나 삿포로에 到着해서부터의 구로다의 態度는 그것과는 全的으로 달랐다. 그는 쓰나오를 避하고 있거니와 너무 冷淡하여 서먹서먹할 뿐이었다. 겨우 機會를 붙잡아도 구로다쪽에서 먼저 事情을 說明해야 함에도 不拘하고 分明히 쓰나오가 拂下問題에 固執하고 있는 것을 不快하게 생각하고 있는 狀態였다.

너를 믿었다는 것이 잘못 되었다고 하는 意味의 말까지 했다.

쓰나오에게 있어서는 구로다는 이제까지 鄕黨의 先輩이고 上司일 뿐만 아니라, 마음의 偶像이요 理想의 人物이었다. 그는 구로다를 믿었거니와 只今도 必死的으로 믿으려 하고 있다.

그러나 구로다의 態度는 拂下가 不正으로 이루어진 일이라는 것을 말 해 주고 있다고 밖에 생각되지 않았다. 고다이 도모아쓰와의 情誼나, 지나친 鄕黨意識에서 온 單純한 越權行爲가 아니라 그 뒤에는 구로다 自身의 利害가 숨겨져 있는 疑獄事件의 냄새가 짙어갈 뿐이었다.

萬一 그렇다면 自身은 어떻게 해야만 할 것인가. 끝까지 구로다便에 서서 그의 일에 協調를 해야 할 것인가. 눈을 딱 감고 귀를 막아버리고서 自身의 껍질 속으로 숨어 버릴까. 그렇지 않으면……

쓰나오는 책상에 兩팔쿰치를 고이고서 頭痛이라도 일어나는 듯이 머리를 감싸 안았다.

天皇을 爲始해서 기타시라가와(北白川), 아수가와(有栖川), 두 分 王과, 參議인 오오구마 오모노부(大隈重信), 오오키 다카마가(大木喬任)등 일행 三百余名이 후와(扶桑), 긴고(金剛)등의 軍艦에 分乘하여 오타루에 入港 한 것은 八月 三十日 午後 다섯 時를 조금 넘어서였다. 豫定보다 아홉 時間 程度 늦었다.

아오모리(靑森)를 出發한 것은 하루 前이었으나 海上에서 暴風雨를 만나 難航을 겪었기 때문에 出迎을 爲해서 오타루에서 기다리고 있던 구로다 長官과 마쓰노 內務卿들은 대단한 걱정을 하였다.

一行은 오타루, 데미야의 巡察豫定을 取消하고 豫定을 變更, 臨時 休息所에서 暫時 休息을 取한다음 곧바로 特別列車 "開拓使號"로 삿포로로 向했다.

삿포로驛에 到着한것은 여덟 時를 조금 지나서였다.

到着과 同時에 爆竹이 터지고 몇 時間 前부터 沿道에 늘어서 있는 民衆들 사이에 緊張스런 空氣가 흘렀다.

先頭에 警官隊, 騎兵隊, 錦旗(해와 달을 수놓은 붉은 바탕의 비단으로 만든 旗), 近衛將校團 뒤에, 天皇을 태운 雙頭馬車, 侍從長, 侍從團, 親王, 大臣, 參議, 近衛將校團, 騎兵隊, 警視廳 警官隊로 이어지는 行列이, 숨소리 하나 들리지 않는 靜寂으로 바뀐 民衆의 最敬禮속을 뚫고, 驛前에서 別宮으로 꾸며놓은 토요히라관(豊平館)을 向해 나가고 있다.

沿道에는 國旗와 함께 奉迎이라고 먹으로 쓴 등불이 줄줄이 서 있어 그 어스름한 빛은 天皇의 馬車속에까지 다다르지도 못할뿐더러 假令 다다랐다 하더라도 눈을 들어 馬車를 볼 수가 없었다.

天皇을 보는 것은 그 自體만으로도 不敬일뿐 아니라 庶民들에게 許諾되는 行爲가 아니었다.

그러므로 몇 時間을 쭉 늘어 서 있는 사람들의 눈에, 가까스로 朦朧한 映像을 느끼게 하는 것은 엄청난 말과 將校나 警官들이 차고 있는 칼의 번쩍거림과 멀어져 가는 馬車의 뒷모습뿐이었다. 말발굽과 馬車바퀴의 덜커덩거리는 소리 外는 아무것도 없었다.

쓰루요도 農學校 앞에서 우다꼬와 지로, 이네무라와 나란히 몸을 꼿꼿이 세우고 서서 많은 말발굽과 긴 칼의 번쩍거림과 馬車의 뒷모습만을 바라 본 사람들 中의 한사람이었다.

天子를 迎接 한다는 것은 一生에 몇 번이고 있는 名譽가 아니라고하며 우다꼬가 굳이 데리고 가 주었다. 쓰루요는 天子에게는 別로 興味가 없었다. 그 女가 즐겁게 생각하고 있는 것은 우다꼬가 다께꼬의 기모노를 꺼내어 그 女에게 입혀 주었던 것이다.

뭐라 하는 옷감인지 쓰루요는 알 수도 없었으나 가벼운 깃털같이 부드러운 꽃무늬의 單衣(日本女子의 簡便한 外出服)로서 깃이 綠色이었다. 쓰쓰소데(筒袖=일본옷의 홀태소매)밖에 알지 못하는 그 女에게는 그것도 긴 소매의 기모노를 입는 氣分이 들어 가슴이 두근거릴 程度였다. 그래서 몇 時間을 서서 行列을 기다리는 것도 지루한 줄 모를 地境이었다. 라기보다 可能하다면 天子가 늦게

到着해 주었으면 좋을 텐데 하는 氣分마져 드는 것이었다. 그만큼 기모노를 벗는 時間이 延長되기 때문이었다.

 天皇의 馬車가 通過 할 때, 그 女는 바로 그때 곧바로 고개를 들었다. 天皇을 바라보기 爲해서가 아니고 쓰나오도 말을 다고 同行할게 틀림없기 때문에 그것이 보고 싶었던 것이다.

 "主人任은 어데 계신가요."

 하고 쓰루요는 발돋움을 하면서 물었다.

 머리를 숙이고 있던 이네무라가 그대로의 姿勢에서 唐慌해서 그 女의 머리를 눌렀다. 머리를 눌린 채로 가만히 있자니 그 女는 웃음이 터져 나올 것 같아서 애를 먹었다. 이렇듯 많은 사람이 모여 있는데도 都大體 왜 모두가 조용히 머리만 숙이고 있는 것일까. 葬禮行列을 보고 있는 것처럼 느껴졌다.

 農學校의 演武場 지붕 꼭대기에 달려있는 커다란 時計가 아홉 時를 가르치고 있었다.

 沿道의 사람壁이 허물어지고 各各의 생각대로의 方向으로 흩어지기 始作했다. 그 사람들의 흐름 속에서 쓰루요는 조금 앞서서 어깨를 움츠리고서 걷고 있는 모토에의 모습을 發見했다.

 "난베야의 아주머니!"

쓰루요는 사람들의 사이를 이리저리 누비듯 빠져나가 모토에의 손에 매달렸다.

"이게 누구야. 쓰루요도 왔었구나. 혼자……."

모토에는 멈춰 서서 웃음을 폈으나 무언가 걱정스런 일이라도 있는 듯 언제나처럼 맑고 밝은 모습이 아니었다.

쓰루요는 머리를 저며,

"主人 마님이랑 저쪽에……."

하고 뒤쪽을 돌아다보았다.

우다꼬들도 바로 곁에까지 와 있었다. 그들을 보자 모토에는 우다꼬 앞으로 달려가 人事를 하고 선채로 이야기를 나누었다.

쓰루요는 모토에가 기모노에 對해서 아무런 말이 없는 것이 매우 섭섭하였다. 무엇에든지 恒常 注意깊게 보는 언제나의 모토에가 아니었다.

지로와 쓰루요, 이네무라는 약간 떨어져서 우다꼬와 모토에의 이야기가 끝날 때까지 기다리고 있었지만 그러는 사이에 지로가 걷기 始作하자 그를 따라 이네무라도 쓰루요도 걷기 始作했다.

지로는 하얀 바탕에 살짝 무늬가 들은 單衣에 무늬가 들은 하오리, 맨발에 게다를 신고 있다. 두세 발자국 떨어져서 따라 걷고 있는 쓰루요의 눈에는 少年의 발목이

밤눈인데도 淸潔한 아름다움으로 비쳐졌다.

"저-……."

쓰루요가 입을 열었다.

이즈미의 집으로 와서 벌써 두 달이다 되었으나 아직도 도련님이라고 부르는 것이 쑥스러워서 쓰루요는 입이 잘 떨어지지 않았다.

"主人어른 알아 보셨습니까."

"아니"

지로는 검은 하늘을 쳐다보았다.

"저는 오오누마 參議만을 잘 보았습니다."

하고 이네무라가 입을 떼었다.

"事實 險한 얼굴 모습이었습니다. 무리는 아니겠죠. 延期라고 決定된 拂下가 구로다 長官으로 因해 完全히 뒤바뀌져 버렸으니까요. 그런데도 그 長官과 함께 陛下를 모시고 있으니 죽을 맛이겠죠."

"쓰루요는 어느만큼 글씨를 쓸 수 있게 되었나?"

지로가 물었다.

쓰나오의 指示에따라 이네무라가 매일 밤 쓰루요에게 글씨 쓰고 읽기를 가르치고 있었다. 쓰나오는 適當한 基礎가 되면 쓰루요를 正規學校에 보내려고 마음먹고 있는 것 같았다.

"히라가나는 다 배웠습니다. 머리가 좋아요, 쓰루요는."

하고 이네무라가 代身 對答했다.

"그럼 마루야마에 便紙라도 써 보내면 좋겠구나. 기뻐할 거야, 틀림없이. 그런데 그쪽은 메뚜기의 被害가 대단한 모양이더군."

"안돼요. 아버지나 어머니는 글을 읽을 줄 모르는걸요."

"누군가가 代身 읽어 주겠지."

하고 지로가 말 할 때, 모토에와 헤어진 우다꼬가 종종걸음으로 뒤따라 왔다.

"난베야氏는 아직도 요코하마에서 돌아오시지 않았나요."

어머니와 나란히 걸으면서 지로가 물었다.

"여러 가지 慾心을 내어서 用務를 마치려고 東奔西走하고 있겠지. 그렇게 자주 갈 수가 없을 테니까."

"그쪽의 아주머니 뭔가 걱정스런 表情을 짖고 있었는데요."

"쓰루. 너 너무 예뻐졌다고 하더라."

우다꼬는 갑자기 쓰루요를 돌아다보았다. 그것이 지로의 質問을 避하기 爲해서였다고 쓰루요는 느꼈다.

난베야가 요코하마로 出發 한 것은 七月 初였으니까 벌써 두 달이 지났다.

　요코하마에서 삿포로까지 어느 만큼이나 날자가 걸리는지 쓰루요 로서는 알 수 없는 일이었으나, 지금 七月 三十日에 도쿄를 出發한 天子께서는 벌써 到着 해 있다. 더군다나 天子께서는 三百이 넘는 團體로서 東北 各地를 하루 걸려 묶으면서 천천히 돌아보면서 왔던 것이다. 이를 생각해 본다면 곧바로 배를 타고 出發해서 돌아와야만 하는 난베야는 날자가 너무 걸린다고 생각해 보았다. 모토에가 걱정스런 얼굴을 하고 있더라는 지로의 말이 쓰루요 에게는 걱정이 되었다.

　師範學校 앞까지 왔을 때 지로가 돌부리에 걸려서 게다 끈이 끊어져 버렸다. 쓰루요는 달려가서 지로의 발부리에 꿇어앉아 손수건을 찢었다.

　지로는 한발로 서서 한쪽 손을 쓰루요의 어깨위에 올려놓고서 몸을 支撐하고 있었다. 쓰루요는 온 몸이 독수리에 채인 듯한 衝擊을 느꼈다. 손가락 끝이 저리는 듯하여 焦燥하면 焦燥할수록 妙하게도 끈이 잘 매어지지 않았다.

　"저……, 도련님,"
　"응?"

"저 便紙를 써 볼까요. 난베야의 아저씨에게……."

"응, 그거 좋은 생각인데. 그런데 요코하마의 住所는 알고 있나?"

"아니요."

"그럼, 來日 내가 난베야에 들려서 아주머니에게 물어서 가지고 올께."

쓰루요는 웃음 띤 얼굴을 들어 힘차게 끄덕거렸다. 지로와 自身과의 사이에 가로 놓여 있던 담장이 急히 허물어져 없어져 버리는듯한 생각에서 쓰루요는 生生한 눈빛으로 바뀌어 졌다.

官邸에 돌아와 보니 기수나리학교(創成學校)(저번 달 第一小學校가 改稱되어 이름이 바뀜)에서 團體로 停車場 앞 큰길의 호-푸원 앞에서 奉迎차 나갔던 다께꼬가 돌아와서 우다꼬를 보자마자 逆情을 내면서 소리를 지른다.

"親舊들은 모두 기모노나 하까마(袴=일본옷의 겉에 입는 허리에서 발목까지 덮는 주름 잡힌 하의)를 맞춰 입고 왔어요. 새 옷이 아닌 것은 다께꼬 뿐이야. 너무 부끄러웠지 뭐야."

"아버지께서 決定하신 일이잖니."

하고 우다꼬가 나무랬다.

奉迎에 맞춰서 特히 學校生徒의 衣服을 새것으로 맞춰

입지 않도록 示達한 것은 쓰나오의 配慮였었다.
"허지만 모두 그 決定을 지키지 않았잖아. 다께꼬만 損害봤지 뭐야."
"여러분이 지키지 않았어도 너만은 지키지 않으면 안돼. 아버지의 立場이라는 것이 있는거예요."
"아버지는 제멋대로야."
다께꼬의 火풀이는 쉽사리 가라앉지 않았다.
"누구도 지키지 않는 것이라면, 애초부터 決定을 내릴 必要가 없잖아. 다께꼬에게 기모노를 마춰주고 싶지 않다면, 다께꼬에게만 命슈하면 되는 거야."
周圍를 相關하지 않는 다께꼬의 不平에 가득 찬 목소리는, 빌려 입은 옷을 벗고 平常 일 服으로 바꿔 입고서 부엌에서 일하고 있는 쓰루요의 귀에까지 生生하게 들려왔다.
맞춰 입지 않더라도 아직도 몇 번 소매를 끼워 보지도 않은 餘分의 옷들이 많이 있을 뿐 아니라 하까마도 通學用 外에 式場에 입는 옷도 두벌이나 있기 때문에 쓰루요에게는 그 女가 火를 내고 있는 까닭을 알 수가 없었다.
그러나 다께꼬의 發作이 그렇게 不愉快하지는 않았다.
제멋대로이긴 하지만 뭔가 여름날의 소나기처럼 爽快한 느낌도 드는 것이다. 아마도 그것은 쓰루요의 마음 構

造가 그러한 제멋대로라고 할 수 있는 다께꼬와 自身의 身上을 比較해 보면 羨望이나 嫉妬를 느끼거나 하게끔 되어있지 않았기 때문일 게다.

그 女에게 있어서 지로의 게다 끈을 자기 손으로 매어 주었다고 하는 것은 大事件이기도 했다. 난베야 아저씨께 便紙를 띄우는 것에 對해서 지로가 스스로 자기에게 協力 해 주는 것은 實로 劃期的인 일이기도 했다. 그것은 서로의 사이에 가로 놓여있던, 只今까지의 거북스러웠던 壁이 허물어져 없어지고 마음과 마음을 通할 수 있는 길이 열리기 始作했다는 것에 큰 意味가 있는 것이다.

지로와 사이좋게 지낼 수 있게 되는 것이다. 그것은 생각해 보면, 데미야의 棧橋에서 最初로 만났을 때부터 自己 스스로 미처 느끼지 못했던 마음 저 아래층에 潛在해 있던 그 女의 願望이기도 했던 것이다.

"어쩐 일이냐, 쓰루. 몹시 氣分이 너무 좋아 보이는데."

지나치던 구라기찌 老人이 눈을 가늘게 뜨고서 말을 거들 程度로 쓰루요는 이제까지와는 달리 팔팔하고 기쁜 듯한 모습이 歷歷해 있었다.

쓰나오가 돌아 온 것은 한밤중이었다.

禮服을 平服으로 바꾸어 입고 書齋로 들어가는 그의 뒤를 따라 우다꼬가 茶를 날라 들어가니, 쓰나오는 소파에 몸을 파묻은 채 두 손으로 얼굴을 감싸고 있었다. 疲困해 있는 것 같았으나 그것은 肉體的인 疲勞感 뿐만은 아닌 것 같았다.

"좀 前에 난베야의 夫人을 만났는데 난베야로부터 아무런 便紙連絡도 없다고 하면서 매우 걱정하고 있는 것 같았어요."

토요히라館으로 들어간 天皇의 모습을 話題로 이야기하고난 뒤에 새삼스레 생각이 나는 듯한 語調로 우다꼬가 말했다.

"當身과 한번 만나 뵈었으면 하는 눈치였습니다만 陛下의 巡幸이 끝날 때까지는 無理일 거라고 일러두었습니다."

쓰나오는 물끄러미 램프의 불빛에 視線을 던지고 있었으나 조금 後에 그대로의 姿勢로 입을 열었다.

"언제부터 便紙가 끊어졌다고 하던가."

"七月 中旬頃 단 한번 오고난 뒤에 끊어졌다고 하던데요. 요코하마에는 只今까지 몇 번이고 다녀왔다고 하였으며 언제나 늦어도 한 달 後에는 돌아 왔다고 하면서 이번 일은 처음이라고 하더군요."

"이번 일은 商用뿐만이 아니고, 實은 나도 어떤 用件을 付託하였는데 이것 때문에 돌아오는 것이 늦지 않나 생각되지만……. 그렇더라도 나도 若干 마음이 쓰이는군."

쓰나오에게 配達된 나수로부터의 세 번째의 報告書는 八月 五日字 日附印이 찍혔었다. 그 以後에는 그에게도 連絡이 끊어지고 있었다.

그의 最後의 報告와 함께 나수는 七月 二十一日字 日附印이 찍힌 關西貿易에서 구로다 長官에게 提出한 拂下願書의 複寫를 入手해서 同封해 왔던 것이다.

그것에 依하면 고다이나 나까노 外에 開拓使 도쿄出張所의 大書記官 야수다 사다노리(安田定則), 大書記官 權限代行 오리다 히라우찌(折田平內), 스스키 오오쓰께(鈴木大助)등, 開拓使의 現職高官이 拂下 請願人으로서 이름들이 올라 있었다.

拂下가 許可되면 辭職하고 事業의 經營에 參加한다고 쓰여 있으므로, 關西貿易이 그들의 身邊을 保證하는 契約이 있으리라는 것은 明瞭한 것이었다.

現職官員의 不正行爲는 비로 쓸어 버릴 만큼 많지만 적어도 大衆의 눈을 避해서 뒷면에서 秘密裡에 이루어지고 있는 것이 普通이다. 그런데, 이번 拂下事件에서는 當該官廳의 高官들이 政商輩와 結託해서 利權을 찾아다니는 것을 숨겨야 하는데도 堂堂하게 願書에까지 이름을 羅列하는 眼下無人的인 行爲를 서슴치않고 하는 것이었다. 許可가 나면 辭職하겠다는 것도 사람을 우습게 對하는 酬酌이었다. 그것은 웬만큼 自身이 없으면 敢히 할 수 있는 態度가 아닌 것이다. 구로다 뿐만이 아니라 政府 그 自體를 손안에 쥐고 있는 確信의 現狀이라고 볼 수밖에 道理가 없는 것이다. 더군다나 그 複寫本에서 쓰나오는 두 개의 놀랄 수밖에 없는 새로운 事實을 알게 되었던 것이다.

그 中 하나는 關西貿易의 拂下請願金額이 願書에는 三十八万 七千 八十二円으로 되어 있다는 것이다. 그것을 政府는 三十万円에 해 주었다는 것이었다. 그뿐만 아니고 拂下 後에 運營資金 援助라는 名目으로 十四万 二千 五百円을 年金利 一分, 十五年 年賦로 政府로부터 關西貿易에 貸與해 주기 바란다는 付帶要求까지 붙어 있는 것이었다.

이렇게까지 되다보니 常識으로서는 도저히 納得할 수 없는 일이었다. 想像을 超越한 亂暴한 이야기 한 토막이었다.

더군다나 이러한 엉터리 請願을, 구로다는 太政大臣을 一喝하여 旅行中인 天皇을 뒤따라가기까지 하면서 强制로 許可 하도록 했던 것이다.

나수는 야수다 사다노리를 겨냥해서 구로다 參議를 爲

始해서 贊成派인 사쓰죠 財閥과 關西貿易의 醜聞關係의 實體를 調査해서 確實하게 들추어내겠다고 쓰여 있었다. 일을 遂行하고 있는 途中에 義憤이 끓어오르고 있는 것은 반드시 벌집을 쑤신듯한 도쿄의 拂下反對와 政府糾彈의 熱氣에 便乘 한 것만은 아닌 것 같았다.

"헌데 4-5日 前에까지만 해도 빠른 時日內에 끝내고 돌아오겠다고 했는데, 하여튼 곧 連絡이 있겠지. 아니면 來日이라도 불쑥 나타날런지도 모르는 일이고."

"그렇기만 한다면 오죽 좋겠어요."

"그쪽도 사무라이였을 뿐 아니라, 틀림없는 사나이거든. 걱정 안 해도 괜찮아."

쓰나오는 그렇게 말하고선 若干 틈을 두고서,

"그보다도 내가 언제 官을 그만 두더라도 唐慌하지 않게끔 平素부터 마음가짐을 해 두고 있구려."

하고 말했다.

"官을 그만두려 하십니까?"

"아니, 그런 일이 일어 났을 때 가난한 생활을 꾸려 나가는데 唐慌하지 않게끔 마음가짐을 단단히 하라는 이야기요. 그것뿐이요."

하고 쓰나오는 싱겁게 싱긋 웃었다.

다음날인 三十一日은 天皇의 一行이 開拓使 本廳을 訪

問한 後에 다시 官營 紡績所, 麥酒釀造場, 葡萄園, 삿포로 農學校 付屬農園을 巡幸한 後에 勸業試驗場에서 競馬나 野生馬의 捕獲實演의 觀覽이 있었는데, 구로다 長官을 爲始해서 開拓使의 高級官員도 終日 隨伴하였다.

그러나 九月 一日의 視察은 몇 개의 班으로 나뉘어 行해졌다.

天皇은 마코마우찌(眞駒內)牧牛場, 야마하나(山鼻) 屯田兵村, 삿포로農學校, 偕樂園을 巡幸.

키다시라가와미야(北白川宮)는 天皇을 代身하여 코도니루(琴似) 兵村에.

마쓰카타(松方)內務卿은 삿포로, 이바라도(茨戶)間의 農村 視察에.

아유가와미야(有栖川宮)는 오타루(小樽) 方面으로…….

그날의 쓰나오는 아유가와미야의 隨伴者 中에 끼어 있었다. 參議 오오구마 오모노부가 미야(宮)와 同行하고 있기 때문에 쓰나오는 눈에 띄지 않게 하여 一行에 合勢했다.

쓰나오는 어떻게 해서라도 오오구마로부터 들어 밝혀

두고 싶었다. 反對派의 領岫인 오오구마의 意見을 贊成派의 意見과 比較함으로써 自身의 認識을 보다 正確한 것으로 해 둘 必要가 있었다.

그러나 낮에는 구로다나 토토노루의 눈이 있었고, 밤에는 밤대로 宿舍에는 各界各層의 訪問客으로 紛雜해 있었다. 來日이되면 天皇의 一行과 만나게 되어서 함께 삿포로를 出發하여 치도세(千歲)로부터 시라노(白野), 모리(森)를 거쳐 하꼬다데로 가 버린다.

구로다가 天皇에게로, 토토노루가 키다시라가와미야에게로 分散해서 侍從하고 있는 이날밖에는 機會가 없을 것 같았다.

오타루에 到着한 一行은 官民의 大大的인 歡迎裡에 데미야(手宮)洞窟의 古代文字나, 수수다카이사이가케(煤田開採掛)의 工場을 視察한 後에 료오도꾸(量德)學校로 들어가서 休息했다.

료오도꾸(量德)學校는 메이지 十一年 十月에 工事費 四千四百余円을 들여 落成한 西洋式의 教舍로서 暴風雨로 天皇의 오타루 到着이 늦어지지 않았다면 여기가 最初의 休息處로 定해져 있었기 때문에 一行을 맞이하는 準備가 完全無缺 했었다. 그런 때문인지 休息은 豫定時間보다 더 길었다.

쓰나오는 끊임없이 오오구마의 身邊을 따라다니다가 機會를 봐서 그에게 물었다.

"閣下, 갑자기 여쭙게 되어서 罪悚합니다만 전 拂下準備에 關해서 꼭 閣下께 여쭈어 보고 싶은 일이 있습니다. 無理인 줄은 알고 있습니다만 閣下와 단둘이서 이야기할 수 있는 틈을 내어 주셨으면 感謝하겠습니다."

오오구마는 입을 ㅅ자로 다물고서 물끄러미 쓰나오의 눈을 凝視했다. 날카로운 눈빛이었다.

"무엇 때문이지."

하고 그는 冷情하게 말했다. 이즈미 쓰나오는 구로다 키요다까의 心腹으로서 구로다의 特命으로 開拓使에 出仕해서 拂下事業의 調査에 臨하고 있다는 것은 이미 오오구마는 들어 알고 있는 듯했다.

"전 只今까지 구로다 長官의 恩惠를 입고 있는 놈입니다. 그러나 그 以前에 저는 國家의 官員입니다. 國政을 危殆롭게 하는 問題에 私事로운 情을 앞세우는 그런 흉내는 내고 싶지 않습니다. 事實을 正確하게 알고 나서 저 나름의 進退를 決定하지 않으면 안 될 것 같습니다."

"허지만 그건 이미 決裁가 끝난 일이라네."

"決裁가 끝났다고 하지만 이대로는 世論을 撫摩시킬 수는 없습니다. 멍청하게 내버려 두었다가는 反政府의

騷亂마져 일어나지 말란 法도 없습니다. 萬에 하나, 그러한 事態라도 일어난다면, 維新以來 아직 十四年밖에 되지 않았습니다. 반드시 新政府의 基盤이 不動의 政府라고는 말씀 드리지 못할 것입니다."

바로 그때 오타루 郡守인 키타가와 세이이찌(北川誠一)가 校長인 아사노 겐죠(淺野源藏)를 帶同하고 그들이 있는 곳으로 다가오는 것이 보였다.

"오늘밤, 틈을 내겠네. 아홉 時 程度가 좋겠지."

오오구마는 가까워지고 있는 郡守들에게 눈을 돌리면서 낮은 목소리로 말했다.

午後에는 제니바꼬(錢函) 海岸을 直通하여 汽車를 멈추고서 附近의 絕壁위로 올라가서 키타가와 郡守로부터 周邊의 漁業이나 地理的인 說明을 들었다. 삿포로로 돌아 온 것은 저녁 무렵이었다.

아유가와미야와 오오구마는 天皇에게 報告하기 爲하여 토요히라館으로 들어갔고 쓰나오는 그들을 보내고서 곧바로 本廳으로 돌아갔다.

午後부터 天皇의 勅使로서 삿포로 神社에 參拜하러 가는 쓰쓰미야 나이쇼(堤宮內省)大書記官을 따라갔던 시부에 유키쓰케도 바로 그때 歸廳하는 참이어서 쓰나오를 보자 제법 親한듯이 웃음 띤 얼굴로 맞이했다.

"아이구, 苦生 많았죠. 어떻던가요, 곰(熊)閣下의 모습이."

오오구마에 對한 反感을 나타내어 보이는 그런 말투였다.

反 구로다의 最先鋒이었던 그의, 구로다의 삿포로 到着 以後부터의 豹變은, 쓰나오에게 있어서는 너무나 不快하기 짝이 없었다. 元來부터 이程度의 輕薄한 人物이기에 되도록이면 相對하기를 꺼려 왔었지만, 이렇듯이 이때까지 同志처럼 親한 態度를 보일 때에는 그의 새하얀 態度가 어떤 때는 서글픈 생각마저 드는 것이다.

只今도 쓰나오는 相對가 自己便인 양 하는 모습이 火가 났지만 좋은 意味로 받아들이기로 하고 있었다. 헌데 입을 열고 보니까 自身도 생각지도 못한 무를 싹둑 잘라 버리는 듯한 冷情한 말이 튀어 나왔다.

"어떻다니요. 무슨 意味죠?"

一瞬間, 시부에는 코끝을 손가락으로 튀겨진 듯한 얼굴을 했다. 그리고선 눈웃음을 흘렸다.

"그렇지 않소, 當身. 그 親舊, 막판에서 감쪽같이 우리 長官에게 한방 얻어먹었으니까 어떤 얼굴을 하고 있는가, 제법 興味가 있지 않나 말이죠."

"別다른 일 없었소. 헌데 시부에氏, 當身이 只今까지

생각한 바에 依하면 拂下를 反對하던 오오구마 參議가 長官에게 當했다고 해서 재미있는 일이라곤 없을 텐데요. 都大體 當身은 이번 長官의 일에 對해서 反對하는거요, 아니면 贊成 하는 거요. 어느 쪽이요."

"그거야, 當身. 反對하긴 했지만…."

시부에는 아직도 微笑를 멈추지는 않았으나 그 微笑는 若干 語塞한 웃음이 되었다.

"그러나 決裁가 이미 내렸으므로 臣下로서의 길은 오직 하나뿐이지 않겠소. 天皇의 命令에 反對한다거나 할 수는 없으니까 말이요. 그런데 오오구마의 反對는 오로지 國家를 爲한 反對가 아니지요. 現政府를 打倒하고 自己가 權力을 잡으려고 하는 私利私慾이 本來의 目的이 아닌가 말이요. 그 얄팍하고 陰沈한 陰謀가 長官閣下의 英斷에 依해서 깡그리 粉碎되었다는 것이지요. 愉快하지 않고 어떻게 배기겠소."

"하긴 그게 事實이라면야."

"天下가 다 아는 事實 아닌가요. 오오구마는 미쓰비시에게서 돈을 받아서 新聞을 買收하고 政府攻擊을 하고 있는 것뿐만 아니고 自由民權의 過激分子들과 秘密 裡에 손을 마주하고 있다는 것이죠. 實로 卑怯한 行動이지 뭡니까."

"바로 그 미쓰비시의 오세기君으로부터 들었었나요."

쓰나오는 비꼬는 듯이 말했다.

"오오구마의 陰謀에 對해서는 長官도 確信을 갖고 있어요. 어젯밤에도 長官 스스로의 입에서 난 確實히 들어 알고 있어요."

쓰나오는 가볍게 急所를 얻어맞은 氣分이었다. 自己와는 만나려고도 하지 않던 구로다가 시부에와는 만나고 있다. 더군다나 政治上의 微妙한 問題나 그이 自身이 품고 있는 意見까지도 들려주고 있는 것이었다.

쓰나오의 立場은 어느 사이에 시부에들과 바꿔지고 말았다. 그는 只今도 구로다를 생각하고 있는 것은 누구에게도 뒤지지 않는다고 自負하고 있었는데 意外였다.

"若干 意外로군요. 當身은 長官에 對해서는 批判的이고 따라서 미쓰비시의 끄나풀이라고 생각하고 있었는데…. 君子는 豹變한다 이거군요."

쓰나오는 마음속으로 빠져 들어 오는 疎外感을 견디면서 말했다. 시부에에 對한 비꼼이라기보다는 多分히는 自身을 嘲弄하는 듯한 생각이 들었다.

"情勢가 變하면 그에 對한 보는 눈도 다르다는 것은 當然之事 아닙니까. 더군다나 우리들은 長官을 걱정하고 있는 것이 아니라 恨歎하고 있었으니까요."

시부에는 그렇게 말하고선 엷은 웃음을 띠우면서 쓰나오의 눈을 드려다 보았다.

"그런데 貴下는 오오구마派로 變했다는 건가요. 설마 自由民權의 過激思想에 뒤집어 씌어진 것은 아니겠죠."

쓰나오는 차가운 눈길을 시부에게 던지고선 말없이 그곳을 떠났다.

시부에 그들은 問題가 아니었다. 또한 自身 個人의 立場이나 理解도 念頭에 없었다. 그러나 維新以來의 功臣이기도 한 구로다가 여기에서 行動을 誤判해서 名譽로운 經歷에 스스로 진흙탕 속으로 빠져 들어가는 行動을 어떻게 해서든 沮止하지 않으면 안 되었다.

어떻게 해서라도 꼭 長官과 만나지 않으면 안 된다. 拒否 當할게 두려워서 우물쭈물할 때가 아니다 라고 그는 생각했다.

그날밤, 우다꼬에게 行先地도 밝히지 않고서 쓰나오는 平服으로 바꿔 입고서 기수나리강(創成川) 周邊의 本陣으로 오오구마를 만나러 갔다.

밖으로 나온 秘書官은 앞서 오오구마로부터 이야기를 들어 알고 있다는 듯이 곧바로 그를 안쪽에 있는 넓은 房으로 案內했다. 여기가 오오구마가 居處하는 곳인 듯 했다.

아직도 손님이 있으니까 좀 기다려 달라고 했다. 얼마 있지 않아 端正하게 하까마를 입은 오오구마가 房으로 들어왔다. 오오구마 오모노부는 그때가 四十四歲였다.

쓰나오가 자리를 바로잡고 人事를 드리려하자 오오구마는 無造作으로 손을 저의면서 制止하고서는,

"아직도 몇몇 손님이 기다리고 있어 그렇게 時間이 없지만 뭔가 나에게 묻고 싶은 말이 있다고 했었지."

하고 팔걸이에 몸을 기대고서 이야기를 勸했다.

"그럼 單刀直入式으로 여쭈어 보겠습니다만, 이번의 拂下問題의 紛糾는 政府內의 派閥의 權力鬪爭으로서 말하자면 國政이라는 이름을 빌린 사쓰죠와 토사의 私鬪일 뿐만 아니라 미쓰비시와 關西貿易間의 利權爭奪戰에 지나지 않는다는 所聞이 나돌고 있습니다. 現在 閣下의 反對는 國家와 國民을 爲한것이 아니고 그 하나는 政權慾이고 다른 하나는 미쓰비시의 利益을 爲해서 라고 합니다만 먼저 이 点에 對해서 閣下의 본뜻을 듣고 싶습니다."

"정말 單刀直入式이로구먼. 좋겠지."

오오구마는 卓上위의 卷煙통에서 마니라葉의 卷煙을 꺼내어 이즈미에게도 勸하면서, 强熱한 빛을 發하는 눈으로 그를 쏘아 보는 것 같았다.

"나는 미쓰비시의 이와사끼와도 親密하게 지내고 있지만, 그 以上으로 후꾸자와 사토요시(福澤諭吉)와도 親하다네. 나의 周邊에는 후꾸자와 門下의 人材들이 가득 미어져 있거니와 미쓰비시에도 후꾸자와의 학숙(學塾)에서 工夫한 사람들이 많다네. 그런 關係로 因하여 周圍에서는 나와 미쓰비시와 特別한 利害關係를 맺고 있다고 보고 있는 것 같아. 分明히 말해서 나는 이와사끼의 돈을 쓸 때도 있지. 허지만, 政敵을 넘어뜨리기 爲해서거나 미쓰비시에게 利權을 넘겨 주거나 하는, 그런 쩨쩨한 일에는 돈을 쓰지 않는다네."

"拂下反對의 世論을 煽動하기 爲해서 미쓰비시에서 나오는 돈으로 新聞이나 雜誌를 買收 했거나, 自由民權論者들에게 運動資金을 주었다는 것에 對해서는 어떻게 생각 하십니까."

"내가 그런 쩨쩨하고 가슴이 좁은 사람으로 보이는가."

오오구마는 卷煙의 煙氣를 내어 뿜으면서 嘲笑를 띄우고 있었다.

"只今의 拂下事件에 反對하는 것은 나뿐만이 아니라네. 아유가와미야도 수게노(佐野) 大藏卿도 反對하고 있다네. 허지만, 特히 내가 反對하는 것은 拂下 그 自體도

不當하기 때문이거니와 이 問題를 國會開設의 발판으로 만들기 爲해서라네. 只今의 日本의 政治는 過渡期的인 藩閥獨裁政治라네. 民意를 反映하기 爲한 議會制度는 世界 文明國의 常識이지만, 日本의 現在 實體는 아직도 一種의 幕府政治를 벗어나지 못하고 있지. 너무 늦었단 말일세. 그래서 이번 같은 拂下問題가 일어나는 것일세. 民選 議會制度를 實現시키지 않는 한, 이러한 事件은 결코 끊이지 않을걸세."

"그렇다면 亦是나 閣下께서는 自由民權論者를 煽動해서 現政府를 넘어뜨리려 하고 있다는 거군요."

"도꾸가와(德川) 幕府를 넘어뜨린 것은 무엇을 爲해서인지 한번 생각해 보는 것이 좋겠지. 政治를 幕府나 大名(다이묘=에도시대에 봉록이 1만석 이상인 武家)의 손으로부터 國民의 것으로 만들기 爲해서지 않는가. 그것을 생각해 본다면, 現政府가 國民의 民選議會開設의 要望을 壓殺해서는 안 되지. 그들이 그들의 처음 갖는 理想을 잊어버리고, 藩閥獨裁의 政治를 固執하면서, 어디까지나 國民을 無視하는 行動을 繼續한다면, 時代의 潮流에따라 國民의 意志가 容恕치 않겠지. 이번의 拂下問題는, 그것을 오로지 拂下 그 自體만으로 보는 것이 아니라, 日本이 이대로 藩閥獨裁政治라는 無理數를 繼續 할 것인가, 말하자면 維新의 精神을 眞實로 現實의 것으로 할 것인가 하지 않을 것인가 하는, 日本에 있어서는 根本的인 大問題와의 關聯에두고 생각하지 않는다면 事實의 本質을 잘못 判斷할 念慮가 있는 것이다. 어쩌다보니 長廣舌의 演說처럼 돼버렸지만 나는 나의 생각한 것을 그대로 말하고 있는 것일세. 世間에서는 오오구마의 대단한 虛風이라고들 말하겠지."

"閣下께서는 구로다 長官을 어떻게 생각하고 계십니까."

"옛날에는 그는 훌륭한 維新의 功臣일 뿐더러, 北海道의 開拓을 여기까지 이끌러 온 先覺者이기도 하지. 허나, 只今은 政府 要人 中 누구보다도 더 藩閥政府 擁護와 國會開說 反對에 執着해 있다네. 올챙이때 時節을 잊어버린 者들의 標本이라고나 할까. 자네도 오늘, 이대로 간다면 國家에 큰 騷亂이 일어날지도 모른다고 했는데, 그렇다면, 어떻게 하는 것이 民心을 安定시킬 수 있는지를 생각해 보게나. 國民의 自然스런 要求를 壓殺하고, 藩閥政治를 維持한다고 해서, 그것이 解決되리라 생각하는가."

"저도 拂下는 中止하지 않으면 안 된다고 생각합니다. 그것에 對해서는 구로다 長官으로부터 天皇께서 許可하신 것을 다시 取消해 달라는 請願을 올리는 것이 最善策

이라고 생각합니다. 저는 반드시 長官을 說得 하겠습니다만, 閣下께서도 過激派를 눌러서 世論을 잠재우는데 힘을 빌려달라고 말씀 드리고 싶습니다."

"자네는 뭔가 잘 모르는 것이 있는 것 같네. 拂下問題는 그것 하나만 解決하면 되는 것이 아니라고 아까 分明히 말한 것 같은데."

오오구마는 느릿느릿한 語調로 말했다.

"이 問題는 紛糾가 일어나면 날수록 좋은 거라네. 世論은 徹底的으로 들끓지 않으면 안 되네. 國會開設의 理想 實現을 爲해서지. 구로다도 頑固 투성이이니까, 自己 스스로 깃발을 내리고 물러서지는 않겠지만, 이쪽도 모처럼 世論이 이처럼 치솟고 있는 이 마당에 그렇게 점잖게 꼬리를 도사리고 問題가 사라져 버리도록 내버려 두는 것을 좋아하지 않는다네."

"그렇다면 어떻게 해서라도 長官을 失脚시켜 버리겠다는 겁니까."

"구로다의 失脚을 바라는 것이 아니라네. 허지만 國家 百年大計를 爲해서는 구로다도 오오구마도 없는 거지. 政府要人이 全部 失脚하는 마당에, 그게 뭔가. 남는 것은 구로다나 오오구마가 아닐세. 바로 日本이라는 國家지. 代代孫孫 삶을 이어 나가야하는 이 나라의 國民이란 말일세."

 오오구마는 그렇게 말 하고선 卷煙의 내어품은 연기사이로 눈을 가늘게 뜨고서 쓰나오를 바라보면서 微笑를 짓는다.

 "칼을 차고 있을때라면 자네는 여기에서 나를 베어버릴 때였겠지. 그런 얼굴이라네. 자네는 正直하고 좋은 人物이지만, 哀惜하게도 이点이 약간 낡아 있군 그래."

 오오구마는 卷煙을 쥐고서 自身의 뺨을 가볍게 톡톡 두드렸다.

 "義理人情이 두터운 것도, 上司에게 忠實하다는 것도 勿論 좋겠지. 허지만, 時代가 變하면 個人의 德義의 內容도 變하지 않으면 안 되는 것이네. 언제까지나 封建時代의 사무라이 氣質을 固守하고 있다면, 이제부터 열리는 時代를 만들어 갈 수가 없는 거라네. 上司에게는 忠實하면서도 國民의 일에는 생각해 보려고도 하지 않는 그러한 官員은 이제부터는 官員으로서는 落第다."

 秘書官이 들어와서 오오구마에게 귀엣말을 속삭인다. 오오구마는 고개를 끄덕거리면서 懷中時計를 꺼내어 보고서는 몸을 일으켰다.

 "이만 失禮하겠네만, 구로다 參議에게 말씀을 드리려면 國民의 進步的인 발걸음을 억누르는 것은 無意味한 일이라는 것을, 可能하다면 일깨워 드리는게 좋을거네."

秘書官을 따라서 房을 나가고 난 뒤에도, 쓰나오는 몇 분 동안 그대로 앉아 있었다.

틀림없이 오오구마는 그의 마음의 조용한 水面에 돌을 던졌다. 그 波紋은 漸漸 漸漸, 조용한 圓을 그려 가면서 넓게 퍼져갔다.

그는 只今 퍼져가고 있는 自由民權思想이라는 것에는 否定的인 關心밖에 없었다. 國會를 開設해서 人民에게 政治關與의 길을 열어 준다는 것은, 쓸데없이 國政을 혼란시켜, 나쁘게 만들뿐 아니라 國體의 變革을 誘發시키는 暴擧라고 생각하고 있었다.

그러나, 그것은 問題를 硏究한 結果로서 結論 내린 것이 아니고 極히 感情的인 것이었고, 그러니만큼 頑固스러울 程度로 뿌리를 내리고 있는 信條처럼 되어 있었다. 구로다들의 幕府時代 末期의 進步派가 維新의 成功으로 權座에 앉고 보니 手中에 들어온 權力을 지키기 爲해서 保守的인 人間으로 바뀌어져 버리는 것과는 그 意味가 다르겠지만, 그도 아직은 官員으로서, 權力側에 서 있는 人間이었다.

새로운 것을 忌避하고, 現狀의 變更을 겁내는 保守的 本能이 어느 사이엔가 몸속에 배어 있어 그것이 그의 感

情이나 思考의 基盤이 되어 있다는 点에는, 구로다들과 다름이 없었다.

다만, 權力側에 있다고 하더라도 最下 末端의 組織속에 들어있을 뿐인 쓰나오에게는 朦朧하기는 하지만, 權力의 밑바닥으로서 存在하는 民衆의 모습이 보이지 않는 것도 아니었다. 타고난 潔癖性이나, 不正을 미워하는 能力 德分인지도 모르겠다.

그는 오오구마의 意見에 動搖를 느낀 것은 아니었다. 오오구마는 어떤 意味로서 구로다 以上으로 政治的인 面을 보여주고 있다고 생각했다.

구로다는 强靭하게 억지로 自身의 意志를 밀고 나가는 性品이지만, 人間으로서는 直線的인 面이 있는데 反해서, 오오구마에게는 넘어지더라도 그냥 일어서지 않는다는 点이 보인다. 自身의 政治的인 目的을 達成하기 爲해서는 어떠한 手段과 方法을 가리지 않는다는 型의 人間처럼, 쓰나오는 느껴졌다.

오오구마의 이야기를 듣고 보니까, 그는 미쓰비시와 같은 政商輩의 우두머리의 代辯者이면서, 自由民權主義者들과도 한편일 뿐만 아니라 더군다나 人民의 代表者이기도 하다. 그러한 일들이 可能할 턱이 없는 것이기 때문에, 그는 이것들 모두를 自己의 政治的 目的에 利用하고 있거나, 아니라면 그 어느 한쪽이 眞實임에는 틀림없겠다.

그런데도 不拘하고 쓰나오의 마음속에 實體도 알 수 없는 波紋이 일고 있다는 것은, 오오구마의 이야기를 듣고 있는 사이에 政治란 都大體가 누구의 것인가 하는 根本理念에 눈을 돌려 보았기 때문인것 같다.

本陣을 나와서 쓰나오는 늦은 밤길을 말없이 거닐었다. 自身이 只今 무엇을 생각하고 있는지 도무지 잘 알 수가 없었다.

짙은 밤이었으므로 기수나리江의 물소리가 높고, 淸白한 斑點처럼 개똥벌레의 빛이 어둠 속에서 춤추고 있다.

騎兵과 警察로 嚴重하게 警護되고 있는 토요히라館의 뒷길에서 農學校 앞으로 나왔다. 演武場의 時計塔이 열 時 半을 가리키고 있었다.

長官을 訪問하는 것이 이 時間에는 失禮이지만, 躊躇할 氣分이 아니었다. 그는 師範學校의 앞길을 곧바로 들어서서 長官의 邸宅 門앞에 섰다.

그곳에도 警護를 하는 警官이 서 있었다.

"緊急한 官務로 꼭 만나지 않으면 안 되는 일이다."

그는 떨떠름하게 여기는 警官에게 威壓的인 語調로 말했다.

警官中 한 사람이 建物안으로 들어갔고, 잠깐 사이를 두고 秘書官이 나왔다. 態度는 慇懃하게 보였지만 달갑지 않는 表情이었다.

"當身이었나요. 長官께서는 매우 疲困하셔서 쉬려든 참이었어요. 來日 아침이라면 좋겠습니다만."

허지만, 來日은 天皇을 隨行하여 구로다도 삿포로를 떠나게 되어 있다. 그대로 東北 各地를 經由하여 도쿄로 돌아가기 때문에 오늘밤이 아니라면 面談할 時間이 없는 것이다.

"너무나 罪悚한 말씀입니다만 緊急한 用務입니다. 어떻게 해서라도 오늘밤에 만나야 할 必要가 있기 때문에 無理를 무릅쓰고 찾아 뵈온 겁니다. 꼭 만날 수 있도록 措置하여 주셨으면 합니다."

조용한 姿勢로 微動도 하지 않겠다는 姿勢를 보이면서 쓰나오는 말했다. 秘書官은 繼續 拒否를 하기 爲해서 理由를 말하고 있지만, 그는 아무런 대꾸도 하지 않고 꼼짝도 하지 않은 채 서 있었다.

結局 斷念하는 쪽은 秘書官이었다.

쓰나오는 應接室로 안내되어 三十分程度 기다리게 했다. 應接室로 들어서는 구로다는 사쓰마산 織物로 만든 겉옷에 하얀 織物의 띠를 아무렇게나 매고 있고 氣分이 좋지 않은 얼굴이 귀밑까지 발갛게 물들여져 있었다. 술을 마시고 있는 中인 것 같았다.

쓰나오가 자리에서 일어나 밤늦게 찾아 뵈오는 것을 容恕해 달라는 말에는 대꾸도 하지 않고, 구로다는 쇼-파위에 양반다리를 하는 姿勢로 앉아서, 속옷을 입지 않고 열려있는 가슴팍을 亂暴스럽게 문지르면서 쓰나오를 노려보았다.

"무슨 일인가, 緊急한 用務라는 것은. 簡單히 말해 보게나."

"閣下, 率直하게 말씀 올리겠습니다. 拂下許可의 取消를 長官任 손으로 直接 上申해 주시기 바랍니다."

쓰나오는 卓子를 짚고서 이렇게 말했다.

"이즈미, 자네는 自身의 身分이 뭐라고 생각하고 있는가."

구로다는 술에 醉한 눈길을 던지면서 거치른 숨을 따하고 있다.

"하찮은 少書記官의 身分으로서, 參見이 너무 甚하다고 생각하지 않나. 政府가 決定하고 太政官이 決裁를 올려 天皇이 裁可한 事業에, 下級屬官이 입을 놀리는 것은 容恕할 수 없어."

"말씀에 反하는것 같아서 罪悚합니다만, 이렇게 해서

는 國論을 잠재울 수가 없습니다. 情勢의 흐름을 判斷해 보건대, 어떤 事態에 直面할지 모를 뿐만이 아니라, 閣下의 名譽에도 累를 끼치게될까 걱정스럽습니다."

"萬一 天皇의 決定에 反對하는 者가 있다면, 그건 바로 國賊이다. 嚴重하게 處罰한다. 구로다의 名譽를, 자네가 걱정해 주는 거 必要 없어. 자네는 언제부터 오오구마나 이다가키의 개가 되었단 말이냐."

쓰나오는 一瞬間, 얼굴에 피끼가 사라졌다. 목소리가 가슴속에 파묻혀 얼른 對答이 나오지 않았다.

"本廳內에서 구로다 反對運動을 計劃하고, 도쿄에 密偵을 보내어 나의 身邊을 돌면서 調査를 하고, 그런데도 자네, 구로다를 爲해서 일하고 있다고 말하겠나. 背信하는 것도 좋지만 사나이라면 조금이라도 堂堂하게 굴란 말이야. 그런 더러운 흉내는 그만 둬."

"제가 그런 짓을 했다고 말씀하시는 겁니까…."

쓰나오는 마음을 억누르면서 말했지만, 말끝이 움츠려 드는 것을 自身도 알 수 있었다. 非難의 內容이 너무나도 엉뚱하기 때문에 아직까지는 恥辱的이라는 實感은 떠오르지 않았지만, 衝擊的이어서 마음이 어둡고 답답해 왔다.

"난 오늘밤, 이와꾸라 우대신경(岩倉右大臣卿)에게 便

紙를 띄웠다. 拂下反對는 오오구마가 自由民權論者를 들추거서 政府顚覆을 劃策하는 陰謀라는 것이 明白하게 밝혀졌으므로 一部 不純分者의 煽動에 對해서 가차 없이 모든 强硬手段을 動員해서라도 徹底的으로 團束하도록 要請해 두었다. 너 같은 하찮은 小人輩를 이러저러할 생각은 없지만 萬一 自由라던가 民權이라던가 하는 이 나라의 國體를 어지럽히는 妄說에 놀아나고 있다면, 注意하는게 좋을 게야."

구로다는 쇼-파에서 몸을 일으켰다.

"閣下, 좀 기다려 주십시오…."

"이젠 用務같은 거 없네. 돌아가 주게나. 나 只今 疲困해."

구로다는 팽개치듯 말하고서는 그대로 房을 나가 버렸다.

그날 밤의 구로다의 辱說같은 말은, 거의 全部가 쓰나오의 마음을 化石처럼 만들어 버렸다고 해도 過言이 아니었다. 오랜 期間 동안 구로다를 敬慕해 왔고, 그를 爲해 일하고 있다는 것을 즐거움으로 여기면서 살아온 만큼 받은 衝擊도 너무 깊었다.

구로다가 密偵 云云으로 몰아세웠지만, 萬一 나수의 일을 두고 한 말이라면, 구로다의 身邊을 念慮하여 나수를

上京시킨 그의 氣分 등은 조금도 생각해 주지 않았다. 本廳내에서는 反구로다派의 主謀者로 變身했다는 中傷마져도 앞뒤 事情을 생각지 않고 그대로 믿고 있다. 요컨대, 그것은 쓰나오가 믿고 따르던 마음의 10분지 一 程度마져도 구로다는 그를 믿지 않았다는 것이다.

中傷謀略을 하고 있는 무리들의 意圖는 알고도 남는다. 그렇지만 元來부터 그는 이러한 境遇에 自己變護에 汲汲하는 그러한 性格이 못되었다. 깊은 失望이 漸漸 깊어져 갔다.

天皇은 豫定대로 다음날 삿포로를 떠나, 지쓰란, 모리, 하꼬다데를 經由해서 九月 七日 軍艦 迅鯨(빠른 고래)을 타고 北海道를 떠났고, 아끼다, 야마가다 地方을 巡幸한 後에 도쿄로 向했다. 도쿄 到着은 十月 十一日이었다.

그러는 사이, 拂下反對運動이나 國會開設要求는 政府의 彈壓에도 不拘하고 날이 날마다 燎原의 불길처럼 퍼져 나가 더없이 激化되어 갔고, 十月로 접어들어서는 이젠 政府도 어쩔 수 없는 境地에까지 到達했다.

여기에 天皇의 巡幸을 치스무(千住)에서 迎接한 미쓰죠 미요시, 이와꾸라 토모미루등 各大臣參議들은 그날 밤중에 오오구마 한사람을 除外시킨 가운데 緊急 御前會議를 열어서, 拂下中止와 九年後인 메이지 二十三年을

期하여 國會를 開設하겠다는 要旨의 聲明을 公布하고 世論을 가라 앉히는 代身에, 구로다들의 사쓰죠派의 要人들의 慰撫策으로서, 오오구마의 罷免을 決意하기에 이르렀다.

구로다는 最後까지 頑强하게 拂下中止와 國會開設을 反對했지만 各 大臣參議가 內亂 直前의 狀態를 詳細하게 說明하고, 겨우 說得시켰던 것이다.

다음날 十二日에는 拂下中止, 오오구마 參議院 罷免, 國會開設이 勅令으로 布告되었다.

그 當時의 模樣을, 오오구마는 『오오구마 키미 후일담(大隈侯昔日譚)』에서 다음과 같이 述懷했다.

〈天皇의 巡幸에 參與하여 東北, 北海道를 巡訪하고 돌아와보니, 그 사이에 政府에서는 여러 가지 方略을 짜내었다고 보지만, 돌아온 바로 그날 밤, 內閣會議를 열어서 나를 追放하기로 決意하고, 아마도 밤 한 時 頃이었다고 생각되지만, 參議인 이토 히로부미와, 니시쿄 시타미찌가 찾아와서 쉽사리 解決될 問題가 아니라고 하면서 未安하지만 辭表를 내어 달라고 하였다.

이쪽은 많은 辯明을 듣지 않아도 그 間의 消息은 大略 알고 있었다. 좋다, 來日 내가 內閣에 나가겠다. 辭表는

陛下를 拜謁하고 나서 提出하겠다. 이렇게 말하니까, 이 말에는 두 分이 若干 當惑感을 나타내었지만, 바로 그 자리에서 나의 뜻을 그만두게 할 수는 없었다. 그러나 내가 宮中으로 나갔을 때 이미 門은 철통같이 닫혀 있었고, 들어갈 수가 없었다.

아유가와미야(有栖川宮)에 갔더니, 여기에도 門지기를 세워놓고 門을 닫아걸고서 나의 出入을 拒絶하고 있었다. 어제까지만 해도 모시고 隨行길에 올랐던 陛下나, 同行했던 미야(宮)들에게마저, 오늘은 頑强한 門지기로부터 拒絶當하고, 만나는 것마저도 拒絶當했다고 하는, 急轉直下 말하기 좋은 罪人取扱을 當하고 말았다.〉

罷免의 辭令은 司法卿인 야마다 아라요시(山田顯義)가 親舊立場으로 찾아와서 傳해 주었다.

오오구마로 봐서는, 虛를 찔리는 行爲였다.

야마다 아라요시로서도 오오구마는 親舊이긴 하지만, 實은 그도 오오구마 追放劇의 시나리오를 作成한 主謀者의 한사람 이었고, 구로다가 자리를 비우고 있었을 때 背後操縱者的 役割을 擔當하고 있었던 것이다.

더군다나, 罷免은 오오구마 한사람에만 그치지 않았다. 바로 그날, 各 省에서 오오구마派의 重鎭官僚들이 一網

打盡式으로 罷免 當하였다. 이런 機會에 便乘하여 단번에 사하파(佐賀派)의 勢力의 壞滅을 노렸던 것이다.

  農商務卿   가와노 토시가마(河野利鎌)
  驛遞總監   마에시마 히소카(前島 密)
  農商務大書記官 이다구찌 모토각구(牟田口元學)
  外務權大書記官 나까가미가와 겐지로(中上川彦次郞)
  文部權大書記官 시마다 사부로(島田三郞)
  統計院幹事兼 太政官大書記官 야노 후미오(失野文雄)
  統計院少書記官 우바 탁구죠(牛場卓藏)
  統計院權少書記官 이누가우 카라(犬養毅)
  同   오사끼 유끼오(尾崎行雄)
  會計檢査院 一等檢査官 고노 아부사 (小野梓)
  判事   키다하다 나오보(北畠治房)

 等을 爲始해서 오오구마派는 송두리째 官界에서 쫓겨났다.
 이러한 陰謀人事에 激昻된 民衆의 蜂起를 憂慮한 政府는 이에 對備해서, 사쓰죠派는 도쿄地區 警備司令官인 노쓰 미찌간, 警視總監 하나야마 나스기에 命하여 完全 武裝한 軍隊와 警官隊를 待機시킨 가운데 一擧에 일을

石狩平野 ■ 上 211

斷行했던 것이다. 一般的으로는 『明治十四年의 政變』로 불려지고 있지만, 實은 사쓰죠派에 依한 쿠-데타-라고 하는 것이 그 眞相에 어울린다고 하겠다.

天皇의 還幸과 함께 구로다 長官이 삿포로를 떠난 直後부터, 開拓使 本廳內에서의 이즈미 쓰나오의 立場은 確實하게 말해서 물에 뜬 거품 같은 存在였다.

그는 구로다 長官의 庇護를 잃었을 뿐만 아니라 反對로 구로다로부터 白眼視 當한 存在가 되어버린 것은, 재빠르게도 本廳內에 흘러 퍼졌고, 그가 本陣에서 오오구마를 訪問한 事實도 어디에서인지 모르게 귀에서 귀로 傳해졌다.

그러한 風聞을 綜合해 보면 그는 오오구마의 走狗가 되었다는 것이다. 구로다의 庇護를 받고 있는 사쓰마 사람으로서 사가派에 몸을 팔고, 구로다를 失脚시키려는 陰謀에 손까지 빌려주는 짓까지 서슴치 않는, 自身의 立身出世를 爲해서는 무슨 일이라도 서슴치 않는 卑劣漢이 되어버리고 말았다.

쓰나오는 차가운 侮蔑(모멸)과 非難의 空氣 속에서, 그런 것을 꾹 참고 견디었다. 自身에게 부끄러운 것이 없는 以上 根據도 없는 헛 所聞이나 中傷謀略에 動搖될 必要가 없다고 생각하였다. 親切을 앞세워서, 몰래 辭職을 慫

慂(종용)하는 者도 있었지만, 그는 거들떠보지도 않았다.
"내게 不當한 일이 있었다면 罷免의 辭令이 내릴 것이다. 理由도 없이 職을 그만두는 것은 官員으로서 不當한 짓이다."

하고 쓰나오는 말했다.

그러한 態度를, 그의 潔白에 依한 것이라고 믿어주는 者는 한사람도 없었다. 시부에 유끼쓰께가 "말해서 事後强盜(좀도둑이 들키자 强盜로 변하는 것)다"라고 말했다는 것이 쓰나오의 귀에까지 들려왔지만 이것은 本廳內를 휩쓸고 있는 感情이기도 했다.

자와기 刑務課長은 쓰나오에게 同情을 보내고 있는 몇몇 中의 한사람이지만 그 자와기도 얼굴을 마주치는 것을 避하지 않으면 안 될 만큼 空氣가 險惡했다.

나수 나나로의 消息은 杳然하여 알려지지 않는 채 그대로였다.

6

메이지(明治) 十五年(1882)의 삿포로의 初正月은, 三日에 零下 十九.四 度를 記錄했지만 最低氣溫으로서는 例年에 比하여 따뜻한 편이라 했다. 그 代身에 눈이 많았다.

이즈미의 집에는 年初의 손님도 별로 없었다. 部下職員들이 人事次 왔어도 모두 입을 맞춘 듯이 玄關 앞에서 새해人事를 하고서는 돌아들 가 버렸다.

그런대로 "마쓰노우찌"(松の內=설날 七日에서 十五日까지 대문 앞에 세우는 소나무 裝飾)에는 納品하는 商人들이, 부엌 入口쪽에 쉴 새 없이 들락거리기도 했지만, 소나무가 치워지고 난 다음에는 그것마저도 끊어졌다.

집안은 妙하게도 閑散하고 조용했다. 쓰나오의 모습은 거의 前과 다름이 없었고 우다꼬는 일부러 더 밝은 모습으로 집안을 이끌어 가고 있었지만, 어쩌면 누구나의 가

습속에 어두운 그늘이 드리워져 있었다.

그러는 正月에 開拓使 長官이 구로다 기요다까에서 니시쿄 시다미찌로 바뀐 것은, 가을 政變에서 오오구마 오모노부와 그 一派를 追放한 것에 對應한 措置라고 보여지고 있지만, 그 實은 二月에 開拓使가 廢止되고 北海道를 하꼬다데(函館), 삿포로(札幌), 네시쓰(根室)의 三個 縣으로 分割統治하기로 決定되었기 때문에 長官의 更迭은 實質的으로 아무런 意味도 없었다.

더군다나 구로다는 內閣顧問이라는 榮譽로운 職位로 榮轉되었기 때문에, 그의 權力은 더더욱 꺾을 수 없을 程度의 것이 되었다 하겠다. 그 證據로서, 開拓使 大書記官의 現職에 있으면서, 關西貿易의 拂下 申請人으로 暗躍해 온 구로다의 心腹인 야수다 사다노리는, 한마디 叱責도 받지 않고, 農商務省 大書記官으로 자리를 옮겼으며, 야수다의 同僚인 開拓使 權限代行 書記官인 스스키 오오쓰케는 구로다의 빽으로, 호리모토(堀基)들과 함께 半官半民의 勸農協會를 設立하였다. 이미 삿포로縣의 縣令에는 토토노루 히로다케가 決定되어 있었다.

現在까지도, 쓰나오의 進退에 關해서는, 아무런 指令도 없었다. 果然 구로다가 그럴 程度로 度量이 좁은 人物이 아니었기 때문이리라.

그러나 구로다가 長官의 職을 떠난 마당에 以後의 事情이 달라지리라는 것은 생각해 두지 않으면 안 되었다.
 토토노루는 구로다 以上의 사쓰마(薩摩) 사람이다. 그가 구로다에게 품고 있는 對立感情은, 멀리 도쿄에 살고 있는 長官에 對한 現地 代官의 그것이었다. 구로다가 長官의 자리에서 물러났고, 自身이 名實公히 삿포로의 縣令이 된 以上, 對立感情도 自然히 消滅되었다. 남아있는 것은 사쓰마派의 官僚로서의 黨派意識 뿐이었다.
 그러한 토토노루의 눈에, 사쓰마 官僚이면서도 오오구마 오모노부와 通하고 鄕黨의 先輩를 히센(肥前=지금의 사가, 나가사끼의 일부), 토사의 政敵에게 팔아넘기려 했다는 所聞의 쓰나오가 어떻게 비춰졌을까는 想像하기에 그렇게 어렵지가 않다. 쓰나오도 覺悟를 할 必要를 느꼈다. 그는 "가을政變" 以後, 매일아침 出勤할 때에 辭表를 호주머니 속에 넣고 登廳하고 있었다.
 家族들에게 이때까지의 事情을 털어놓을 그도 아니었거니와, 우다꼬도 一切 물어보지도 않았지만, 낌새는 아무도 모르는 사이에 傳해지게 마련이다.
 첫째 집안에 흐르고 있는 일이므로, 그것이 집안 일꾼들의 마음에 비춰지는 것은 그렇게 時間이 걸리지 않았다.
 아무도 입 밖으로는 말할 수도 없는, 마음속에만 간직

해야 할 검고 不安스런 생각들이, 勤務處의 새해 人事客이 뜸한 걸로 봐서도 確實하게 모양새를 만들어서 눈앞에 우뚝 나타나는 것이었다.

그런 面에서, 이번 가을 農學校 豫備科에 들어간 지로의 學友들이 다섯 명이 모여서 지로를 따라 놀러온 밤은, 처음으로 이즈미의 집에 正月이 찾아온 듯한 그러한 奔走한 밤이었다.

그 다음날이 야부이리(藪入=雇傭人의 休暇日)였다.

우다꼬로부터는 날이 밝는 대로 다녀와도 좋다고 許諾을 받았으나, 쓰루요는 前과 마찬가지로 아침의 準備를 모두 끝내 놓고서 모두에게 人事를 하고 집을 나섰다.

허리에 찬 두루주머니에는 二円五十錢이 그대로 들어 있었다. 쓰나오에게서 一円, 우다꼬에게서 五十錢, 새해 人事次 들린 난베야의 모토에 아주머니가 五十錢, 그리고 구라기찌 할아버지가 三十錢. 태어나고부터 처음 있는 일이다. 남의집살이로 나올 때 미네가 준 二十錢은 아직도 一錢도 쓰지 않고 그대로였다.

손에 들고 있는 보따리 속에는 마루야마의 집으로 가져가라고 하면서 우다꼬가 넣어준 떡이랑 사탕과 오래된 옷가지들이 가득 들어 있었다.

눈에 덮여있는 거리는 하얀 바다처럼 보였다. 눈은 나

지막하게 늘어서 있는 채양 위에도 쌓여 있고, 지붕 위에도 쌓여 있어 길에서는 집같이 보이지도 않고 하얀 언덕이 꾸부러져 있는 것처럼 보였다. 아침의 햇볕에 反射되어, 한결같이 유리가루를 뿌려 놓은 것처럼 보였다.

어젯밤, 쓰루요는 깊은 잠을 잘 수가 없었다.

지로의 親舊들이 돌아간 時間이 十時를 넘었었고, 그로부터 뒷설거지를 끝내고서, 마지막으로 沐浴湯에 들어가서 沐浴湯 淸掃를 끝내고 아침 準備를 끝내고 잠자리에 들어간 것은 열두 時가 넘어서였다. 그런데도 눈은 말똥말똥해 있었다.

이즈미의 집으로 와서부터 벌써 半年이 되었다. 그로부터 단 한 번도 치사꾸와 미네를 만나지 않았다. 쓰루요의 月給을 받으러 왔지만 官邸의 近處에는 걱정을 끼칠까봐 얼씬거리지도 않았다.

모토에의 이야기로는 겨우 풀칠은 하고 있다는 것은 알고 있지만, 여름의 메뚜기 때문에 農作物은 全滅에 가까울 程度라는 것을 들었으므로, 어떻게 하면서 살고 있는지가 마음에 걸렸다. 正月 十六日 야부이리에는 하루쯤 자고 올 수 있는 休暇가 있을 것이라는 구라기찌 할아버지의 말을 들은 날부터 쓰루요는 每日每日 손가락을 꼽으면서 오늘이 오기를 기다리고 있었다.

'쓰루야!'

뒤쪽에서 목소리가 들렸기 때문에 쓰루요는 自身의 생각을 멈추었다.

뒤돌아보니까, 農學校의 校服위에 검정옷감의 돈비(소매가 넓은 외투)를 걸친 지로가 찬찬한 걸음걸이로 걸어오고 있는 姿態가 網膜위를 덮었다. 꽁꽁 얼어있는 눈을 밟는 구두소리가, 쓰루요의 가슴을 조이는 듯이 들려왔다.

쓰루요는 멈춰 서서 지로를 기다렸지만, 그가 가까이 다가서자, 한쪽 눈을 가늘게 뜨고 바라보던 視線이 自然히 구두 끝으로 떨어지는 것을 어쩔 수 없었다.

"마루야마의 집에 가는 거지. 길이 틀리는데."

하고 지로도 눈의 바다에 눈이 부시는 듯한 눈을 하면서 말했다.

쓰루요는 지로의 制服의 접은 목깃에 드러나 보이는 하얀 카라-에 매어져 있는 나비넥타이 近處에로, 마음을 다잡아먹고서 視線을 들었다.

"난베야氏 宅에 잠깐 人事라도 드리고 갈까 하는 생각에서……."

"나도 난베야氏 宅에 심부름 가는 中이야. 자, 함께 가자구."

"심부름이라면 제가 할게요. 於此彼 가는 길이니까요."

"아니야, 내가 自請해서 가는 거니까."

지로가 걷기 始作했으므로 이끌리듯이 쓰루요도 그 뒤를 따랐다.

쓰루요는 우다꼬가 사 주었던 아이들用 목도리를 다시 한 번 가슴에 여미고서는 뒤따라가면서, 지로의 뒷모습을 쳐다보았다.

지로의 키가 前보다 꽤 자랐다고 생각이 들었다. 農學校 豫備科 學生이 된 後 그가 급작스레 어른이 된 것처럼 쓰루요는 느껴졌다.

"어젯밤에는, 무척 愉快한 것 같았어요."

쓰루요는 若干 들뜬 목소리로 지로의 등에다 대고 말했다. 입에서 하얀 김이 새어 나온다.

"모두들 內地에서 집을 떠나 와 있기 때문이지. 재미있었는것 같애."

"단 한 分, 어떤 놀이에도 加擔하지 않고 구석 쪽에 앉아서 물끄러미 바라만 보고 있던 사람이 있었는데요."

"아아, 구와쓰치(加地) 말이지. 그 親舊는 언제나 그런 式이지만, 그래도 즐거웠던 것 같애."

지로는 하늘을 쳐다보는듯이 하면서 微笑를 띄웠다.

"좀 色다르지, 그 親舊는 말이야. 삿포로의 農學校에 入學한 것이 아니고, 모리 겐죠오(森源三) 先生任에게 入

門한 거란다."

"헤에, 그럼, 그 先生任 제법 훌륭한 사람인가 봐요."

"응, 훌륭한 校長이시다. 옛날에는 에치고 나까오까(越後長岡)의 武士로서, 戊辰戰爭때에는 가와이 마마노쓰게(河井繼之助) 등과 함께 最後까지 官軍에 抵抗한 사람이라고 했지만, 그런 强靭한 사람으로는 보이지 않는 多情多感한 사람이야. 구와쓰치의 말을 들어보면, 모리 先生任 같은 分이 校長이라면 日本 第一의 學校라는 것은 뻔한 일이란다. 農學校든 法學校든 그런 것은 어떻든 相關없다고 말한단다. 쓰루 나란히 걷자구나."

하고 지로가 뒤돌아보며 말했다.

"뒤쪽에서 따라 걸으니까, 오히려 걷기가 힘들어."

"허지만……."

"허지만 뭐니."

"윗사람과 함께 거닐 때에는 세 걸음 떨어져서 걸어야 한다고 主人마님께서 가르쳐 주시던 걸요."

"집어 쳐, 그런 말. 이쪽이 不便스러워."

지로는 목덜미를 누르면서 멋쩍은 듯이 웃었다.

"첫째 끌어다 놓은 고양이처럼 하고 있는 거, 쓰루답지 않단 말이야."

"그러세요. 그럼."

쓰루요는 살짝 두 발자국 건너뛰면서 지로와 나란히 서서는 얼굴을 들어 웃었다.

"들어다 줄께."

하고 지로는 쓰루요가 들고 있던 보퉁이를 받아서 어깨위로 올려 메었다.

"난베야 아저씨는 어쩌된 일인지 몰라."

기수나리江을 따라 꺾으면서 지로가 중얼거렸다.

江은 온통 눈으로 덮여 있었다. 눈 아래는 꽁꽁 얼어 있었다.

언제인가 쓰루요가 요코하마의 宿所 앞으로 보낸 가다카나의 便紙는 찾을 수 없다는 종이가 붙어서 되돌아 왔다. 모토에가 警察署에 捜索願을 提出해 놓고 있고, 이즈미 쓰나오도 자와기 刑法課長을 通해서 行方을 捜所聞하고 있었지만, 아무리 찾아봐도 消息은 五里霧中이었다.

난베야 아저씨의 身邊에 무언가 생각지도 못한 큰 일이 일어났음에 틀림없다고 쓰루요는 생각하고 있었지만, 그것을 입에 올리는 것이 너무 두렵기만 했다.

난베야의 商店 雰圍氣가 더없이 쓸쓸하게 보였다. 장사를 쉬고 있는 것도 아닌데도 어디엔가 쓸쓸한 雰圍氣에 휩싸여 있는 것이다.

모토에는 나란히 들어서는 지로와 쓰루요를 바라보고

서, 意外라는듯이 잠깐 동안 눈을 휘둥그레 했다. 正月인데도 化粧끼 하나 없는 얼굴이 부쩍 메말라 보였다.
"아버지께서 이것을 가져다 드리라고 해서 왔습니다."
하고 말하면서 몇 통인가 封套를 내어 밀었다.
가만히 기다리고 있을 수도 없고 해서 빠른 時日內에 男便을 찾으러 도쿄에 가겠다는 모토에를 爲해서 心中이 가거나 協助해 줄 수 있는 여러 곳의 紹介狀이었다.
쓰나오는 自身이 나수에게 付託한 用件의 內容에 對해서 우다꼬에게도 一切 밝히지 않았으며, 勿論 모토에에게도 알려 주지 않았다. 구로다를 爲始해서 政府高官의 一身이 걸려있는 일이었다. 쓰나오로 봐서는 一介 婦女子에게 흘려서 좋을 것이 없었다. 나수의 行方을 찾아달라고 付託한 자와기 刑法課長에게 까지도 詳細한 事情은 덮어 둔 채로였다.
때문에 모토에에게는 男便의 行方不明의 原因이 조금도 斟酌이 가지 않는 것이었다. 그렇기 때문에 앉으나 서나 답답해서 견딜 수가 없는 氣分이었다. 自身이 直接 男便의 발자국을 追跡해 보지 않고서, 더 以上 警察에 依賴한 探索의 消息을 기다리고만 있을 수가 없었던 것이다. 벌써 半年이라는 歲月이 흘렀지 않은가.
"그리고, 이것은 아버지와 어머니의 謝禮金입니다."

지로는 빨강, 파랑, 노랑의 줄을 엮은 膳物用 종이꾸러미를 封套 위에 올려 놓았다.

"이렇게 받게 되어서 너무 感謝합니다."

모토에는 封套와 謝禮金을 받아 넣었다.

"쓰루짱, 오늘이 야부이리로구나. 이제부터 마루야마에 가는 게지."

쓰루요는 빙긋 웃으면서 고개를 끄덕거렸다.

"기쁘지, 너무 오래간만이니까. 엄마나 아빠가 얼마나 좋아할는지 모르겠구나. 잘 못 알아 볼만큼 훌륭한 아가씨가 되었구나, 쓰루짱은."

"아줌마는 언제 도쿄에 가시는데."

"汽車가 通하면 바로 가야지. 눈 때문에 汽車가 不通이지만 그저께부터 旅行準備를 하고서 每日 停車場으로 간단다. 오늘도 좀 後에 가 볼 참이란다."

"아저씨랑 만나면 얼마나 좋을까."

"정말……. 만나면 쓰루짱이 글을 배우고 나서 맨 처음 便紙를, 아저씨에게 써 보냈다는 것을 알려주고, 혼쭐을 내어 주어야지."

하고 말하면서 모토에는 눈물을 글썽거렸다.

"그럼, 이만."

하고 지로가 말하고, 두 사람은 나란히 人事를 드렸다.

"아줌마, 너무 안되었어요."

오던 길을 되돌아가면서 쓰루요가 말했다. 火가 나 있는 것처럼 들렸다.

지로는 쓰루요의 보퉁이를 안고 말없이 걷고 있었다. 무언가 自己 생각에 빠져있는 듯한 모습이었다.

구와쓰치 야스오(加地康男)를 만나러 學校 寄宿舍에 들린다는 지로와 農學校 옆길에서 헤어졌다.

쓰루요의 발걸음은 너무도 가벼웠다.

지로와 함께 걸었다. 지로와 이야기를 나누었다. 지로가 웃었다. 그리고 지로가 짐을 들어다 주었다. 그것이 그女를 뛸듯이 기쁘게, 들뜬 氣分으로 바꿔 버렸다. 눈도 하늘도 모두가 빛을 받아 반짝이고 있는 것처럼 느껴졌다. 더군다나 마루야마에는 치사꾸와 미네가 기다리고 있다. 오늘밤은 마루야마의 父母들 품에서 머무는 것이다.

거리를 若干 벗어나니까 눈은 더없이 싸여 있다. 사람들의 往來가 없기 때문에 길은 짐승들의 길처럼 좁게 열려있고, 마루야마에 가까워질수록 그것마저도 파묻혀서 없어져 버렸다.

쓰루요는 무릎까지 파묻히는 눈 속에서 거칠은 숨을 헐떡거리면서, 한발때죽 옮기면서 여이차, 여이차 하면서 다시 한발때죽, 소리를 곁들이면서 차곡이 쌓인 눈을 헤쳐 나갔다. 한쪽 손으로는 목도리를 누르고 한쪽 손에는 커다란 보따리를 들고 있기 때문에 걷기에 너무 힘들었으나, 마음이 들떠있고 氣分마져 좋아있는 그 女에게는 오히려 그것이 너무도 爽快하게 느껴졌다.

이따금씩 집신속의 눈을 털기 爲해서 멈출 뿐, 速度를 늦추려고도 하지 않았다. 이마에도 몸에도 뜨거운 땀투성이, 登山이라도 하는 듯한 들뜬 氣分이었다.

치사꾸와 미네의 오두막은 눈 속에 묻혀 버려서 알 수가 없었다.

틀림없이 이 近處였다고 斟酌은 가지만, 눈에 모든 것이 파묻혀버린 하얀 들판이다 보니 標的이 될 만한 것이라고는 모두 없어져 버렸다. 나무들도 중첩된 樹氷의 階層을 이루고 있고, 그 서있는 모습도 變해 버렸다.

"어-엄-마-아……, 어디쯤이야."

쓰루요는 허벅지까지 눈에 파묻힌 채 멈춰 서서, 목소리를 날려 보냈다.

메아리가 바람소리처럼 멀리멀리 내달았다.

그 女는 걷기 始作했고, 걷다가는 멈춰 서서 다시 미네를 부른다. 그렇게 몇 번인가를 繼續하면서, 山기슭쪽으로 들어갔다. 하얀 山이 덮쳐 누르는 듯이 그 女의 머리 위에 있었다. 얼마만큼 그렇게 하면서 걷고 있었을까, 드디어 멀리 樹氷을 달고 있는 樹木 사이의, 하얀 뫼뿌리같이 두둑하게 솟아있는 눈의 융기 사이로, 검은 点같은 사람의 모습이 달려오고 있는 것이 보였다. 미네였다.

"쓰루-. 쓰-루-냐."

미네는 눈 속을 헤엄이라도 치는 듯이 달려오면서 부른다.

그것을 보고서는 쓰루요도 보따리를 눈 위에 끌면서 精神없이 눈밭을 헤쳐 나갔다. 미네도 쓰루요도, 몇 번이고 눈 위에 나둥그러지면서.

"엄마야……"

"오오, 쓰루냐, 잘 돌아왔구나, 잘 돌아왔어……."

두 사람은 눈 속에서 서로 부둥켜 안았다. 두 사람 모두 너나없이 눈 투성이었다.

쓰루요는 울음이 터져 나오는 것을 꾹 참고 있었다. 바쁘게 하얀 입김을 吐하면서, 발갛게 달아 오른 얼굴을 들어, 반짝반짝 타고 있는 눈으로 미네를 한없이 쳐다보았다. 自身이 얼마나 어머니의 얼굴에 굶주려 왔었는가가, 몸이 저리도록 느껴져 왔다.

그러나, 미네는 참지를 못하였다. 눈꼽이 끼어져 있는 그 女의 눈으로부터 눈물이 하염없이 볼을 타고 흘러 내렸다.

"엄마, 어데 몸이 좋찮은거 아니야."

일어서서, 몸에 붙은 눈을 털어주고 있는 미네의 얼굴을 들여다 보면서 쓰루요가 물었다.

"아니야. 아무데도 아프지 않다. 그런데, 너야말로 훌륭한 아가씨가 다 되었구나. 어쩌면 남의 집 아가씨라고 몰라보겠다."

미네는 땟자국이 흐르는 수건으로 얼굴을 닦고서 웃는 듯 우는 듯하였으나, 半年이 지나는 사이에, 그 女는 스무 살을 더 먹은 것처럼 보였다. 야위어서 生氣라고는 보이지 않는 것은 얼굴뿐만이 아니고 몸 全體가 한 段階 작아져 보였다.

"主人아저씨는 別故 없겠지. 모두에게 귀여움을 받고 있는지 모르겠다."

"엄마랑 아빠에게도 膳物을 가뜩 주셨는걸요."

쓰루요는 끌어올린 보따리를 톡톡 두드리면서, 滿足스런 얼굴에 웃음을 띠웠다.

"엄마, 이거 둘러 봐. 너무 따뜻해."

하면서 목도리를 미네의 어깨 위에 던지듯 걸쳐 주었다.

"이런 좋은 物件, 쓰루 네꺼냐."

"응, 마님께서 사 주셨는걸. 아버지는?"

"오래 前부터 산에 숯 구우려 들어가셨단다. 그런데,

오늘밤 돌아오시겠다고 말씀하셨단다. 네가 집에 오는 날이라고 말이다."

오두막 앞에 서니까, 눈 동굴처럼 入口가 침침한 빛으로 뚫어져 있을 뿐, 지붕이나 板子壁도 눈에 묻혀 보이지 않았다. 入口에는 열 개 程度 좁다란 눈의 階段이 不規則하게 놓여 있고, 지금 쓰루요가 서있는 位置는 처마 끝과 같은 높이였다.

"와아……, 눈을 치우지 않으면 지붕이 내려앉겠네, 엄마."

"아버지는 繼續 山에만 계시고, 엄마는 일에 쫓기다보니 손쓸 틈이 없었단다."

미네는 그렇게 말하면서 앞서서 눈의 階段을 내려섰다.

오두막 안은 밤과 같았다. 지피고 있는 장작의 불빛만으로는 눈이 익혀질 때까지 거의 아무것도 보이지 않았다. 장작의 煙氣때문에 눈이 아플 程度였다.

"오래간만에 네가 집에 오는데 줄게 아무것도 없지 뭐냐. 겨우 손바닥 만하게 가꾼 밭떼기도 모두 메뚜기한테 當해버리고……. 하는 수 없이 네게 무언가 주기는 줘야겠기에 사슴고기를 삶고 있었단다."

미네는 이로리(圍爐裏=방바닥을 네모나게 파내고 炊事用, 煖房用으로 불을 피우게 만든 裝置)의 냄비를 바삐 휘저으면서 容恕를 비는 듯이 말했다.

"엄마, 이거 풀어 봐."

쓰루요는 기세 좋게 보따리를 미네앞으로 밀었다.

"떡이랑, 밀감이랑, 꽂감, 보리 미싯가루, 그리고 사탕도 들었어요."

"헤에, 정말이냐."

미네는 목소리를 튀기면서 보따리를 끌어 당겼다.

"또 있어요. 엄마 옷이랑 아빠 옷과 속옷, 主人과 마님이 입던 옷이야. 그리고 이것."

쓰루는 허리의 두루주머니를 끌러서 미네의 손에 쥐어 주었다. 방울이 짤랑거렸다.

"二円 五十錢 들었어요. 줄께, 엄마에게."

미네는 두루주머니를 꼭 누르면서 두드렸다. 그리고 暫時동안 고개를 들지 않았다.

메뚜기 被害로 作物이 거의 全滅되고 나서, 只今까지 미네들이 어떻게 해서 이슬 같은 목숨을 延命해 왔는가는, 想像만 해도 不可思議할 程度였다. 미네는 입으로 말은 하지 않았지만, 이런 오랫동안 滿足스럽게 먹을 것을 입에 넣어 보지 못한 것 같았다.

"너의 德澤으로, 생각지도 못했던 설날이 왔구나. 너무 고맙다."

미네는 콧물을 훌쩍이었다.

오래간만에 自身의 집으로 돌아 온 解放感 때문이랄까, 쓰루요는 暫時도 가만히 있질 못했다. 이곳은 他人의 집이 아니다. 이곳에서는 束縛도 制約도 없다. 내 마음대로 自由롭게 휘젓고 다녀도 좋은 곳이다.

"엄마, 쫀바(눈 치우는 道具) 있어요."

쓰루요는 보따리 속에서 몸뻬를 꺼내어 입으면서 말했다.

"있구말구, 뭣에 쓸려고."

"지붕위의 눈 좀 치워보게요."

"그런 일 하지 않아도 된다니까. 오늘은 아무것도 하지 말고, 좀 쉬고 있거라. 來日부터 다시 熱心히 일해야 되잖냐."

"괜찮다니까. 너무 즐거워서 가만히 있을 수가 없는걸. 요런, 쬐그마한 오두막 지붕쯤이야 식은 죽 먹기지."

쓰루요는 미네가 꺼내어 준, 치사꾸가 손수 만든 쫀바를 가지고 入口의 눈 階段을 올라가 밖으로 나왔다. 지붕 위로 올라가니까 눈은 그 女의 허리까지 와 닿았다.

"좋아, 해 볼거나."

하고, 쓰루요는 가슴팍을 내어 밀면서 힘을 모은 다음, 허리의 수건을 뽑아 어린애 볼 때처럼 앞이마에 질끈 동여매고서 손바닥을 비빈다음 쫀바를 손에 쥐었다.

 지붕의 面積은 얼마 되지 않지만, 눈이 너무 많이 쌓여있기 때문에 마음 먹은 대로 그렇게 쉽지는 않았다. 몇번이고 손을 멈추면서 허리를 펴고 숨을 돌렸지만, 氣分은 더없이 爽快하고 즐거웠다.

 눈을 퍼 던지면서,

　드높은 산에서 골짜기까지
　어기영차 어기영차
　오이나 가지의 꽃밭이로구나.

 하고, 노래가 長短소리와 함께 입에서 튀어 나왔다.
 요즈음 이네무라가, 쓰나오나 우다꼬가 없을 때 혼자서 부르는 노래를 듣고 배웠지만, 거기까지밖에 歌詞를 알지 못했다. 쓰루요는 큰 목소리로 같은 歌詞를 되풀이하며 불렀다.
 南쪽측을 전부 내리고 北측으로 옮기려고 한숨 돌리며 周圍를 휘둘러보고 있을 때였다. 멀리서부터 눈을 휘저으며 걸어오고 있는 검은 사람 모습이 눈에 들어 왔다. 얼굴을 알아볼 距離는 아니었지만, 몸이나 차림새가 어딘가 낯이 익었다는 생각이 들었다.

쓰루요는 눈을 떼지 않고 뚫어지게 보다가, 急히 큰 소리를 질렀다.

"엄마, 잠깐 나와 봐. 빨리, 엄마."

미네가 急히 나와서 지붕 위를 쳐다보았다.

"왜 그래, 쓰루야. 무슨 일이냐."

"저기를 봐 봐. 이쪽으로 오는 사람……. 쫀끼레氏 같아요."

그 말에 따라 미네는 쓰루가 손가락질하는 쪽으로 돌아 손바닥을 펴서 눈에 붙이고 바라보았다. 다가오는 것이 男子라는 것은 알 수 있었으나, 아직도 미네의 눈으로서는 分別하기 힘들었다.

"그래, 정말이라니까. 쫀끼레……氏가."

쓰루요는 큰소리로 불러보면서 지붕 위에서 兩손을 들어 흔들었다.

"잘못 본 거 아니냐? 쓰루야. 설마하니, 쫀끼레氏가……."

"맞다니까. 진짜 쫀끼레氏라니까."

말이 채 끝나기도 前에, 쓰루요는 지붕 위에서 미끄러지듯 내려와 헤엄을 치듯이 눈을 헤치면서 달려 나갔다.

"쫀끼레氏-가-"

그 목소리가 男子의 귀에 들렸는지, 멈춰 서서 한쪽 손을 들어 흔든다. 소네 쥬사부로였다.

"오오, 쓰루냐. 훌륭한 處女가 다 되었구나."

소네는 눈 투성이가 되어서 달려온 쓰루요의 어깨를 껴안으면서, 눈을 가늘게 뜨고서 몇 번이고 고개를 끄덕거렸다.

소네의 모습은 거지와 다를 바 없었다. 누더기옷 위에 漁夫들이 입는 소매가 긴 낡은 外套를 입고, 띠 代身에 새끼를 두르고, 쥐색의 때 묻은 수건으로 얼굴을 가리고 있었다. 짐이라고는 없고, 但只 자그마한 보따리를 어깨에 비스듬히 걸쳐 매고 있을 뿐이었다.

뺨을 가린 수건사이로부터 엿보이는 얼굴은 皮骨이 相接해 있고 제멋대로 자란 수염사이에 움푹 들어간 눈만이 熱病앓이처럼 번쩍이고 있다. 沈着해 있지 않는, 무언가에 쫓기고 있는 듯한 모습이었다.

"亦是 소네氏로군요. 아무럼, 無事해서……."

미네도 숨을 몰아쉬면서 달려와서 목소리를 보냈으나, 너무나 초라한 소네의 모습에, 精神을 빼앗겨 말이 제대로 나오지 않았다.

소네는 가리고 있는 수건을 치우려 하다가, 날카롭게 周圍를 휘둘러보고서는 그만 두었다.

"當身도 無事해서 무엇보다 반갑군요. 치사꾸氏도 安

寧하시죠."

"헤에, 몸뚱아리만은 그렇겠지만……. 자아, 얼른 안으로 들어오시죠. 變함없이 人間이 살고 있는 곳은 못되니까요."

미네와 쓰루요는 兩어깨를 껴안는 듯한 모습으로, 소네를 집안으로 다리고 들어왔다. 그렇게 하는 것이 自然스러울 程度로, 소네는 몸이 너무나 衰弱해 보였다.

"용케도 여기를 잘도 찾으셨군요."

미네가 장작불을 흔들면서 말했다.

소네는 드디어 얼굴가리개를 내렸다.

"쓰끼삿푸에 나수를 찾아 갔더니, 삿포로로 옮겼다고 하길래 그쪽에도 가 보았으나 나수도 그 夫人도 집에 없더구나. 商店의 할멈이 당신네들이 여기에 살고 있다고 알려줘서 찾아보았지."

소네는 그렇게 말하고선 잠깐 눈을 내려뜬 채 입을 열었다.

"아무것이나 좋으니까 먹을 것 좀 줄 수 없겠나요. 무엇이든 좋아요. 實은 그저께부터 아무것도 먹지 못했어요. 아침부터 눈만 실컷 먹었지 뭐야."

하면서, 눈썹을 치켜 올리면서 하얀 이를 드러내어 보인다. 그러한 웃음을, 以前에는 이 소네氏는 웃어 본 적이 없었다. 그런 種類의 웃음을 웃지 않는 人間이었다.

"난베야의 아저씨, 도쿄에 가고부터 半年 以上이나 行方不明이야요."

쓰루요가 말했다.

소네는 미네가 수북이 내어 놓는 사슴고기의 소금 저림을 정신없이 입으로 옮기고 있기 때문에 얼른 對答을 할 수가 없었다.

"소네氏는 그로부터 어떻게 지내셨는지요. 주욱 아마시(余市)에 머물고 계셨던가요."

금세 비어진 소네의 밥공기에 다시 사슴고기를 수북이 올려놓으면서 미네가 물었다.

"아니요, 아마시에는 일할 곳이 마땅찮아서요. 옛날 同僚 세 사람이서 도쿄로 가긴 갔었는데……."

하고 소네는 말꼬리를 흐린다.

"헤에, 도쿄에 갔었다구요. 또다시 도쿄에 뭣 하러?"

"北녘 한구석의 驛貨物所의 帳簿整理를 하면서, 그냥 썩어 없어지는게 너무 虛無하게 느껴져서죠. 도쿄에서 무슨 일을 해 보려 했었는데, 뜻을 이루지 못했었소."

소네는 밥공기에 視線을 떨어뜨리고서, 우물우물 고기를 씹는다.

"보는 것도 듣는 것도, 모든 것이 變해 버렸고, 우리들은 어떤 異國땅에서 헤매는 꼴이 되어서, 무엇을 할 것인가 엄두를 낼 수 없었지요. 함께했던 同志들은 時流에 迎合해서 다시 한 번 일어서 보려는 뜻에서, 只今 번지고 있는 自由民權運動의 壯士團에 몸을 던졌지만, 나는 그것도 할 수가 없었어요. 그러다보니, 그날그날 먹는 것까지도 그르다보니, 배가 고프니까 意志마져 弱해지게 마련이더구먼. 부끄러운 일이지만, 마음까지도 卑劣해 지더군요. 한물 간 놈은 亦是 한물 간 놈이지요. 발을 자르듯이 깊숙이 숨어버릴 수밖에요."

"도쿄에서 난베야 아저씨 만나지 못했어요?"

쓰루요가 묻는다.

소네는 젓가락을 놓고 천천히 고개를 저었다.

"도쿄는 넓단다. 헌데, 都大體 무슨 일이냐. 商店의 할멈 말로는 商用으로 요코하마에 갔다고만 말하더라만 도쿄에도 들릴 일이라도 있었단 말이냐."

"우리 主人任의 일로 요코하마에서 도쿄로 간 것은 確實하다던데요."

"누굴 말하는거냐. 우리 主人任이라는 것은."

"이즈미 쓰나오씨죠. 그렇지, 그 집에서 일하고 있어요."

"난베야氏가 紹介해 주셨지요. 그렇죠, 소네氏도 알고

게실런지 몰라. 쓰루가 데미야의 棧橋에서 不注意로 弊를끼친 그 官員입니다."

하고, 미네가 說明을 덧붙였다.

"아아, 그때의 그 少書記官이……."

하고, 소네는 끄덕였지만, 그의 表情이 갑자기 變했다. 그는 미네를 向하여 자리를 고쳐 앉았다.

"미네氏. 오늘밤만 묵고 가게 해 달라고 付託하고픈데, 괜찮을까요."

"이런 새둥우리 같은 곳에서 不便스럽겠지만, 소네氏가 좋으시다면야 얼마든지 주무시고 가세요. 오늘밤에는 우리 집 양반도 山에서 내려 오실거구요……."

"아니요, 오늘밤에만요. 但只 내가 여기에 왔다는 것을 누구에게도 말하지 마세요. 쓰루 너도다. 결코 남에게 말하지 말거라."

"헤에"

"응"

미네와 쓰루가 同時에 끄덕였다.

미네가 그러는 까닭을 물어보려 했지만 소네의 얼굴 表情을 보고서는 입을 다물었다.

"若干 國事에 關한 것이 돼나서 말이지. 當分間 사람의 눈을 避하지 않으면 안되게 되었다오. 나쁜 일을 犯한 것은 아니니까, 걱정할 必要는 없지요."

소네도 미네의 顔色을 살피면서 辯明하듯이 말했다.

그로부터 얼마 되지 않아서 치사꾸가 山골 숯가마로부터 집으로 돌아 왔다. 그날 밤에는 오래간만에 만난 사이라서 愉快하고 즐겁게 보냈다.

치사꾸는 想像을 超越한 開拓農民의 괴로운 生活에 完全히 氣盡脈盡해 있었다. 거기에다 메뚜기 被害였다. 겨우겨우 開拓해 놓은 農耕地도 作物이라곤 完全히 全滅狀態였다.

部落民들의 이야기로는 메뚜기가 來襲한것은 今年뿐만이 아니고, 昨年에도 再昨年에도 마찬가지였다고 했다. 被害도 해를 거듭할수록 더더욱 甚했다. 來年에는 또다시 壞滅的인 被害를 받지 않는다는 保障도 없다. 치사꾸의 氣分은 絶望的 이었다.

그렇지만, 그러한 푸념이 치사꾸의 입에서 흘러나올 틈도 없이 쓰루요나, 생각치도 않은 소네까지도 合친 爐邊의 情談은 차례차례로 그칠 줄을 몰랐다. 쓰루요가 가지고 온 떡이나 부침이나 밀감이나, 貴重品인 설탕이 그런 모임을 한층 더 生生하고 들뜨게 만들었다.

쓰루요가 히라카나(日語의 筆記體)와 漢字를 조금 배운것을 알자, 치사꾸나 미네보다도 소네쪽이 얼굴 모습을 일그러트렸다. 쓰루요는 氣分이 좋아서, 이로리의 재위에다 타고 있는 나무가쟁이를 들고, 알고 있는 만큼의 글씨를 써서 보이곤 했다.

"쓰루. 이제부터라도 率直하고 强靭한 마음을 잃어버려서는 안된다. 그것만 있다면 어떤 逆境에 빠지더라도 그 人間은 自身의 빛으로 周圍를 밝혀주게 되는거란다. 그러한 人間이 되어야 한다."

소네는 쓰루요의 어깨를 안아주면서 그렇게 말하자 쓰루요는 고개를 끄덕거렸으나, 實은 무슨 말인지 잘 알아듣지 못했다. 소네의 목소리에는 무언가를 懺悔(참회)하고 있는듯한 쓸쓸한 餘韻을 풍기고 있었다.

이로리의 불을 둘러싸고 자리를 잡고 드러누운 것은 밤도 제법 깊어서였다.

쓰루요는 치사꾸와 미네사이에 끼어서 잤다.

나뭇가지에서 떨어지는 눈이 이따금씩 瀑布에 물이 떨어지는 소리를 내고 있었다.

다음날 아침, 미네의 소리에 눈을 뜬것은 아직 밤이 밝기에는 조금 이른 時刻이었다.

"소네氏가 보이지 않는데요."

하고 미네가 치사꾸를 흔들어 일으켰다.

치사꾸는 일어나서 새벽의 찬 기운에 몸을 떨면서, 이

로리에 장작을 지폈다.

"小便이라도 보러 일어났겠지."

"밖에도 다 보았는걸요. 아무데도 없었어요. 얼굴덮개나 보퉁이도 보이지 않아요."

정말, 소네의 짐은 하나도 보이지 않았다.

"깨는 것이 未安해서 살짝 일어나서 가버린 게 아닌지 몰라."

쓰루요가 말했다.

"그런것 같다. 그렇지만 아침밥도 먹지 않고서……. 가여운 일이구나."

미네는 그렇게 말하면서 佛壇 代身에 방 구석쪽에 둔 蜜柑 箱子 앞으로 가서, 位牌에 두 손을 合掌하고 아침의 禮를 올리다가 별안간 얼굴色이 變했다.

位牌앞에 놓아두었던 쓰루요의 두루주머니가 열려 있고 그 속에서 무언가의 종이쪽지가 엿보였기 때문이다.

두루주머니 속은 텅텅 비어 있었다.

"쓰루야……."

미네는 悲鳴에 가까운 소리를 질렀다.

"큰일 났다. 돈이 全部 없어졌다."

치사꾸도 쓰루요도 튕기듯이 미네곁으로 달려갔다.

치사꾸는 한마디 말도 없이 미네손에서 두루주머니를

받아들고 거꾸로 털었다. 방울이 爽快한 소리를 울리며 울었다. 그도 얼굴色이 사라졌다.

그는 두루주머니를 팽개치고 밖으로 달려 나갔다.

쓰루요는 두루주머니에서 툭 떨어진 종이쪽지를 집어들었다. 그것은 쓰루요가 곶감을 싸가지고 온 종이를 찢은 것으로서, 또박또박한 글씨체로 히라카나가 쓰여 있었다.

"무언가 글씨가 쓰여져 있지."

미네가 쓰루요의 손목을 바라보면서, 떨리는 목소리로 물었다.

제발 容恕를 빌겠다. 언젠가 이 報答은 반드시 할 테다. 내가 그렇게 하지 않으면, 하늘이 가만두지 않을 것이다. 容恕해 다오. 이만.

한자 한자를 짚어가면서 쓰루요가 읽는다. 읽으면서 별안간 머리를 얻어 맞은 듯한 衝擊으로, 몸이 떨려왔다. ─쫀끼레氏, 이 바보야─ 하고, 가슴속에서 부르짖는 소리가 밖으로 튀어 나올 것 같았다.

"소네氏가 이런 일을……. 그 소네氏가 우리들 것을 훔쳐 가다니……."

하고, 미네가 중얼거리면서, 다리에 힘이 빠진듯 그 자리에 털썩 주저앉는다.

 조금 後에 치사꾸가 힘이 없는 얼굴 모습으로 되돌아왔다. 아직도 눈이 내리고 있는지, 얼굴이나 어깨에도 엷은 눈이 쌓여 있다.

 "제법 일찌감치 가 버린것 같애. 어디에도 모습이 보이지 않는 걸."

 그렇게 말하면서 치사꾸는 爐邊에 몸을 던져버리듯이 앉아서 조용히 팔짱을 낀 채 타고 있는 불길을 물끄러미 바라보고 있다.

 "그 程度만 가진다면……. 많은 도움이 될 텐데……."
 미네는 눈물을 흘리고 있었다.
 "알 수 없는게로군, 人間이라는 것은……?"
 치사꾸는 눈에 불빛을 反射시키면서 깊은 한숨을 吐했다.

 "무언가 피치 못할 事情이 있었던것 같아. 그런 일이 없었다면 쫀끼레氏같이 좋은 分이 이런 짓 하지 않아요."
 쓰루요가 말했지만, 미네도 치사꾸도 어깨를 축 늘어뜨리고 쳐진 모습으로 앉아 있었다.

 "치사꾸 夫婦에 있어서, 只今의 二円 五十錢은 거의 死活의 問題였다. 어젯밤, 한밤을 같이 지내보고서 소네도 그것을 모를 턱이 없었다. 치사꾸도 미네도 너무도 기가 차서 茫然自失할 뿐이었다.

쓰루요가 받은 衝擊은 두 사람처럼 卽物的(具體的 事物에 依據하여 생각하는것)이지 못했다. 그렇지만 마음속에 눈沙汰가 일어 났다해도 좋을 心情이었다. 이것은 人間에 對한 信賴의, 最初의 崩壞라 해도 좋았다. 그 女는 소네를 조금이라도 미워한다고 생각하지는 않지만, 失望感은 깊었다.

開拓使 本廳이 없어지고 새로운 현(縣)의 行政機構로 改編되고나서 이즈미 쓰나오의 立場은 分明히 空中에 떠 있는 狀態였다.

舊開拓使의 重要事業은 모두가 中央의 各省으로 分散移管 되었다. 殖民, 山林, 農牧場, 船舶, 삿포로農學校는 農商務省으로 移管되었고, 여러 工場, 石炭鑛山, 鐵道, 電信등은 工部省으로, 物産取扱所, 準備米, 漁業資本의 貸付는 大藏省으로, 屯田兵은 陸軍省, 司法은 司法省에, 各各 附屬되어졌다.

삿포로, 하꼬다데, 네지쓰의 三縣에 남겨진 行政은 本土의 조그마한 縣과 같은 規模의 보잘것없는 地方行政뿐이었다.

拂下準備를 爲한 官營事業調査가 主要 任務였던 쓰나오의 자리는 拂下中止와 함께 存在의 意味가 稀微하게 되었는데, 現在는 調査의 對象으로서의 事業 그 自體가 없어져 버렸다. 아직은 開拓使의 殘務整理가 있다곤 하지만 그를 必要로 하는 일은 거의 없어져 버렸다.

그 殘務整理도 四月 이나 五月쯤이면 끝나버린다. 그렇게 되면 그는 完全히 無用의 存在로 되어버리는 것이다. 구로다 키요다카는 그를 罷免시키려고도 하지 않았으며, 새로운 地位를 주려고도 하지 않았다. 그는 쫓겨난 개 身世 바로 그것이었다.

그날 登廳해서 바로, 쓰나오는 지금은 삿포로縣의 縣令이 된 토토노루 히로다케의 부름을 받았다. 무슨 用務인지 알고 있었다.

"어떤가. 마음은 決定되었나."

토토노루는 쓰나오가 의자에 앉자마자 말했다.

"네"

하고, 쓰나오는 무릎 위에 兩손을 얹어놓고 머리를 숙였다. 折半 程度는 無意識的으로 그런 姿勢를 했다지만, 요즈음의 그는 어딘가 卑屈한 氣分이 몸 全體에 배어들고 있었다. 그것은 自身 스스로도 알고 있었다.

며칠 前에, 쓰나오는 토토노루로부터, 이번에 생겨난 勸農協會로 轉出하는게 어떠냐고 물어 왔었다. 厚意로 볼 수도 있겠지만, 官을 그만두고 官廳에서 쫓겨난다는 것에 다를 바 없는 것이다.

特히 勸農協會의 副會長으로 앉아 있는 사람은, 拂下問題로 關西貿易의 申請代表中의 한사람이었던 그 當時 開拓使 權限代行 大書記官 스스키 오오쓰께였다. 拂下를 反對해서 구로다의 心氣를 不便하게한 쓰나오로 본다면, 말해서 敵에게 던져지는 셈이 되는 것이다. 그의 心中이 좋아질 턱이 없는 것이다.

"그곳이라면 會長인 호리모토(堀基)나, 스스키 오오쓰께도 元來는 開拓使의 사람이었으니까, 자네도 마음이 便하겠지."

토토노루는 無神經한 어투로 말했다. 쓰나오에게는 그것이 일부러 그러는 것처럼 들렸다.

"저로서는 可能한한 繼續해서 縣廳에서 適當한 일을 할 수 있도록 配慮해 주셨으면 합니다만."

"北海道縣이라면 모를까, 쪼그마한 삿포로 縣이니까 말일세. 大邸宅에서 별안간에 오두막집으로 옮기는 꼴이라서 있게 하고 싶어도 있을 자리가 없다네."

토토노루는 궐련의 煙氣를 길게 내어 품는다.

"그런데, 지금 도쿄에서는 舊開拓使의 諸事業을 各省에 分散시켜 놓는다면 어딘가 一貫性이나 統一性이 없기 때문에, 開拓使 諸事業을 統一管理하는 機構를 新設해야 한다는 이야기가 나오고 있는것 같애. 그렇게 된다면, 자네가 希望만 한다면 다시 그런 쪽으로 가서 일을 할 수 있게 되겠지. 그때까지 기다린다는 意味에서 호리의 勸農協會에 가 있는게 어떻겠나. 勿論, 억지로 그렇게 하라고 하는 것은 아니지만."

"그것은 確定된 것일까요."

쓰나오는 조심스럽게 물었다.

"무엇 말인가? 아아, 새로운 管理機構 말인가."

토토노루는 귀찮다는듯이 어깨를 움츠린다.

"아직 決定된 것은 없다네. 하지만 구로다 前長官과 니시쿄 農商務卿이 힘을 기울이고 있으니까, 조만간에 實現된다는 것은 틀림없지. 어쩌면 자네도 구로다氏에게 付託해 보면 어떨지."

"네에"

쓰나오는 曖昧하게 首肯할 뿐이었다.

"허지만, 어떻게 되든 그건 두고 볼 일이고. 當場의 일은 勸農協會쪽을 어떻게 할 것인가, 急히 決定하지 않으면 안 된다는 것일세."

"万一 辭退를 하게 된다면……."

쓰나오는 눈을 치켜 떴다. 허나, 그것은 어리석은 質問에 不過했다.

"그건 자네의 自由겠지. 모든 자리를 그만두고 悠悠自適, 晴耕雨讀의 境地를 즐기려 한다면, 그것 또한 좋은 일이겠지."

쓰나오는 무릎위로 視線을 떨구었다. 上衣의 안주머니에 넣고 다니는 辭職書가 意識 가득히 퍼져 오고 있다. 只今이야말로, 그것을 토토노루 앞에 던져버리고 나왔어야만 했다.

쓰나오의 오른손이 무릎위에서 찔끔찔끔 떨고 있다. 허지만, 그것뿐이었다. 그의 손이 上衣의 주머니를 여는 代身에 卓子의 모서리를 움켜쥐었다. 눈빛이 서투른 哀願으로 無慘하게 깨어져 버렸다.

"요 몇 일간 생각 할 수 있는 餘裕를 주십시오. 여러 가지 마음 整理도 한번 해 봐야겠고 해서 입니다."

"쓰잘데 없는 생각은 하지 않느니만 못하다고, 巷間에 떠도는 말을 빗대는 것은 아니지만."

하고, 토토노루는 不快스런 얼굴빛으로 의자에서 일어섰다.

"그렇다면 今週中으로 確答을 받기로 하지. 호리쪽에도 언제까지나 對答을 延期할 수 없는 일이니까."

토토노루의 房을 나와서 逃亡치듯 自身의 자리로 돌아와서, 暫間동안, 쓰나오는 兩손으로 머리를 싸매었다. 自

身의 態度의 꼴사나움이 意識으로 되비쳐져와서 아무도 없는데도 얼굴이 달아올라 들 수가 없었다.

只今까지, 그는 自身을 軟弱한 人間이라고 생각해 본 적이 없었다. 그는 사쓰마藩의 中級 武士出身이다. 그가 자라온 環境에서는 軟弱하다는 말은 破廉恥하다는 말과 같은 뜻으로 通한다.

구로다의 誤解로 因한 노여움을 샀어도, 오히려 한마디 辯明도 하지 못하고, 辭表를 가슴에 품고 登廳하고 있는 自身이, 事實上의 罷免이라는 말을 들었으면서도 繼續 官職에 戀戀하면서, 自身이 自身을 辱되게 하고 있는것이, 쓰나오에게는 不可思議하게 느껴지기도 했다.

헌데, 생각해 본다면, 깨끗하게 進退를 마무리 지으려 했다면 只今까지 辭表를 내던질 찬스가 얼마든지 있었다. 그렇게 못하고 가슴포-켓에 辭表를 간직하고 있다는 것은, 自身의 軟弱함을 自身에게 속이고 있는것이 아닌지 모르겠다.

明治維新의 時代로 들어서서는 武士라는 것은 없어졌고, 四民平等의 世上으로 바뀌었다고는 하지만, 亦是 明治 新官僚는 武士階級의 變形이었다. 官員은 새로운 形態의 特權階級이다. 그것으로부터의 脫落은 쓰나오와 같은 舊武士階級에 있어서는 진짜 脫落 바로 그것이었다.

쉽사리 끊어버릴 수 있는 愛着이 아니었다.

實際問題를 보더라도, 武士에서 官員으로, 權力의 機構 안에서만 살아왔던 그에게, 이처럼 惠澤을 받아왔던 特殊社會의 外側에서, 얼마나 生活能力이 있을 것인가도 疑問이었다. 庇護해 주는 것도 없고, 기대어 볼 만한 것도 없이, 自身의 힘만으로 살아간다는 것은 어찌 보면 勇氣있는 行動이라고도 말할 수 있겠다.

돈을 멀리 하는 것을 美德으로 여겨왔기에, 거의 한 푼도 貯蓄해 놓은 것이 없다는 것이 不安을 더더욱 부채질하고 있었다. 辭表를 던지고 스스로 官職을 던져버린다는 것은, 志操는 훌륭하다 하겠다. 허지만, 그것으로 그의 生涯는 끝나는 것이다.

좁고 더러운 길거리에서 家族과 함께 굶어죽을 覺悟가 必要한 것이다. 한편으로 여기에서 志操를 굽히고 隱忍自重 한다면, 빠른 時日內에 新設되는 官廳으로 復職이 可能한 것이다. 살기에 익숙해진 權力의 테두리 속으로 다시 들어가서 只今처럼 살아갈 수 있는 希望도 있는 것이다.

相對의 恩惠를 拒絶하고 스스로 사라져 버릴까, 恥辱을 甘受하면서 베풀음을 받아들이면서 後日을 圖謀할 것인가, 여하튼 間에, 자리를 물려주고 떠나지 않으면 안 된다는 것은 確實한 事實이었다.

 新設된 삿포로 縣廳은 庶務, 租稅, 學務, 土木, 地理, 勸業, 出納, 衛生의 八課로 나뉘어졌지만, 이미 쓰나오는 그中 어느 部署에도 所屬되어 있지 않았다.

 자와기 刑法課長은 하꼬다데縣으로 轉出되었고, 시부에 유끼쓰께는 勸業課長의 의자에 앉게 되었다. 所屬이 없는 것은 쓰나오 뿐이었다. 말하자면, 쓰나오는 事實上 縣廳의 人間이 아니었다.

 쓰나오는 冊床의 서랍을 整理하고 私物은 묶어서 보자기에 싸고서는 일어서서 外套를 입었다.

 그의 秘書役을 맡아 왔던 호시시마는 學務課 係長으로 昇進되어 있다.

 쓰나오가 學務課의 房으로 들어가니까, 호시시마는 急히 자리를 일어서서 뛰어 나왔다.

 아무도 거들떠보지도 않는 廳內에서 호시시마만은 態度를 바꾸지 않았다.

 "課長任, 用件이 계셨다면 부르시지 않구요."

 그는 쓰나오에게 옛 呼稱을 그대로 쓰면서, 鄭重하게 머리를 숙인다.

 "아니 아니, 用務랄것도 없고, 자네에게 下人을 한사람 付託하고싶은데 어떨지 모르겠네."

"下人 말씀입니까."

"자네도 알고 있을걸 세, 내 집에서 일하던 늙은이이지만 付託 할 곳이 마땅찮아서 말이네."

쓰나오가 退官의 決意를 굳힌 것은 그것만으로도 호시시마는 알고도 남았다. 그는 아무 말 없이 以前까지의 上司의 얼굴을 쳐다보았다.

"붙임성은 없지만 忠實한 늙은이라네."

"그렇게 하겠습니다."

하고, 호시시마는 가라앉는 목소리로 그 말만 할 뿐이다. 가슴속에 感情이 치솟고 있었지만 그것이 말로 表現되지를 못하였다.

"고맙네. 그럼 付託하겠네."

쓰나오는 그렇게 말하고 事務室을 나왔다. 自身의 일에 對해서는 한마디도 하지 않았다.

호시시마는 複道까지 餞送하러 나왔지만, 쓰나오는 긴 複道를 걸어가면서 한 번도 뒤돌아보지 않았다.

그가 뒤돌아 본 것은 밖으로 나와서였다. 그는 暫時동안 그곳에 서서, 廳舍를 바라보고 있었다. 그리고선 若干 고개를 숙인 姿勢로 걷기 始作했다.

官邸로 돌아오자, 쓰나오는 書齋로 술을 가져오게 했다. 그런 일은 처음이기 때문에, 집의 여러분은 서로 얼굴만 쳐다볼 뿐이었다.

우다꼬가 술을 따르려하자 혼자서 마실 테니 나가라고 하면서, 별안간 아무렇지도 않다는 語調로 말했다.

"빠른 時日內에 여기를 떠나야만 하겠소. 그런 意味에서 準備를 해 두구려."

우다꼬가 물끄러미 男便을 바라보았다.

"도쿄에로 돌아가는 건가요."

"아니, 亦是 縣令이 말 한대로 勸農協會로 가려고 하오."

우다꼬는 되묻고 싶은듯한 눈매로 男便을 쳐다보았다. 쓰나오에게는 그러는 아내의 視線이 너무도 强熱하여 눈이 부실 程度였다. 그는 괴로운 듯이 盞을 들었다.

"저나 아이들 때문이시라면 걱정하실 必要가 없습니다. 마음에 들지 않는 勤務處라면 그만 두세요."

"쓸데없는 말은 하지않는게 좋겠소. 그 길이 最善일것 같아서 決定한거요."

하고. 쓰나오는 목소리를 높였다.

"일하는 사람들 中에 쓰루는 남아 있어야 하니까 구라기찌는 호시시마에게 付託해 두었고 이네무라는 故鄕으로 돌려보냅시다."

"이네무라는 도쿄에 가고 싶어서 그러는데 그만 두었

으면 한다고 요전번에 이야기가 있었어요."

"도쿄에 말이지."

"苦學이라도 하면서, 政治工夫를 하고 싶다고 하던걸요."

"그래요, 그것도 좋은 方法이지."

쓰나오가 괴로운 語調로 중얼거리고 있을 때, 그 이네무라가 장지문을 열었다.

"失禮하겠습니다. 只今 바로 쓰루요더러 警察署로 出頭해 달라고 巡警이 와 있는뎁쇼."

"뭐라고, 쓰루요가 뭔가 저질렀단 말이냐."

"글쎄요. 그렇지는 않는 것 같습니다만······."

우다꼬를 뒤따라 부엌門 쪽으로 가보니까, 정말 툇마루 끝에 巡警이 서 있었다. 그 앞에 쓰루요가 무릎을 꿇고 앉아서 巡警에게 무언가를 묻고 있다.

"무슨 일인가."

쓰나오가 목소리를 보내자 巡警은 擧手敬禮를 붙치고서,

"도쿄의 警視廳에서 受配中인 犯人을 逮捕해서 審問한 結果, 하루 前에 그 者가 다까오까 쓰루요의 마루야마 實家에서 한밤 보내고, 二円 五十錢을 훔쳤다고 自白하였으므로 參考人으로서 兩親과 함께 事情을 들어야 하기 때문입니다."

"쫀끼레氏는 도둑질 같은거 하지 않아요. 그 돈은 그냥 드린거에요."

쓰루요는 正色을 하면서 巡警에게 抗議를 한다.

"그 者의 이름은?"

쓰나오가 물었다.

"소네 쥬사부로라는 사람입니다."

"소네…. 그런데, 도쿄에서는 무슨 罪를 犯했다고 하던가. 政治犯인가."

"아닙니다. 強盜傷害입니다. 아사노의 典當鋪에 侵入해서 主人夫婦에게 重傷을 입힌 罪입니다."

"거짓말이야. 쫀끼레氏는 그럴 사람이 아니야…."

쓰루요는 일어서서 소리쳤다.

쓰나오는 얼굴모습이 暗澹해 졌다.

"苦生이 많으시겠네."

그는 착 가라앉는 목소리로 巡警에게 그렇게 말하고, 구라기찌 슈監을 불러서, 쓰루요를 다리고 警察署에 다녀오라고 이르고 書齋로 들어갔다.

그는 술잔에 술을 따러서 단숨에 半 程度를 목구멍 속으로 흘려 넣었다. 술맛이 뚝 떨어져 버렸다.

소네 쥬사부로(曾根十三郞)라는 男子와 그는 만난 일

이 없었다. 그러나 나수 나나로로부터 들은 바에 依하면, 藩閥政府에 屈하는 것을 決死 反對하고 아마시에 숨어 지내고 있다고 하는 사나이다.

見識이 좁다고 한다면 그렇다 치고, 적어도 그 나름의 志操를 爲해서는 목숨을 바칠 수 있음에 틀림없었다.

아마시의 同志들과 함께 도쿄에 潛入한 것도, 新政府의 要人에게 한방 먹이려는 것은, 그 後의 調査에서 明白히 들어났다.

政府의 要人을 狙擊하는 것은 옛부터 容恕할 수 없는 犯罪이지만, 소네들의 信念에서 본다면 부끄러운 行爲라고만은 할 수 없었다. 허나, 侵入强盜짓을 한다거나, 一般 家庭의 庶民에게 傷處를 입히는 것은 소네에 있어서는 그 以上 더할 수 없는 破廉恥行爲인 것이다.

不運이라는 것은 무서운 것이라고, 쓰나오는 생각지 않을 수 없었다. 끝도 없는 不運은, 모르고 모르는 사이에 人間의 精神을 腐蝕시킨다. 志操나 破廉恥心도 鈍化시키고 摩滅시켜 버리는 것이다.

소네뿐만이 아니다. 只今까지 辭表를 提出할 機會를 노치고, 縣廳 幹部들의 비웃음과 손가락질을 받아가면서, 조금이나마 安逸을 잃을까 보냐고 몸부림치고 있는 自身의 꼴본견은, 결코 소네의 破廉恥行爲와 조금도 다름이 없다고 쓰나오는 생각했다.

"먹는 것조차도 변변찮은 살림에, 가진 돈까지 도둑을 맞았으면 괴롭겠지. 쓰루가 돌아오면, 얼마 程度 마루야마에 들려 보내도록 하구려."

새로운 술병을 가지고 들어온 우다꼬에게 쓰나오가 말했다.

"그렇게 하지요. 그는 그렇고, 至毒한 男子도 있군요. 먹는 둥 마는 둥 하는 그런 집에서 도둑질을 하다니요…. 쓰루가 그렇게 正色을 할 程度로 믿고 있었는데두요."

"쓰루도 마음에 傷處를 입었겠지만, 그 男子도 그 代價를 치러야겠지. 아마도 一生동안 괴로워하지 않으면 안 되겠지."

"난베야가 잘 알고 있는 사람이라고 하던데, 아마도 옛날에 사무라이였겠죠."

"그러니까 더 한층, 零落해서 世上에 無視 當하고 살아가는 것이 참을 수가 없었겠지. 惠澤을 누렸던 過去를 가진 사람일수록, 墮落은 더 깊을 수 있는 건지 모르지."

"나수는, 都大體, 어떻게 된 일일까……."

그는 소파에 몸을 비스듬히 파묻으면서 중얼거렸다.

도쿄에 간 일로 해서 나수의 人生도 비뚤어지고 말았는지 모른다. 소네처럼 헛된 짓을 할 사람은 아니라고 하지만, 도쿄는 지금 過渡期를 맞고 있는 日本의 도가니 속과 같은 곳이다. 人生의 軌道를 벗어나는 事態에 휘말릴 可能性은 결코 있을 턱이 없다. 그러나 한편 나수도 또한, 새로운 時代로부터 疎外되고 있다는 点에서 소네와는 같은 類의 人間이기도 했다.

7

　나수 모토에가 삿포로로 되돌아 온 것은 五月의 소리가 들릴 즈음이었다.

　쓰루요는 우다꼬의 許諾을 얻어서, 停車場으로 마중을 나갔었다.

　우다꼬에게는 쓰나오가 나수에게 어떤 일을 시켰는지는 알지 못하였으나 나수의 失踪이 무언가 그 일에 關係가 있는게 아닌가 생각되었다. 그래서 모토에의 消息이 靑官邸에 傳해졌을 때만 해도 自身이 直接 마중하러 나가려고 생각했었다.

　그러나 그때가 되고 보니 亦是 納品하는 商店의 안主人을 마중하러 直接 나가는 것은 무언가 잘못된 것이 아니냐는 쪽이 이겼던 것이다. 이미 쓰나오는 一月末頃에 官을 그만두었지만, 이즈미家의 品位나 生活態度도 여전

하거니와 官員 그대로의 品位를 維持하고 있었다.

停車場에는 마쓰노 할멈이 나와 있었다.

난베야는 모토에가 便紙로 指示한대로 二月부터 商店門을 닫아 버렸고, 마쓰노가 집을 지키고 있을 뿐이었다. 일을 배우던 신기찌는 옷 商店으로 자리를 옮겼다.

"그렇게 찾아봐도 없는 걸보니 틀림없이 우리집 主人은 鬼神에 홀려 없어진걸거야. 틀림없어."

改札口의 담벼락에 기대서서 汽車가 到着하는 것을 기다리면서 마쓰노 할멈이 말했다.

"鬼神이 꼬시는 것은 어린애들이 아닌가요."

"아니야. 어른들이라도 얼마든지 홀리고말고."

하고, 마쓰노 할멈은 正色을 하면서, 젊었었을 때 故鄕 시골 씨름판에서 恒常 優勝을 했던 힘이 센 젊은이가 鬼神에 홀려 사라졌다는 이야기를 들려준다. 그 靑年은 四年後에 홀연히 나타났는데, 거의 바보가 다 되어 있어서, 自身이 어느 곳에서 무엇을 하고 있었는지 全然 記憶도 못하더라고 마쓰노는 말했다.

"그렇담, 난베야의 아저씨도 언젠가 소리所聞도 없이 돌아 오실런지도 모르겠네요."

"글쎄다……. 헌데, 대개는 돌아오지 못한다더라. 돌아오는 것은 極히 드물 댄다."

마쓰노는 검게 칠을 한 齒牙를 들어내어 보이면서 싱긋 웃어 보인다.

얼마 지나지 않아서 汽車가 到着하자, 旅行用 럭삭을 둘러 멘 모토에의 모습이 改札口 쪽으로 밀어닥치는 人波속에 섞여 있었다.

"아줌마, 어서오세요."

쓰루요가 뒤꿈치를 들어 올리고 소리치며 손을 흔들자 그것을 알아차린 모토에는 웃음을 띠우면서 손을 흔들며 答禮를 한다.

모토에는 故鄕인 쇼나이에 반달동안 머물렀다. 오랫동안, 끊임없이 男便의 消息을 찾아 헤맨 疲勞感과 絶望感으로 因하여 男便도 없는 집으로 곧장 되돌아오고 싶은 氣分이 아니었다.

그런데도, 되돌아 온 모토에는 생각 外로 주름살 하나 없는, 밝은 얼굴을 하고 있었다. 어느 程度 얼굴이 야위어 있긴 해도 삿포로를 出發 할 때보다도 훨씬 生氣에 넘쳐 있고, 그것이 무엇보다 쓰루요를 기쁘게 했다.

"쓰루짱도 일부러 나와 주었구나. 고맙다."

"아아니, 마님 代身에 나왔어요. 잘 다녀오셨냐고 人事 드리랬어요."

하고, 쓰루요는 웃음을 띠우면서, 모토에의 손에서 억

지로 럭삭을 빼앗아 들었다.

쓰루요가 우다꼬를 代身해서 나왔다는 말을 듣고서, 모토에는 매우 皇悚스런 態度를 보였다.

"이즈미氏는, 모두 便安하시겠지."

"그게 말씀입니다요. 이즈미氏는 縣廳을 그만 두었지 뭐에요."

마쓰노가 기다리고 있었다는듯이 말했다. 모토에는 놀랬다는듯이 쓰루요를 바라본다.

"정말? 쓰루짱."

"응"

쓰루요는 럭삭을 둘러메고 걸어갔다. 어떻게 된 일인지 自身으로서는 잘 알 수 없으나, 이즈미의 退官에 對해서는 그렇게 關與하고 싶지 않았다.

"아아, 잠깐 기다려라, 쓰루짱, 紹介해 줄께."

모토에가 그렇게 말 했으므로, 쓰루요는 발을 멈추고 뒤돌아보았다.

그때에 쓰루요나 마쓰노 할멈은, 모토에가 혼자가 아니라는 것을 알았다. 그 女는 少年을 한사람 다리고 있었던 것이다.

얼굴색이 거무티티하고 17-8세가 될까말까한, 제법 키가 후리후리한 少年이었다. 줄무늬가 없는 소매나 바짓 가랑이가 너무 짧아서, 정강이나 팔뚝이 온통 드러나 있는데도, 어린애처럼 어깨 징금이나 허리 징금을 했다. 맨발에 널빤지 게다를 신고 있고, 머리에 살짝 올려놓은 하얀 도리우찌 帽子(헌팅캡)만이 진짜 새것으로 돋보였다.

少年은 兩손에 짐을 들고 있고, 등에도 커다란 보퉁이를 짊어진 채로, 若干 떨어져서 뒤쪽에서 우두커니 하늘을 쳐다보며 서 있었다. 헌데 그는 하늘을 쳐다보고 있는 게 아니고, 驛出口의 처마 끝에 제비가 집을 짓고 있는 것에 精神을 팔고 있는 것이었다.

"쇼타이. 뭘 하고 있는 거냐. 빨리 오지 않고."

모토에가 부르니까 少年은 천천히 다가왔지만 視線은 그대로 제비집에 머물러 있었다.

"故鄕의 언니의 셋째로 쇼타이(壯太)라 부른다."

모토에는 마쓰노에게도 쓰루요에게도 아닌 紹介를 했다.

"나수는 어떻게 된 일인지도 모르겠고 나 혼자서는 商店의 앞을 내다볼 수도 없고해서 이애를 養子로 삼아서 다리고 왔단다. 쇼타이, 人事 드려야지."

쇼타이는 힐끗 눈알을 굴리는 눈매로 마쓰노와 쓰루요를 번갈아 보고서는 짐을 들고 있는 그대로의 손으로 도리우찌 모자를 벗고서 무뚝뚝하게 머리를 숙였지만, 곧

제비집 쪽으로 얼굴을 돌렸다.

"내가 하나 들어주지."

마쓰노가 그렇게 말 하면서 쇼타이의 손에서 짐보따리에 손을 내어 밀었다. 하니까, 처음으로 그는 깜짝 놀란 얼굴모습으로 한 발자국 뒤로 물러서면서,

"괜찮아요."

하고, 말한다. 그에 맞춰 들고 있던 꾸러미가 흔들거리자 속에서 무언가 탁탁거리는 가벼운 소리가 들린다.

"아니, 그건 뭐냐."

"새요, 이애가 기르고 있는."

모토에가 少年 代身에 웃으면서 對答했다.

"헤에, 그럼 저쪽 것을 들어 줄꺼나."

"괜찮아요, 마쓰노氏. 그쪽은 全部가 투구벌레(풍뎅이科)라니까."

마쓰노가 눈을 동그랗게 뜨고 少年과 그의 손에 늘어뜨리고 있는 커다란 꾸러미를 번갈아 보고 있는 사이에 少年은 묵묵히 앞서서 걷기 始作했다.

그 뒤를 따라 모토에들도 걷기 始作했다.

"異常한 애로군요."

마쓰노가 호리호리한 쇼타이의 뒷모습을 바라보면서 어이가 없다는듯한 語調로 중얼거리듯 말했다.

모토에는 微笑만 띄울 뿐이다.

"살아있는 物件이라면 무엇이든 間에 精神을 빼앗겨요. 그런데도 머리는 나쁘지 않고, 心性도 곱지만, 구슬에 흠이라고나 할까."

쓰루요는 아까부터 웃음을 머금고 있다. 마쓰노와는 다르게 보았지만, 亦是 少年은 여느 少年과는 다르게 보였다.

"저기 저 箱子, 全部 투구벌레의 標本이지만, 標本을 만들려고 採集한 것은 아닌 것 같애. 잡아와서는 길렀겠지. 죽은 놈들을 버리지 않고 모아두는 사이에 저렇게 모아졌단다. 1000마리도 더 될 거야."

"헤에! 1000마리나……."

쓰루요는 눈을 휘둥그레 했다.

"투구벌레 以前에는 나비 探集에 熱中했었대나 어쨋대나."

마쓰노가 얼굴을 찡그려 보인다.

"진짜, 사람이 싫어하는 것에 저렇게 熱을 올리다니, 어쩔 수 없는 애라니까."

하고, 모토에가 말은 했지만, 別로 어쩔 수 없다거나 하는 그러한 어투는 아니었다.

"왼쪽으로 돌아요."

네거리에 멈추어 서서 뒤돌아보는 쇼타이에게 쓰루요는 큰소리로 가리켰다.
　기수나리江 둔덕으로 빠져 나오니까, 이제 새 눈을 틔우고 있는 물가의 버드나무 가지가 微風에 흔들거리고 있고, 水面에는 五月의 하늘이 비춰지고 있었다.
　"아름다워, 只今쯤의 삿포로는."
　모토에는 깊숙이 숨을 드려 마시고, 周圍를 휘둘러보면서 말했다.
　"어느 한때에는, 아무것도 하고 싶지도 않고해서 그냥 쇼나이에 처박혀 버릴까도 생각했었는데, 亦是 돌아오기를 잘했다고 생각되는구나,"
　"그런데 主人마님, 요전번에도 큰 비가 내려 도요히라江이 氾濫해서 카모카모 水門마져도 터져버렸구요, 一大騷動이 일어났어요. 이 江의 물도 길에까지 넘쳐서요, 난 商店에 혼자 있지 않았겠어요. 진짜 어떻게 되지나 않을까 어쩔 바를 몰라서 혼이 났다니까요."
　마쓰노 할멈은 푸념 같은 語調로 말했다.
　"未安해요, 걱정을 끼쳐서."
　모토에는 慰勞하는 얼굴로 머리를 숙인다.
　난베야는 추위를 막기 爲한 주렴으로 둘러 쌓여있고, 바깥문도 잠겨있기 때문에, 빈집같이 너무도 寂寞해 보였다. 마쓰노 혼자 몸으로서는 淸掃하기에도 벅찬 듯이 門 언저리에는 쓰레기들이 바싹 마른 채 이리저리 널려 있고, 商店 앞에도 비자루가 언제 지나갔는지, 지저분하기 짝이 없었다.

마쓰노가 뒷쪽으로 돌아 들어가서 門을 열었다.

쓰루요는 玄關入口에 럭삭을 내려놓고 돌아가려는 人事를 했다. 實은 淸掃를 도와드리고 가고 싶었지만, 너무 늦게 돌아간다는 것은 우다꼬에게 罪悚스럽기 때문이었다.

이즈미家의 새로운 집은 큰길에 접한 서쪽 7 정보의 모서리에 있었다. 構造나 設備도 옛 官邸에 比할바 못되었지만 검은 板子로 담을 친 門 안에는 제법 널찍하게 나무도 심어져 있어서 얼른 보기에는 그렇게 초라하게 보이지도 않았다.

쓰루요가 부엌門으로 들어가니까 술을 데우면서 도마 위에 무언가를 올려놓고 썰고 있던 우다꼬가, 마침 잘 돌아왔다는 얼굴로 재촉을 한다.

"손님이 와 계신단다. 얼른 좀 도와다오."

손님은 하꼬다데 縣廳으로 자리를 옮긴 자와기(澤木)였다.

公用으로 삿포로에 들린 참에 勸農協會에 들렸더니 마

침 쓰나오가 缺勤하고 자리에 없었기 때문에 집으로 찾아 왔다고 했다.

쓰나오는 勸農協會에 나가거나 나가지 않거나 하고 있었다. 그렇지 않아도, 마음에도 없는 일자리인데다, 待遇라는게 생각치도 못할 程度로 나쁘고, 調査課의 一介 係長이라는 자리밖에 주지 않았다.

쓰나오는 여하튼간에 開拓使 少書記官의 身分을 던져 버리고, 官界에서 民間으로 轉落된 것처럼 되어버렸고, 한편으로는, 會長인 호리기나 副會長인 스스키 오오쓰케 側에서 본다면, 토토노루 縣令의 付託을 들어 줘야만 할 形便이므로 하는 수 없이 거두어들여야만 했던 것이다. 서로 간에 받아들이는 見解差가 있어도 너무했다.

그즈음의 쓰나오는 집에 있을 때에는 아침부터 술에 쩌려 있을 程度였다.

"자네는 오오구마氏와는 아는 사이겠지. 그렇게 재미가 없다면 오오구마氏에게 한번 付託해 보지 그래."

쓰나오의 不滿과 嘲笑섞인 하소연을 들으면서 자와기가 말했다.

"近間에, 오오구마가 結成한 立憲改進黨은 天下의 人材들이 모였고, 그 勢力도 만만찮다는 거야. 쿄바시 키히쿠町(京橋木挽町)의 明治會館에서 열렸던 四月 十六日의

結黨式은 政府도 顔色이 變할 程度로 大盛況이었다더 군."

"자네는 내가 오오구마에게 꼬리를 흔드는 개로밖에 보이지 않는단 말인가."

쓰나오는 발갛게 물든 눈을 곤두세우고 正色을 하며 말한다.

"누가 그런 말을 했다는거야. 뜻을 키우는 길은 官界에만 있는게 아니야. 이제부터는 政界쪽이 自由롭게 才腕을 떨칠 수 있다는 것을 말하는 거라네."

"내가 왜 오오구마같은 卑劣한 陰謀家의 앞에 서지 않아야 하는 까닭이 있다네. 적어도, 바로 去年의 가을까지 參議라고 하는 政府의 最高 主腦者였던 身分이, 下野 하자마자 政黨을 結成해서 어제까지 親舊였던 現政府를 打倒하려는 計策을 꾸미고 있는, 오오구마란 그런 男子이기 때문이라네."

"그건 若干 亂暴한 言辭가 아닌가. 國會開設이 旣定事實로 된 이 마당에, 政黨의 誕生은 當然한 일 아닌가. 政府側을 보더라도, 후꾸지 겐이찌로(福地源一郞)를 앞세워서, 帝政黨이라는 御用政黨을 만들었을 뿐만아니라, 이다가끼 타이쓰께(板垣退助)도 國會期成同盟을 政治結社로 改造해서, 自由黨을 結成해 놓고 있지 않는가. 非難

만 할 것은 아니라네."

"난 어디까지나 구로다 키요다까의 部下다. 只今도 구로다任은 나의 主人이시다……."

갑자기 쓰나오는 興奮되고 떨리는 목소리로 呻吟하듯이 말했다. 醉한 때문에 感情이 誇張되어진 点도 있겠지만, 脈없이 허물어지고 있는 것이다.

자와기는 當惑한 나머지 庭園의 온고(水松)의 무더기에 시선을 던지고 있다.

쓰나오가 이런 酒態를 보인 것은 以前에는 생각치도 못했던 일이었다.

이 男子도 變한 것이다. 惠澤을 받는 環境에 둘러싸여 있을 때에는, 마음이 安定된 것처럼 보였을지라도, 조금만 風向이 바뀌어지면, 푸념만 늘어놓는 無能力者가 되고 마는 것은 흔히 있는 일이라고는 하지만, 이즈미도 그런 部類의 弱해빠진 人物이었던가고, 자와기는 뒤통수를 當한 氣分이 되었다.

"나의 마음은 언제나 구로다閣下와 함께 있다네. 閣下의 敵은 바로 나의 敵이기도 하지."

쓰나오는 兩손을 무릎위로 힘차게 뻗으면서, 깊숙이 머리를 숙인 채, 중얼거리듯이 말했다.

자와기는 눈 둘 바를 찾지 못했다.

只今의 쓰나오가 그런 말을 한다는 것은 구로다의 愛情에 굶주려 있다고 告白하는 것과 다를 바 없는 것이다. 내다버린 主人에게서 머리를 쓰다듬어 주기를 바라면서, 허무하게 꼬리를 흔드는 개를 보는 듯했다.

"그런 이야기는 맑은 精神일 때 하자구."

술이 깨고나면 부끄러워질게야, 하고 말 하고 싶었지만, 그만 두었다. 그러고서, 우다꼬가 들어오는 것을 機會로 일어섰다.

"그렇지, 그렇지. 그 소네 쥬사부로 말인데."

玄關에서 구두를 신으면서 생각난 듯이 자와기가 말했다.

"어젯밤 宴會에서 警察署長과 만났을 때 들은 말인데, 도쿄의 法院에서 刑이 確定되었던 것 같애. 十五年刑이라던가."

"十五年이라고……."

쓰나오는 無感動으로 중얼거린다.

"그 男子도 제법 그럴듯한 事件이라도 일으킬 줄 알고, 이쪽도 조마조마했었는데, 고작 家宅侵入 强盜짓이라. 泰山鳴動에 鼠一匹인 格이로군."

"그런 것은 인간쓰레기야."

쓰나오는 吐해 버리듯이 말했다. 兩손을 허리춤에 꽂고

선채로, 발갛게 물든 눈으로 空間의 한 点을 凝視하고 있었다. 그 눈에는 憎惡의 色彩가 물들여져 있었다.

그것은 소네의 卑劣함에 向해져 있는 거처럼 보였으나, 그 實은, 소네를 通해서 自己自身에게로 向해진, 憎惡 바로 그것 이었다. 자와기는 그것을 充分히 알고도 남았다.

"이즈미君, 나는 요즈음 한밤중에 잠이 깨어서, 官員이란 別 볼 것 없는 거라고 切實히 생각할 때가 있다네. 보다 더 人間다운 忠實한 生活方法이 많이 있을 게 틀림없거든. 자네도 다시 태어나는 마음으로 自身의 周邊을 다시 한 번 돌아 보는 거야. 반드시 새로운 展望이 열려 있을 거다. 언제까지나 過去의 捕虜로 잡혀 있어서는 안 되지."

"그렇게 말하는 자네는 어떤가."

쓰나오는 한쪽 볼에 痙攣이 일어나는 것처럼, 검푸른 목소리로 말했다.

"자네는 巧妙하게 官界를 누비고 다니며, 順調롭게 地位를 構築하고 있는 훌륭한 身分이므로 그런 말을 할 수가 있겠지. 特等席에 앉아서 無責任한 批評은 삼가해 주었으면 한다네."

"여보, 그런 失禮말씀을……."

우다꼬가 唐慌해서 쓰나오를 나무라자, 자와기는 微笑

를 띄우면서 손을 내어젓는다.

"정말로 살아있다고 感動을 받을만한 場所가 있다면, 未練없이 나도 그만두게 되겠지. 그때에 자네와, 웃으면서 한잔하자구."

자와기는 그렇게 말하고서 천천히 門쪽으로 걸어 나갔다.

엇갈려 지로가 들어왔는지,

"다녀왔습니다."

하고 옆 玄關에서 목소리가 들렸다.

"어서 돌아오세요……. 어머! 구와쓰치氏, 어서 오세요."

부엌에서 종종걸음으로 맞으러 나가는 쓰루요의 밝은 목소리도 들린다.

쓰나오는 複道에서 居室로 들어와 있다가, 별안간에 險한 눈빛으로 變하면서 일어섰다.

"쓰루."

하고, 큰 목소리로 火난듯이 불렀다.

"네에"

쓰루요도 부끄러움을 들킨 것처럼 큰 목소리로 對答을 하고서, 쪽문 쪽에서 달려왔다.

"술을 좀 내어 오거라."

"네, 곧 가져가겠습니다."

"그리고 집안 내에서는 큰소리를 지르거나, 뛰거나하면 못써. 이때껏 가르쳐도 無禮하긴."

"네. 罪悚합니다."

쓰루요는 앞치마로 兩손을 휘감아 싸는 듯한 姿勢로 서서, 아무 소리 못하고, 우다꼬를 따라서 거칠게 안으로 들어가는 쓰나오의 뒷모습에 머리를 숙였다.

"그렇게 嚴하게 꾸지람을 하지 않아도……. 當身의 목소리쪽이 훨씬 더 커요."

居室로 돌아와서, 우다꼬가 달래는듯이 말했다.

"이子息도 저子息도……. 요즈음은 집안에서까지, 축 쳐져 있단 말이야."

"그건 생각이 너무 過하신거에요. 쓰루는 너무 잘하고 있어요. 學校에 보내려는 約束도, 그냥 그대로 지켜 주지도 못하고……."

"가고 싶어 한다면 보내는 것이 좋겠지."

"只今 집안 일 할 사람은 쓰루밖에 없잖아요. 해주고 싶지만 形便이 그렇지가 않잖아요. 그러니까, 때로는 多情스런 목소리라도 한 번씩 해 주시는게……."

돌연, 쓰나오의 손이 담배합을 쥔다고 생각했는데, 우다꼬를 向하여 세게 집어 던졌다. 담배합은 우다꼬의 어깨를 살짝 비켜 뒤쪽의 기둥을 맞히고 散散조각이 되어 四方으로 튀었다.

"우다꼬. 집안 일 할 사람조차 充分히 쓸 수 없는 形便이 되었다는 것이 모두 나 때문이란 말야. 當身까지도 나를 업신여기고 있는 거야."

쓰나오는 말뚝처럼 꼿꼿이 앉은 채, 이마에 핏대를 올리면서 우다꼬를 노려보았다. 너무 忿한 나머지 뺨을 잡아 당기는 듯 痙攣을 일으켰다.

바로 그때, 술병을 바쳐 들고 들어오던 쓰루요는, 장지문 앞에 우뚝 멈춰 섰다.

물건 깨어지는 소리는 지로의 房에까지 들렸다.

"아버지가 火가 단단히 나신 것 같다. 무슨 일이 있었냐."

구와쓰찌는 쓰루요가 가져다 놓은 엽차에 손을 뻗으면서 無關心한 語調로 말했다.

"요즈음은 사람이 變한 것 같애. 이따금씩 저러신다니까."

지로는 때를 잘못 擇했다는듯이 구와쓰찌에게서 고개를 돌렸다.

"아무것도 아닌 일에도 갑자기 熱이 오르시는 것 같애. 縣廳을 그만 둔 게 아버지에게는 그렇게 못마땅하신가

봐."

"이따금씩은 생각대로 發散시키는게 좋은 거야, 살아 있는 人間답기도 하고. 우리도 큰 소리를 지르며 달리고 싶은 衝動을 느낄 때가 있잖냐."

"그것과 이것과는 달라."

하고 지로는 피식 웃었다.

"마음속의 鬱寂한 不滿때문에 일어나는 現狀이라는 意味에서는 같은 거야."

구와쓰찌는 볼이 볼록한 구운 과자를 씹으며 眞劍한 얼굴모습으로 목소리를 낮추었다.

"이즈미, 이건 秘密이지만, 實은 나, 그저께 밤 寄宿舍를 몰래 빠져 나와서 우수노(簿野=私娼街의 거리)에 갔었단다."

"설마……. 거짓말이지."

그러려고 하지도 않았는데, 지로는 모기소리처럼 목소리를 낮추었다. 너무도 唐慌스러운 것이 스스로도 느낄 程度였다.

"거짓말이 아니야."

구와쓰찌는 무서운 犯罪라도 告白하는 사람처럼 보였다.

"헌데 말이야, 遊廓의 入口까지 가서 말이야, 그 안에

豪華스런 妓樓가 눈이 부실 程度로 밝게 줄줄이 불이 켜져 있는 것을 보고서, 저절로 발이 멈춰지고 말더라. 오금이 저려서 서 있을 수가 있어야지."

"그런데 너, 들어는 갔던 거냐."

"아니야, 逃亡치듯 했다. 入口앞을 빠른 걸음으로 지나쳐 버렸지."

지로도 그러면 그렇지 하는 생각에 表情의 緊張을 풀었다. 萬一 구와쓰찌가 그런 場所에서 그런 女子와 잠자리를 같이 했다면, 지로는 그를 容恕하지 못했을 거라는 氣分이 드는 것이다. 구와쓰찌와의 友情은 只今까지에는 지로로서는 貴重한 것이었다. 잃어버리고 싶지가 않았다.

"그랬었다면, 글쎄 좋겠지만……. 그만두자구, 그딴 이야기. 너 말이야 若干 不潔스러워."

"그렇니, 그렇게 생각하니……. 그렇겠지."

구와쓰찌는 壁에 머리를 기댄 채, 팔짱을 끼고 눈을 감았다.

"그야 勿論이지. 그런데, 萬一 그런 일이 學校에 알려지면 어떡할테냐. 그냥 넘어가지는 않을 거 아냐."

구와쓰찌는 兩親이 안계시고 에치고의 鄕里에는 古物商을 하고 있는 叔父夫婦가 살고 있을 뿐, 그래서 學校에서도 給費生으로 있다.

"틀림없이 나도 不潔하다고 생각한다. 正直하게 말해서 말이야, 이즈미. 난 요즈음 거리에서 女子애와 스쳐 지나가기만 해도 별안간 異常한 氣分에 빠지곤 한단다.

그런 때에는 어떡하면 좋을지 모른단 말이야. 그런 때에는 自身이 참을 수 없이 더럽다는 氣分이 들어서, 걷잡을 수가 없단다. 너, 이러한 나를 不良한 놈이라고 생각하니."

지로는 잠자코 듣고만 있다. 그러한 衝動이 때로는 自身의 內部에서도 타오르고 있지 않다고 말 한다면 그건 거짓말 이다.

"그런데, 진짜는 어떤 거냐. 이것은 不潔하다거나 더럽다거나 하는 것으로 끝나는 것일까. 性慾은 惡이란 말인가. 惡이라면 否定 할 수밖에 없는데, 都大體가 否定 할 수 있는 것이라고 생각 하는 거냐."

지로는 숨을 멈추는듯이 하면서 구와쓰찌를 바라보았다. 性慾이라는 말의 衝擊에, 그는 壓倒當하고 말았다는 생각이 들었다.

"너는 언제나 말이 없었고, 弄談도 잘 하지 않는 주제에 그런 것을 생각하고 있었던 거냐."

지로에게는 갑자기 구와쓰찌가 훨씬 年上의 어른처럼 보였다. 實은 그도 열일곱살로 지로보단 한살 위밖에 되지 않았다.

"人生의 根本問題이니까. 누군가가 眞摯하게 생각해 보지 않으면 안되는 거다. 헌데, 性의 問題가 되다보니, 누군가가 싱긋거리면서 卑劣한 弄談으로 끝내버리던지, 더러운 物件에라도 接觸한 것처럼 입을 다물고 말거나, 어느 한쪽이다. 寄宿舍에서도 마찬가지다. 그러나 우리들 나이에 보다 眞心으로 생각하지 않으면 안 되는 것은 이 問題가 아닐까, 적어도 나는 그렇게 생각한다."

"너가 不良스런 氣分으로 말하지 않는다는 것은 잘 알지."

하고, 지로가 말했다.

"허지만, 一般的으로는 通用되지 않는거다. 이 世上의 常識으로는 그러한 問題일수록 입 밖에 내어서는 안 된다는 거 아니니."

"너 말 그대로다. 卑劣한 弄談으로 지껄이는 것은 아직은 容恕가 되겠지. 허나, 眞摯하게 생각하기 始作한다면, 그건 危險思想으로 되어 버리는 거다. 現在 通用되고 있는 道德에 疑問符號(?)를 붙이는 것이 되어 버리니까."

구와쓰찌는 다시, 콩콩 하고 後頭部를 벽에다 찧고 있다.

"라고 하는 것은 日本의 社會는 아직, 쬐끔도 解放되어 있지 않다는 것이야. 明治維新이라는 거 別 볼일 없는거다. 實現시킨 것이라고는 幕府에서 藩閥에로 政權交替뿐이지. 가장 重要한 四民平等이라 하는 말에서 表現되고 있는 人間解放의 精神은 어디엔가로 사라져 버렸다. 아니, 처음부터 그런 것은 題目에 지나지 않았다. 前과 如一, 日本人은 한줌 藩閥權力者의 奴隷로밖에 여겨지지 않으니까. 性의 問題는 結局 人間解放의 思想에 連結되어지는 것이기 때문에 '터-부'란다."

"너 언제부터 그런 것들을 생각하겠끔 되었냐."

"요 近年이지. 確實하게 말 한다면, 北海道라고 하는 이 土地를 이 눈으로 보고 나서 부터다. 여기 이곳의 自然은 雄大하단다. 精神的으로도, 구질구질한 日本內地의 傳統에 물들지 않은 處女地다. 이 大自然을 파헤치고 있는 것은 內地의 傳統으로부터의 逃亡者들이고, 이것을 버티어 주고 있는 것은 아메리카의 프론티어들의 精神이다. 여기에는 진짜 自由스런 人間生成의 可能性이 있고, 끝내에는 그러한 自由人에 依한 새로운 社會의 實現이라 하는 꿈도 있는 것이다. 나는 이 土地에 걸맞은 人間이 되고 싶어. 그래서 學問도 道德도 낡아빠진 옛 日本的인 立場이나 視野에 拘束 되어서는 안 된다는 거다."

지로는 마음의 저 아래쪽에서 무언가가 조용히 타 들어오고 있는것을 느꼈다.

그는 只今껏 自身이 살고 있는 土地에 對해서 깊이 생각해 본 일은 한 번도 없었다. 더군다나, 北海道와 自身의 이제부터의 人生을 關聯시켜서 그곳에서 存在의 意味를 잡아보려는 것은, 생각해 본 일도 없었다.

그것 또한 無理는 아니었다. 北海道는 지로가 태어나서 자라 온 土地가 아니었다. 아버지의 赴任에 依해서, 싫찮은 氣分으로 이 土地에 내어 던져진 것에 不過하다. 그리고 아직껏 열여섯 살밖에 되지 않은 少年에 지나지 않았다.

그러나 구와쓰찌 야스오(加地康男)와의 오늘의 對話는 지로의 마음 한구석에 무언가를 남겨 주었다. 그것은 아직, 確實한 意識으로 되기에는 아직은 쪼그만 하지만, 한낱의 씨앗 이었고, 드디어는 활활 타오르게 될 불씨이기도 했다.

農商務卿 陸軍中將 니시쿄 시다미찌(西鄕從道)의 一行이 道內 視察을 爲해서 北海道를 찾아온 것은, 六月이 들어서고 나서였다.

니시쿄는 지난해의 가을, 구로다 기요다카의 後任으로, 極히 短期間 三個 縣으로 갈라지기 直前의 開拓使 長官으로 赴任한 때가 있었다. 北海道 視察은 이번이 처음 이었다. 北海道의 諸般 事業을 宗合管理하는 새로운 中央官廳의 設置가 確實하게 定해 졌으므로, 그 準備를 爲해서의 視察이었다.

그런 니시쿄의 來道는 이즈미 쓰나오에 있어서는 千載一遇의 機會였다.

그가 勸農協會로 자리를 옮기고 난 後 토토노루 縣令의 態度는 完全히 달라졌다. 발바닥이 닳을 程度로 찾아갔으나 한 번도 만나주려고도 하지 않았다. 新設될 官廳에 推薦해 주겠다는 約束도 믿을 수가 없었다. 그것은 그를 縣廳에서 좇아내어 버리려는 方便으로서, 처음부터 實行하려한 것이 아니었다고 볼 수밖에 없었다.

구로다에게도 몇 번인가 嘆願의 便紙를 띄웠으나, 但 한번 秘書官을 通해서 答狀이 왔었다. 農商務省에서 立案中인 計劃이므로 그 省에 가서 付託하는게 좋을 것이라고, 冷情하게 拒絶 當했었다.

더 以上 기다릴 수 없는 焦燥함 속에서, 니시쿄에게도 哀願에 가까운 便紙를 띄웠다. 農商務省에는 야수다 사다노리가 書記官으로서 용트림하고 앉아 있지만, 새삼스럽게 야수다에게 머리를 숙이고 싶은 마음은 없었다. 니시쿄로부터는 答狀이 없었다.

그러나 많은 要職을 兼하고 있어 바쁘기 짝이 없는 니

시쿄가 하나의 私信에 答狀을 보내지 않았다고 해서 異常할 것은 없다. 反對로 事務官을 通해서 拒否의 便紙를 보내지 않았다는 것에, 쓰나오는 一縷의 希望을 걸어 보는 心情이었다.

그는 每日같이 니시쿄의 꽁무니를 따라다녔다. 勸農協會의 一介 係長에 지나지 않는 只今의 그에게는, 公的인 場所에서 政府의 高官과 만날 資格도 機會도 없었다. 니시쿄가 公務中에 그를 불러주었을 때에, 希望을 付託드릴 수 있는 方法밖에 道理가 없는 것이다.

그렇게 되기를 바라면서 니시쿄의 뒤를 따라 걷고 있는 自身의 모습이, 他人의 눈에 어떻게 비춰지고 있는가를 생각해 보니까, 그는 가슴이 찢어지는 듯한 苦痛이었으나, 니시쿄에게 直訴를 할 수 있는 機會를 놓쳐버린다면, 이젠 生涯에 官界로 되돌아갈 수 있는 機會는 두 번 다시 오지 않는다는 생각이 드는 것이다.

니시쿄는 삿포로에서도 오타루(小樽)에서도 가는 곳마다 그곳의 妓生街에서 連日 妓生을 總動員시켜서, 빙 둘러 앉혀놓고 돈을 물 쓰듯 하면서 밤새는 줄 모르고 있지만, 쓰나오를 爲해서 一寸만이라도 割當해 줄 時間은 없는것 같았다. 모든 일은 隨行하고 있는 야수다 사다노리에게, 一切를 맡겨버리고 있는 것 같았다. 야수다는 拂下

事件 以來의 同僚였던 스스키 오오쓰케를 勸農協會에서 불러내어, 그를 參謀로해서 能率的으로 움직이고 있었다.

 그러한 狀況으로 判斷해 보건대 新設官廳의 實際的인 權限은 야수다와 스스키의 兩 손바닥 안에 들어 있다는 것이, 旣定事實처럼 보였고, 쉽사리 니시쿄와는 만날 수 없다는 것과 함께 쓰나오의 마음을 더한층 걷잡을 수 없게 되어만 갔다.

 그날은 삿포로 神社의 제삿날이었으나 쓰나오는 어제처럼 繼續해서 아침 汽車로 오타루로 갔다. 니시쿄가 오타루의 妓生집 마루다찌루(丸立樓)에 繼續 남아 있었기 때문이었다.

 쓰루요에게는 즐거운 날이었다.

 우다꼬로부터 새것의 單衣와 三十錢의 용돈을 받았거니와 한나절의 休暇까지 얻었다.

 더군다나, 마루야마까지 지로가 함께 가겠다고 했다.

 지로는 난베야의 쇼타이와 植物採集을 하기 爲한 約束으로서, 벌써 쇼타이는 아침 일찍부터, 허리에 주먹밥 꾸러미를 늘어뜨리고, 뒷굽을 접어올린 집신 차림으로 부엌 앞에서 기다리고 있었다.

 三, 四日前에 지로가 植物採集하러 가겠다고 하고 있는데, 燈油配達次 지로집에 온 쇼타이가 自身도 함께 가고 싶다고 졸랐던 것이다. 그는 昆蟲을 採集하겠다고 했다. 이렇게 되고 보니 쇼타이는 熱心이었다. 지로는 平常時에는 商店 일 때문에 餘暇를 낼 수 없는 쇼타이를 爲해서 神社의 제삿날까지 採集을 延期할 수밖에 없었다.

쓰루요는 우다꼬가 안겨주는 무거운 箱子보따리를 가슴에 안고, 지로를 뒤따라 쇼타이와 나란히 집을 나섰다. 箱子속에는 손으로 빚은 모란 떡이 가뜩 들어 있었다.

여름 制服에 脚絆(각반=장단지를 두터운 베로 감는 것)을 감고 軍隊用 물통을 어깨에 걸친 지로가, 門을 나서서 얼마 가지 않은 途中에 멈춰 서서 두 사람을 뒤돌아보았다.

쓰루요는 얼른 그 意味를 알 수 있었다. 쓰루요는 唐慌해서 눈웃음으로 쇼타이를 재촉하자 急히 지로와 나란히 했다. 아직 아침인데도 거리의 空氣는 마냥 들떠 있었다.

집집마다 祭 提燈을 내다 걸어 놓았고, 처마 끝에는 엷게 쪼갠 대나무에 꽃종이를 늘어뜨린 꽃장식이 微風에 흔들거리고 있다. 그 아래를 깨끗한 옷차림을 한 아이들이 이리저리 뛰어 놀고 있다.

어디엔가 먼 곳에 祭祀 가마가 지나가는 듯, 긴 사이를 두고 큰 북소리가 바람을 타고 殷殷하게 들려온다.

"도련님은 살아있는 動物을 좋아하나요."

오늘 아침은 데이네(手稻)의 산등성이가 稀微하게 멀리 보인다. 그곳에 눈을 던지면서 쇼타이가 말했다. 그의 마음은 조금 後의 마루야마에서 만날 昆蟲들에 對한 期待로 꽉 차 있어서, 거리에 펼쳐지는 祝祭의 氣分 같은 것은 조금도 비춰지지 않았다.

"너만큼은 못하지. 넌 투구벌레를 천 마리나 모으고 있다고 하던데."

"우리 아줌마는 모두가 투구벌레인 줄 알고 있지만, 사슴벌레가 더 많구요, 투구벌레는 몇 마리밖에 되지 않아요."

"투구벌레와 사슴벌레는 다른 건가?"

쓰루요가 물었다.

"다르고말고. 똑같은 甲蟲類이지만. 甲蟲類로 말하자면, 무당벌레나 하늘소벌레, 방아벌레나 물방개비, 물벌레도 모두 같은 種類란다."

"헤에!, 물벌레랑 투구벌레가 같은 種類라고."

"고양이와 사자와 같은 거지."

"숫제, 아주머니에게 付託드려 진짜로 昆蟲에 對한 工夫를 하는 게 어때?"

지로는 感心해서 훌쩍 큰 쇼타이를 올려다보았다.

"그렇게만 된다면야 오죽 좋을까만. 허지만, 안 돼요.

나요, 기름장사가 되기로 아주머니와 約束했는걸요."

쇼타이는 헌팅·캡위로 슬쩍쓸쩍 머리를 두드리면서 멋적은듯이 웃음을 띄었다.

神社가 있는 마루야마에 가까이 갔는데도 祝祭의 氣色은 오히려 없어 보였다. 市內에 봉배소(逢拜所)도 設置되어 있고, 三年前부터 큰 북을 同伴한 가마도 지나고 있으므로 이곳까지 와서 禮를 올리는 參拜者는 그렇게 많지가 않았다.

지로들은 神社에 參拜를 마치고, 그곳에서 쓰루요와 헤어졌다.

마루야마는 標高 200메-터 程度이다. 山이라 하기보다 密林으로 뒤덮인 丘陵으로서, 但只 오르기만 한다면 時間도 얼마 걸리지 않겠지만, 密生해 있는 樹木이나 野生草를 觀察해 가면서 올라가 보면, 여기는 無限의 寶庫처럼 느껴졌다.

졸참나무나 호두나 계수나무, 까치박달나무, 들메나무, 고로쇠나무, 참나무, 白木蓮 等等, 그외 지로에게는 그 이름도 알 수 없는 여러가지 비새나 풀이나 野生花 사이를 천천히 살펴보며 올라가면서, 지로는 서서는 觀察하거나 꽃을 달고 있는 줄기를 꺾거나, 때로는 移植 삽으로 뿌리까지 採集하거나 하였다.

헌데 쇼타 이는 더더욱 느릿느릿했다. 그는 거의 한 발자국 옮길 때마다 무언가를 發見했다. 뱀, 개구리, 野生새, 벌의 집, 다람쥐, 산토끼 等等……. 動物이라고 이름 붙여진 것은 거의가 모두 그의 마음을 빼앗아 버리고 마는 것이다.

쇼타이도 自己 손으로 만든 昆蟲探集 箱子를 어깨에 늘어뜨리고 있지만 그것을 使用한 적은 거의 없었다. 그는 마음에 드는 昆蟲이 눈에 띄이면 대개는 그것들이 어떻게 하는가에 恍惚해서 가만히 들여다 보고만 있을 뿐이다.

그러면서도 但 한번 전추라의 가지에 엎드려서 꼭 붙어있는 벌레를 발견했을 때에만은 잽싸게 손을 뻗어 잡아 올렸다.

"우와, 요놈, 宏莊한데!"

쇼타이는 歡聲을 질렀다.

지로가 달려가 보니까, 딱딱한 날개 兩側이 鈍한 金色에 中央部分이 푸른 光澤을 띠고, 머리에 냄비를 뒤집어 쓴 것처럼 보이는 벌레가 쇼타이의 엄지와 검지사이에 끼워져서 제멋대로 다리를 움직이고 있다.

"뭐야, 그거. 사슴벌레니."

"아아니. 비단벌레요. 푸른비단벌레라고 부르죠.

그런데, 이것은 시고꾸(四國)나 큐우슈라던지, 南쪽 地方에서만이 살고 있다고 했는데……."

쇼타이는 벌레를 뒤집어 배를 보거나, 손가락 끝으로 觸覺을 만지거나 하면서 半은 혼잣말처럼 하고 있지만 얼굴에는 웃음이 가득 했다.

"아니야, 틀림없을 거야. 틀림없는 청비단벌레야. 너, 이런 북쪽의 추운 곳에 살고 있었냐. 잘도 참고 살았구나야."

그는 사람에게 말하듯이 말했다. 깊은 親愛感과 얼마간은 尊敬스러운듯한 意味가 그 목소리에는 넘치고 있었다.

"一年中 半은 겨울인 이 土地에서…… 대단한 親舊다. 人間으로서도 살기 힘든 곳인데……."

親切하게 살짝 箱子속에 넣고서는, 쇼타이는 혼자서 중얼거렸다.

山頂에 올라서 늦은 點心을 먹었다.

그곳으로 부터는 樹林의 사이사이로 삿포로의 거리가 눈에 들어 왔다. 성냥갑 같은 人家가 처마를 맞대고 서 있어, 봄날의 햇볕 속에서 반짝이고 있다. 그런데도 그 거리는 넓고 끝없는 이시카리平野의 벌판 속에서는 쥐면 한줌 밖에 되지 않는 쪼그마한 聚落(취락)에 不過한 것이다.

여기에는 넓고 넓은 草原이 있고, 검으스럼하게 펼쳐져 있는 密林이 있고, 그리고 엷은 구름을 안고 있는 하늘이 있다. 人家들의 集團은 그런 虛虛茫茫할 뿐인 空間 속에 보잘것없는 하나의 斑點에 不過할 뿐이다.

지로는 눈 아래 廣闊하게 펼쳐져 있는 저 平野가 人家로 꽉 채어지고 人間이 雲集해 있는 光景을 想像하면서 그려보려고 했지만 잘 그려지지가 않았다.

"여기도 언젠가는, 人間의 生活로 가뜩 채워질 때가 올 것일까……"

지로는 중얼거리듯 말했다.

쇼타이는 對答도 없이 그의 한손에 먹다 남은 주먹밥을 든 채, 떨어진 밥알을 옮기려하는 개미들의 作業에 精神을 온통 빼앗기고 있었다.

暫時 時間이 흐르자 하늘에 구름이 몰려오고 바람이 차가워졌다. 두 사람은 자리를 일어섰다.

쇼타이의 下山은 오를 때와 마찬가지로 꽤나 느릿느릿했다. 무언가 움직이는 것만 보이면 그의 발은 저절로 그 場所에 못질하듯 멈춰지고 마는 것이었다. 그리고서는, 岩壁이나 나무 끝이나 풀잎이라든지, 어디고 間에 그는 그것을 뚫어지게 보거나 한다. 지로는 쉴 새 없이 멈춰서 쇼타이를 기다려야만 했고, 하늘의 變함에 注意하면서, 재촉하지 않으면 안 되었다.

"도련님은 마음에 드는 것을 많이 모았는지 모르겠네요."

그렇게 急한 것도 아니라서 같은 步調로 걸으면서, 쇼타이가 말했다.

"그렇지 뭐. 넌 그것이 큰 收穫이겠네. 푸른비단벌레가……."

"그럼요, 이것은 나같은 놈에게는 過한 것이지만. 어떻게 해서든, 잘 키워 볼거에요."

쇼타이는 決心한 듯한 얼굴 모습이었다.

大門앞에서 쇼타이와 헤어져서 玄關으로 들어가니까 쓰루요가 종종걸음으로 달려 나와 마중을 한다. 조금 前에 到着했다고 말 하면서, 아직 갈아입지 않은 옷의 어깨쭉지가 젖어 있었다.

自身의 房으로 들어와서 젖은 옷을 벗고 있는 사이에 비는 쏟아지기 始作했다. 그 비는 밤이 늦었는데도 그칠 줄을 몰랐다.

쓰나오는 저녁때가 훨씬 지났는데도 오타루에서 돌아올 줄을 몰랐다.

우다꼬는 걱정이 되어 勞心焦思인데도, 지로와 다께꼬는 쓰나오가 없는 食事時間이 훨씬 便安했다. 쇼타이가

푸른비단벌레를 發見했을때의 이야기를 들려주니까, 다께꼬는 큰소리로 웃었다.

다께꼬의 習慣的으로서, 男子애처럼 입을 한껏 벌리고 뒤로 벌렁 젖히는 시늉을 하면서 웃는다. 늘 우다꼬에게 꾸지람을 듣는데도 고쳐지지가 않는다.

"벌레와 말을 주고받다니, 바보같애. 그 쇼타이라는 애, 若干 돈 것 같잖아."

"바보는 바로 너야. 훨씬 나이 많은 사람을 두고, 그런 말버릇을 하는 사람이 어데 있냐."

"그렇잖아, 그 애 말이야, 새를 초롱에 넣어 기르고 있잖아. 아침에 일어나서 그 초롱을 밖에다 내어 걸고, 날아다니고 있는 참새나 까마귀를 손가락질하면서, 이봐, 너의 親舊가 왔단 말이야. 安寧하고 人事하지 않니, 츈츈짱이야, 저런 어미도 와 있군, 하고 무언가를 속삭이고 있단 말이야."

"쇼타이君에게는 무엇이든 살아 있는 거는 모두가 貴重하고 아름다운거야."

"어머, 그럼 나는 뭐야. 내가 지나쳐도 人事 한번 하는 거 못 봤어. 내쪽에서 말을 걸어도 싱긋거리지도 않고, 아아, 하고 말 할뿐, 내가 까마귀나 투구벌레보다도 못하단 말이야?"

"너 말이다……. 글쎄 그렇겠지."

지로도 웃을 수밖에 없었다.

"바보 取扱 한단 말이야. 쇼타이란 자식, 싫어."

다께꼬가 힘주어 말하고 나서, 곧 언제 그랬냐는 듯이 목소리가 興奮에 차있다.

"저 말이야, 이번에 學校에, 唱歌時間이라는 것이 생겼걸랑. 너무 좋지 뭐야, 唱歌를 배우는거. 우리들 '菊花'라는 唱歌를 工夫했단다. 불러 볼꺼나."

그렇게 말하고선, 벌써 다께꼬는 일어서서,

"小學 唱歌 78番, 菊花"

하고, 차렷 姿勢로 말하고선 부르기 始作했다.

庭園의 풀들도 벌레소리도,
메말라 쓸쓸하게 되어 버렸구나.
아 아 하얀 菊花야, 아 아 하얀 菊花야
너 홀로 늦게나마 피어 있구나.

진짜 맑은 목소리였다.

官邸에 살고 있을 때, 書生인 이네무라가 뒤뜰에서 혼자, 한 두節 부르고 있었는 것을 除外한다면, 이즈미家에서 노랫소리가 흘러나온 것은 이것이 처음이었다.

지로는 집안의 雰圍氣가 언제나 오늘밤과 같았으면 얼마나 좋을까 하는 생각을 하지 않을 수 없었다. 헌데, 우다꼬는 時間이 흘러가는 것이 몹시도 마음에 걸리는 것 같았다.

結局 그 女는 가만히 앉아만 있을 수 없다는듯이 일어섰다.

"지로야, 暫間 따라 오너라."

하고, 말하고선, 쓰나오의 書齋로 들어갔다.

지로가 따라 들어가니까, 우다꼬는 冊欌의 램프를 켜고, 不安스런 눈으로 室內를 휘둘러보고 있었다.

"지로. 어쩐지 오늘밤의 아버지의 歸家가 너무 늦은것 같다. 벌써 汽車도 끊어졌다. 가슴이 두근거려서 도무지 참을 수가 없구나."

"오타루에서 주무시는 거에요, 틀림없이. 비도 내리고 있구요."

"너도 마음에 집히는 데가 있는지 모르겠다만, 요즈음 아버지의 容態가 어딘가 異常하단다. 나는 아무 일도 없는게 아닌 것 같단다."

"무슨 말씀인데요."

"너무 지나친 생각을 하셔서, 어쩌면, 돌이킬 수 없는 일을 저지르지나 않을까 하는 생각이 들어서……. 무언가 遺書라도 남겨 놓은 것이 없는지, 함께 찾아보자꾸나."

지로에게는 우다꼬의 걱정이 좀 지나친 것이 아닌가 하고 생각했다.

쓰나오의 人品이 變했다는 것은 事實이었다. 勤務處를 자주 쉰다던지, 아침부터 술타령에 빠져 있는 것도 흔한 일이다. 언제나 焦燥해서 안절부절 못하고 있고, 아무 일도 아닌데도 火를 내면서, 이사람 저사람 할 것 없이 이리저리 부닥치거나 物件을 집어 던지거나 한다. 他人에게나 自身에게도 嚴格하고 冷情함으로써, 內心 그것을 자랑으로 여겨왔던 以前의 그이와는 想像을 할 수 없을 程度로 變해 버린 것이다.

지로는 그러한 쓰나오에게, 조금도 同情心이 우러나오지 않았다. 쓰나오의 只今까지의 冷情한 姿勢가, 官職에서 쫓겨났다는 것으로 因해서 허물어져 버리는 程度의, 別것 아니었던 것인가 하는 것에 對한 비웃음이 마음 한 구석에 자리하고 있었다. 옅은 失望感과 憤怒 비슷한 感情도 얼마간 뒤섞여 있었다.

父子間의 無條件的인 親和感은 옛날부터 엷어 있었다. 적어도, 지로 쪽에서는 그러했다.

지로는 우다꼬의 마음을 가라 앉히려는 뜻에서, 함께

房안을 物色하기 始作했지만, 써서 남겨 놓은 것이 나오리라고는 생각치도 않았다. 우다꼬가 책상의 서랍 속이나 文匣 안을 뒤지고 있는 사이에 그는 책상 사이에 놓여 있는 冊箱子의 오동나무 뚜껑을 열고, 첩첩히 쌓여있는 漢文으로 쓰여진 冊子를 한권씩 한권씩 살펴보고 있었다.

부엌 쪽에서 노랫소리가 들려왔다. 다께꼬가 쓰루요를 붙잡고 아까번의 唱歌를 가르쳐 주고 있는 것이다.

이 집안에서 지금 眞心으로 쓰나오의 몸을 걱정하고 있는 것은 우다꼬 뿐이라고, 지로는 생각했다. 아버지가 애처롭게 느껴지기도 했다.

몇 권 째인가 漢文冊을 손에 들었을 때였다. 지로는 마음이 울렁했다. 책갈피사이에서 알맹이채로의 편지 같은 것이 미끄러져 떨어졌다.

얼른 집어서 펴 보니까, 글씨體가 쓰나오의 것과는 다른 것이었다. 아차 싶어 그대로 먼저의 책갈피 속에 끼어 넣었으나, 생각을 바꾸어 便紙의 겉장을 들쳤다. 그것은 하꼬다데의 자와기로부터 쓰나오에게 보낸 便紙였다.

時候의 人事와 함께 하꼬다데의 모습을 적은 文章을 읽어 내려오던 中에 지로는 顔色이 變해져 갔다.

……그러고, 오늘 도쿄 警視廳 警視 요시미 쓰타요시

(吉見傳吉)씨가 삿포로 出張을 마치고 歸路에 暫時 時間을 내어서, 아무도 몰래 小生 집으로 찾아 왔는데, 그때 나수 나나로(邢須七郞)件에 對해서 同 警視(=우리나라 경감에 해당되는 경찰계급)로부터 意外의 消息을 傳해 들었다네. 政府要路로부터 外部漏洩을 絶對 하지 말라는 要請下에, 事件의 顚末을 듣고 同 警視도 容恕할 수가 없었다고 했다네. 나수 나나로는 昨年 여름 八月 中旬頃 요코하마에서 某系統의 刺客에게 暗殺 當했다는 것이 事實로 判明 되었다고 하네. 當局에서는 暗殺의 理由 및 下手人이 누구라는 것을 알고 있는 듯, 그래서 一切의 探索을 禁止시켰고, 事件을 不問에 부치라는 下達이 있었는 때문에, 그들도 至嚴한 吩咐때문에 그대로 넘길 수밖에 없었다네.

나수 나나로는 자네의 秘密을 가지고 上京 한 것이라는 風說도 있었거니와, 同人의 遭難 및 某處에 關해서도, 또한 자네가 너무도 잘 알고 있을 것이라고 믿네만, 이로부터라도 나수 나나로의 身邊을 搜索하는 것은 아무런 所用이 없다는 것을 懇曲히 말해 두는 바이네……

"그건 뭐냐?"
文匣을 살펴보고 있던 우다꼬가 顏色이 變하면서 急히

다가왔다.

지로는 아무 말 없이 便紙를 건네주고, 쓰나오의 冊床으로 다가가서 의자에 깊숙이 앉아서 팔꿈치로 볼을 괴었다. 뺨이 硬直되어 있는 것을 自身도 느낄 수 있었다.

"自身의 便紙도 아닌 것을 아무 許諾도 없이 읽어서는 안 되는 거다."

우다꼬의 목소리에는 가슴을 쓰러 내리는 安堵의 마음이 엿보였다.

지로는 뒤도 돌아보지 않았지만, 그 女가 便紙를 제자리에 접어 넣어서 冊箱子속에 넣고 있다는 것을 알 수 있었다. 그는 어머니가 便紙를 읽었다고 생각했는데, 그 內容에 對해서, 그 女는 아무런 反應을 나타내지 않는 것이 意外였다. 그건 있을 수가 없는 일이기도 했고, 있어서는 안 되는 일이라고, 지로는 생각했다.

"이것뿐이더냐."

지로는 冊床 위에 켜져 있는 램프에 가만히 눈을 固定시킨 채 말했다.

"그것뿐이라는 말씀은요?"

우다꼬는 疑訝하게 여기는 듯한 表情으로 되물었다.

"그 便紙에는 난베야가 죽었다고 쓰여 있지 않습니까. 殺害 當했다는 겁니다. 더군다나 아버지가 付託한 用件

때문이라고 했는데, 어머니께서는 아무렇지도 않단 말씀입니까."

"쓰잘데 없는 말 함부로 지껄이는 게 아니야. 이것은 너 같은 사람들이 입에 올릴 일은 아니다."

"첫째, 그 便紙는 제법 오래 前의 것 아닙니까. 아버지께서는 그때부터, 난베야氏가 죽었다는 것을 알고 있었을 텐데도, 그것에 關해서는, 全的으로 責任을 느끼고 있질 않지 않습니까. 自身의 일에 對해서는, 退官 當한것에 對해서 그렇게 사람이 變할 程度로 苦悶하거나, 괴로워하거나 하셨는데도, 自身의 일로 因해서 사람이 죽었는데도, 아무렇지도 않게 여기는 것은, 그렇게 하셔도 되는 겁니까."

"지로, 입이 좀 過한 것 아니냐."

우다꼬는 嚴한 語調로 册床 앞으로 다가와서 지로를 내려다보았다.

"이 집에서 아버지에게 非難 같은 것을 입에 올리는 일은 絶對 容恕 할 수 없다. 아버지께서는 어떤 일이건 間에, 分明히 생각하고 계실 것이다. 또한 房 안에서 工夫만 하고 있는 學生인 네가 이러쿵 저러쿵 입에 올릴 일이 아냐."

"아버지나 어머니께서도, 난베야의 아주머니께 容恕를

빌어야만 된다고 생각합니다."

 지로는 일어서서는 우다꼬에서 얼굴을 돌린 채 房을 나갔다.

 "지로, 좀 기달리거라."

 등 뒤에서 우다꼬의 목소리가 들렸는데도 그는 뒷도 돌아보지 않았다.

 자신의 房으로 돌아오자, 지로는 다다미위에 몸을 내어던져버리듯 벌렁 드러누웠다.

 그는 自身의 가슴속에 끓어오르고 있는 感情이 아직은 確實히 理解가 되지는 않았다. 다만, 自身이 쓰나오의 子息이었다는 것이 이처럼 부끄럽게 여겨지는 것은 이제껏 한 번도 없었다.

 自身때문에 한 人間이 죽었다는 것에는, 아무런 苛責이나 後悔도 없고, 잃어버린 官職에 對해서는 너무나도 無慘할 程度로 苦痛을 받고 있는 쓰나오의 마음가짐은, 그 이만이 가지고 있는 人間的인 缺點에 依한 것일까, 아니라면 그것이 官員이라는 것일까, 생각해 보기도 했다.

 쓰나오가 집으로 돌아온 것은 다음날 점심때쯤이었다.
 한밤을 뜬눈으로 지새운 우다꼬의 걱정은 아랑곳없이, 그는 氣分이 아주 좋아 보였다.

"겨우 니시쿄 閣下가 時間을 내어 주셔서 만났는데, 얼른 돌아오려고 했지만, 閣下께서 붙드는 바람에 뿌리칠 수가 없었지 뭔가."

하고 말하면서도 그 기쁨이 허물어지지나 않을까 勞心焦思하는 그런 모습 이었다. 우다꼬는 無事한 男便을 보는 것만으로도 다시 살아난 듯한 氣分을 어쩔 수 없었다.

"新設 官廳에의 復職도 받아 주셨다네. 구로다에게는 내가 만나서 收拾해 놓을 테니까, 자네는 야수다 사다노리에게 얼굴이나 보여주게나. 뒷일은 걱정 말게나, 하고 말씀하시더구만."

"그거 너무 잘 된 일이군요. 야수다氏에게 人事次 들리는 것은, 마음이 언짢으시겠지만……."

"아니요, 原來부터 私的인 感情으로 對해 왔던 것은 아니었소. 어디까지나 公的인 立場에서 意見이 좀 달랐다는 것뿐이니까, 그것을 언제까지나 마음속에 심어 둘 까닭이 없겠지. 더군다나 實際上의 配置는 야수다 大書記官이 쥐고 있으니까, 人事次 들리지 않으면 안 되지. 여하튼 間에 農商務卿 自身이 約束한 것이므로 이젠 나의 復職은 틀림없는 事實이요."

"그러시다면, 도쿄로 되돌아가는 건가요."

"그렇게 되겠지. 農商務省內에 一局을 新設하는 것이

니까. 名稱도 北海道事業管理局이라고 內定되어 있고, 今年末쯤에 發足이 되리라 보니까, 이번 가을쯤에는 도쿄로 돌아가야만 하겠지. 글쎄, 난슈우(南洲)先生의 아우답게 니시쿄 閣下는 배짱이 두둑한 人物이란 말씀이야. 노는 것도 巨創하더라니까."

니시쿄는 連日連夜, 오타루에 있는 모든 妓生과 더불어 興을 돋구는 장구꾼(妓生)을 總動員시켜 바구니에 돈을 가득 담아 뿌린다고 하는, 不正蓄財한 猝富처럼, 촌스럽게 놀고 있다. 以前의 쓰나오라면, 公務出張中인 官員이 해서는 안 되는 行爲로 보였음에 틀림없었을 것이다.

"도쿄로 돌아가게 된다면, 지로의 學校는 어떻게 되는 거죠."

"農學校는 前途가 不透明하게 되어버렸어. 原來 開拓使가 있을 때 農學校였으나 믿었던 開拓使가 廢止되어 버린 只今에는 말이지."

以前까지만 해도 그는, 갓 태어난 巨人과 같은 이 땅에서 살아 갈 覺悟를 지로에게 이야기한때가 있었다. "나도 너도, 너의 子息들도, 이 土地에서 죽는 거다. 이 土地와 함께, 새로운 이즈미家의 歷史를 이루어야 한다"고 들려주었었다. 그러나 只今 그의 머릿속에는 그러한 말들은 떠오르기 조차도 않았다.

우다꼬는 어젯밤 지로가 찾아 낸 자와기의 便紙에 關한 內容을 男便에게 물어봐야 할 것인지 말아야 할 것인지 마음속으로 헤매고 있었다. 그러나 쓰나오는 復官이 될 것 같고, 珍奇하게도 氣分이 좋아져 있다. 그렇지만 난베야의 죽음이 事實이라면, 언제까지나 알리지 않은 채로 덮어 둘 수는 없는 것이다.

"난베야氏는 死亡했는 것 같은데요."

우다꼬는 可能한한 아무렇지도 않는 것처럼 말 하려 하였지만, 그 瞬間 쓰나오의 얼굴에 웃음끼가 사라져 버렸다. 그의 눈빛은 危險에 處한 動物의 눈빛처럼 冷靜하게 收縮되어 우다꼬의 表情에 못박혀 졌다.

"그러한 말을 누가 하던고."

"대단히 罪悚하게 되었습니다만, 어젯밤 돌아오시지 않기에 걱정이 되어서 房을 깨끗이 整理하고 있었어요. 그때에……."

"자와기의 便紙를 보았던 게로군."

"罪悚합니다."

"본 것은 當身밖에 없는 거요? 지로는 어떻소."

"아니요."

"便紙를 보았다면 알았겠소만, 나수의 일은 어디까지나 秘密이요. 결코 입을 열어서는 안 되오."

"허지만, 난베야의 안主人에게만은 알리지 않아도 괜찮을까요."

"괜찮아."

쓰나오는 焦燥한 모습으로 火를 내었다.

"알려 주어도 괜찮았다면, 그 卽時 알려 주었겠지. 나수의 事件에 關한한 官邊에서는 禁忌로 여겨지고 있단 말이요."

"다른 사람에게는 입을 다물어야죠. 허지만, 난베야의 안主人에게만은 그런 일이 아니더라도 알려주지 않으면 애처로워요. 男便이 도라 가셨다는 것을 알고 나면, 이제부터라도 處身을 생각해야 할 것이고, 夫人으로서는 이보다 더한 큰일이 어디 있겠어요. 더군다나 난베야는 當身의 付託으로 上京해서 이런 일이 일어난 것이니까……."

"그러니까, 더더구나 關係가 있다는 것을 알려서는 안돼요."

쓰나오는 목소리를 낮추면서 가슴이 답답하다는 듯이 말했다.

"나수가 도쿄에서 무슨 일을 저질렀는지 나는 아무것도 모르오. 더군다나 刺客에게 殺害 當할 짓을 命令한 기憶이 없단 말이요. 그러나 나수를 上京시킨 것은 나이기 때문에 當然히 나도 政府의 어느 機關으로부터 疑心의 눈초리로 보이겠지. 그러니까 새삼스레 誤解를 불러일으키는 가벼운 言動은 이제부터라도 極히 操心해야 할 것이요."

그는 여기에서 잠깐 말을 멈추고서, 우다꼬로부터 비가 내리고 있는 庭園으로 눈길을 돌렸다.

"나는 겨우 復官의 機會를 얻은 瞬間이요. 萬一 이쯤에서 쓸데없는 일로해서 더 以上 政府機關의 心中을 어지럽히는 일이 있어서는, 모처럼의 機會도 水泡로 돌아가 버리고 마는 거요. 그런 일은 결코 있어서는 안 되오. 當身에게 嚴重히 일러 두는 거요."

"잘 알아들었어요."

우다꼬는 무릎 위에 視線을 떨어뜨렸다.

官職에 戀戀하는 男便의 焦燥함도 그 女는 너무나도 잘 알고 있다. 그러한 男便을 살짝 감싸주는 눈으로 보아 주려고도 했다.

지로는 지로대로 當然한 것이다. 少年에게는 少年의, 여리고 純粹한 感情이나 생각을 갖지 않으면 안 된다. 허나, 지금의 쓰나오에게는 그것을 少年의 純粹함으로써 받아 드리려는 마음의 餘裕가 없는 것이다. 우다꼬는 지로에게도 男便을 감싸주는 姿勢를 取하지 않으면 안 되었다.

 그러나 그런데도 不拘하고 쓰나오가 너무도 變해버렸다는 생각은 어쩔 수 없었다. 누구보다 가까운 自身마져도 그렇게 생각해 버린다면 이 사람이 설 곳이 없어져 버린다고 생각 하면서도, 틈새로 스며드는 샛바람처럼 가슴 깊숙히를 파고드는 쓸쓸함을 우다꼬는 씻어버릴 수가 없었다.

8

 봄이 되자 토요히라江의 堤防이 流失되거나 카모카모 水門이 崩壞되거나 하는 豪雨의 被害가 두 번씩이나 있었지만 그 後에는 天氣가 順調로워서 作況이 全般的으로 良好했다.

 마루야마 一帶의 開墾農地도 八月에 접어들자 씨를 뿌린 이래로 제일 좋은 豊作이 豫想되기도 했다. 길고 긴 歲月을 참고 견디어 오면서, 깊은 주름으로 얼룩진 農民들의 얼굴에도, 이제사 겨우 즐거운 色갈이 비춰지기 始作했다.

 치사꾸와 미네도 바다처럼 한결같은 푸른 이삭이 波濤처럼 꿈틀대는 光景을 바라보면서, 蘇生의 心情으로 가슴이 뿌듯했다.

 夫婦가 開墾한 耕作地는, 不過 일 헥트알(Ha)도 되지 못했지만, 그래도 昨年에 比한다면 40알(1a=30평)程度 불어났다. 開墾을 始作해서 不過 二年째를 생각해 보면 만만찮은 成績이기도 했다. 허나 쟁기하나 갖추지 못해서, 밤이 되어서야 옆집 것을 빌려 써야 하는 그런 形便이고보니, 그것만도 대단한 것이었다. 적어도 自己 所有의 쟁기나 말(馬)을 求할 수 있는 돈만 있다면야, 夫婦는 밤이 밝아오는 耕作地를 엎어질듯 기어가며 일하면서, 그렇게 생각도 해 본다.

作物은 部落民의 會議에서 今年에는 밭벼를 심기로 했었다. 콩이나 밀 外에, 가까이 있는 삿포로 農學校의 農事試驗場의 外人 敎官의 指導를 받아서, 비-트(beet=사탕무우)도 심었으나, 그것은 극히 一部分에 지나지 않았다. 그러니까, 치사꾸 夫婦의 境遇, 볍씨나 種子를 일일이 主家인 오까시마에게서 收穫을 擔保로 빌리고 있었다. 市內의 商店으로부터도, 가을 收穫하고나서 갚는다는 約束으로 生活 必需品을 외상으로 가져 왔었다.

이것저것을 淸算하고 收穫을 마치고 나면 치사꾸 夫婦의 손에 얼마나 남을지 모르겠지만, 여하튼간에 먹고 살아갈 만큼은 남겠지. 더군다나, 農夫의 立場에서는 作物이 豊饒롭게 바람에 흔들거리는 波濤를 보는 것만큼의 生의 보람을 느낄 때는 없는 것이다. 더더구나, 여기는 처음으로 自身들의 손으로 일구면서 가꾼 土地가 아니더냐.

모질고 괴로운 生活의 무거운 짐에 눌려 찌부러져, 까딱하면 氣力마저 잃어버릴 뻔했던 치사꾸도, 이제 겨우 氣力을 되찾은 듯이 보였다.

"괴롭더라도, 한곳에 뿌리를 내리고 熱心히 努力한다면 뭔가 이루어 지는 게로구먼. 숲과 풀뿐인 이 荒蕪地가, 假令 밭벼라 할지라도, 이렇듯 볏논이 될 줄이야."

치사꾸는 밭벼의 흔들거리는 波濤 속에서 이마에 흐르는 땀을 씻어내면서 恍惚境에 빠져도 보았다.

"收穫이 끝나면, 어떤 方法을 擇해서라도 말과 쟁기를 購入해서, 來年에는 이것의 倍 程度의 農地를 넓혀야지. 그런데, 조금이나마 물논을 만들아야겠지. 언제까지나 밭벼를 심을 수는 없고, 故鄕인 에치고(越後=只今의 니이가다 地方)의 特米를 만드는 치사꾸의 팔뚝이 울고 있단 말씀이거든."

미네는 눈을 가늘게 뜨고서, 이렇게 마음에 티 하나 없이 밝게 비쳐오는 男便을 본 것은 生을 함께 하고 나서부터 처음인 것처럼 느껴졌다. 너무 幸福해서 가슴이 터질 것만 같았다.

"當身이 挫折하지않고 熱心히 努力한 結果에요. 쓰루

에게도 이런 벼의 물결을 보여주고 싶군요."

"그렇지, 벼를 벨 때에 쓰루에게 한 三日間만 休暇를 얻을 수 없을까 몰라. 우리 두 사람만으로는, 어떻게 해봐도 일손이 不足할 테니까."

"남의집살이를 하고 있는 몸이에요. 우리 形便이 그렇다고 해서 마음대로 付託할 수는 없는 거에요."

"그 子息만 있더래도 큰 도움이 될텐데, 그지."

치사꾸는 野菜밭의 두렁을 건너가면서 선뜻 斷念이 되지 않는듯 중얼거렸다.

"어제 野菜를 팔러 삿포로에 간 길에 난베야에 들렸다가, 主人 마님에게 들은 이야기지만도."

미네도 男便의 발자국을 따라 걸으면서, 생각이 나는듯이 말했다.

"夫人께서는 安寧하시던가."

"이젠 모든 것을 斷念하고, 차분해진 것 같았어요. 조카 外에 새로운 店員도 採用했어요, 男便이 계실 때보다도 더 商店이 繁昌하고 있는 것 같아 보였어요. 무엇보다, 夫人께서 우수노의 遊廓까지, 한집 한집 걸어가면서 새로운 단골들을 넓혔대요."

"그거야 매우 반가운 이야기로구먼. 우수노(溥野)에서 한 밤에 쓰는 量만 해도 대단 할테니까. 허기사 男便께서는 뭐니 뭐니 해도 사무라이 出身이다보니, 그런 장사 手腕은 별로였을테지."

"그리구요, 夫人의 말씀입니다만, 이즈미氏宅은 조만간에 도쿄로 가게 될런지도 모른다고 했어요."

"돌아간다고, 여기 삿포로를 그만 두고 말이지."

"그럼요, 무언가 도쿄의 새 官廳에 勤務하게 된다나 봐요."

"그렇다면, 가을에는 쓰루도 돌아오겠구먼."

"아마두요, 그렇게 되겠죠. 이쪽에서 付託을 드리지 않더라도, 쓰루가 도우게 될런지도 모르겠네요."

치사꾸는 콩의 잎을 조심스럽게 뒤집어서 벌레 먹은 자리를 조사해 보면서, 무언가를 생각하고 있는 듯했다.

매미소리가 耕作地를 빙 둘러 쳐져 있는 나무숲에서 두 사람의 머리 위로 쏟아져 내렸다.

"이즈미 宅에서 돌아오면 쓰루요를 어떡할 생각인가요. 다시 남의집살이로 내어 보낼 셈인가요."

"나도, 只今 그것을 생각하고 있는 中인데……."

"우리 함께 살면 어떨까요. 父母子息 셋이서 살아 보자고요. 每月 月給이 들어오지 않는 것은 좀 괴롭겠지만, 밭도 이젠 제 口實을 하게 되었고, 세 사람이서 힘을 모아 努力한다면 이제부터는 어떻게 해 나갈 수가 있지 않겠어요."

"그렇구먼. 여기까지 힘차게 저어 왔으니까."

치사꾸는 눈을 들어 綠色의 波濤가 이글거리고 있는 耕地를 휘둘러본다.

그러는 그의 視野의 저쪽 끝에 논두렁을 向하여 急히 달려오는 男子의 모습이 비쳤다. 오까시마의 셋째아들이었다.

"여어, 우리집 안마당으로 急히 모이시래요."

푸른 作物의 波濤 저쪽에서 그가 소리쳤다.

"메뚜기 일로 삿포로의 勸農協會에서 사람이 나왔어요. 모두에게 傳할 말이 있대요."

"알겠어요. 얼른 갈께요."

하면서 치사꾸는 고개를 숙였다.

미네가 不安스러운 눈매로 치사꾸를 올려다보았다.

"다시 어댄가에 메뚜기가 나타난 것일까요."

"그런지도 모르겠는데……. 하여튼, 얼른 다녀오리다."

하면서 치사꾸는 수건을 꺼내어 목구비의 땀을 씻으면서 논두렁길로 내려섰다. 그러나 그의 얼굴에는 只今까지 보여 주었던 밝음은 어디에도 없었다.

치사꾸들은 〈팟타〉라고 부르지만, 바로 메뚜기를 두고 한 말이다. 메뚜기로 因하여 昨年에도 潰滅的(궤멸적)인

打擊을 입었었다. 再昨年에도 대단한 被害가 있었다고 했다. 그에 對한 恐怖感은 뼛속까지 스며 있는 것이다.

오까시마의 本家 안마당에는, 開墾事業을 쉬고 빠져나온 四十人 程度의 部落民이 모여 있었다. 그들 여러분을 앞에다 두고, 하얀 반소매 셔츠를 입은 紳士가, 마루 앞에 서서 무언가 이야기를 하려는 참이었다. 치사꾸는 部落民의 뒤에 서서 그 紳士를 보는 瞬間, 엉겁결에 목에 걸쳐있는 수건을 내리고 머리를 숙였다. 이야기를 하고 있는 사람은 이즈미 쓰나오였기 때문 이었다.

쓰나오는 以前보다도 야위어 있고, 얼굴빛도 以前보다 못하다고 치사꾸의 눈에는 그렇게 비춰졌다. 그러나 兩손을 뒤로 하고 앞가슴을 내어민채 이야기 하면서 차갑게 흘겨보는듯한 그의 態度는 前과 다름이 없는 威壓感이 있었다.

쓰나오의 말에 依하면, 昨年 메뚜기의 發生地였던 토카치(十勝)의 가와니시군(河西郡)과 나까가와군(中川郡)에서, 다시 메뚜기의 大軍이 發生하였고, 지쓰란군(室蘭郡), 호로베쓰군(幌別郡)으로부터 急報가 들어왔는데 이러저러한 急報를 綜合해 본 結果 곧 삿포로 周邊으로 들어닥칠 公算이 크다고 했다.

삿포로縣에서는 緊急히 메뚜기 驅除를 爲한 特別豫算

을 짜서, 各地에 職員을 派遣시켜 메뚜기의 發生 集散의 狀況이나 날아가고 있는 方向, 그리고 그 被害 등을 速報로 알려줌과 同時에 農民을 指導해서 驅除에 萬全을 期할 수 있도록 體制를 갖추었고, 勸農協會에서도 戰力을 다해서 여기에 協調하도록 되어있다는 것이다.

"目下, 各地에서는 벌판에 불을 지르고, 롤러나 흙덩이 고르개를 總動員해서 눌러 죽이는 등, 온 힘을 다해서 메뚜기의 移動을 封鎖해서, 被害는 그 地方에서 끝내도록 여러 方法을 取하고 있습니다. 따라서 여러분도, 쓸데없이 狼狽를 보지 마시고, 一致協力해서 事態에 對比하지 않으면 안됩니다."

쓰나오는 그렇게 말 하고나서, 각자 집에서 準備해야만 하는 防除法을 說明하기 始作했다.

1. 코끼리 가죽이나 포도넝쿨 껍데기로 家族數대로 도리깨를 만들 것.
2. 兩손으로 받쳐드는 그물을 準備할 것.
3. 나무에 내린 메뚜기는 나무아래에 종이를 깔고 흔들어 떨어뜨린 후에 묻거나 태울 것.
4. 들에서는 中央에 널따랗게 구멍을 파고 四方에서 풀을 베면서 쫓아서 구덩이 속으로 쳐 넣은 후 묻거나 태울 것.

5. 논두렁 끝에 가마니를 箱子처럼 잡아매고 가마니 兩끝에 放射型으로 그물을 쳐서 도리깨 등으로 그물 주위를 쳐서 가마니 속에 떨어진 메뚜기를 묻거나 태울 것.

等等이 그가 말 한 方法이었다.

農民들은 熱心히 귀를 기울이고 있었지만, 누구나 얼굴이 어둡고 더해오는 不安感에 緊張해 있었다. 그런 方法은 지난해에 이미 다 經驗해 본 對策과 한 치도 다름이 없었다.

一旦 來襲하게 되면, 그 程度의 고리탑탑한 對策으로서는 아무런 도움도 되지 못한다는 것은 昨年이나 再昨年에 이미 經驗해 본 것이었다.

部落民 사이에서는 보다 效果的인 方法은 없는가고 質問이나 抗議가 있었지만 쓰나오로서는 對答할 말이 없었다.

메뚜기 새끼는 그 크기가 개미 만하다. 全身은 붉은 灰色, 只今쯤은 아직 날개가 없다. 一週日이나 十日間은 發生地에서 徐徐히 기어서 移動하면서 甲地에 먹을 것이 없어지면 乙地로 移動하고, 그 移動하는 中에 다른 무리들과 합하여 一定方向으로 옮겨간다.

알에서 깨어나면 거의 七,八週間에 七-八回의 껍질을 벗는데, 껍질을 벗는 回數는 各地 報告書에 若干의 差異는 있으나 目下 試驗中에 있다. 한번 껍질을 벗을 때마다 크기는 倍로 增加하고, 마지막 껍질을 벗고나면 바깥날개 안쪽날개가 同時에 完全히 커져서, 不過 한 時間內에 完全 飛翔할 수 있는 形態로 變한다.

처음에는 方位가 定해져 있지 않고 뛰었다 날았다를 反復하면서 멀리로는 날아가지를 않는다. 그것은 날개를 鍛鍊시키는 것이라고 생각된다. 그렇게 하면서 二, 三日間이 經過되면 한 무리의 方向을 한곳으로 잡고 하늘을 뒤덮고 太陽을 가리면서 飛翔하게 된다. 그런 期에 到達하면 대낮뿐만 아니라, 夜間에도 溫暖無風일 때에는 能히 飛翔한다.

메뚜기의 性質은 무리를 짓는 것을 좋아하고, 한 무리가 飛翔하는 것을 기다렸다가 뒤따라 飛翔하게 되고, 一旦 내렸다 하면, 푸른 草原은 그 色갈이 變하게 되고, 벌판은 赤土로 變해 버린다. 먹을 것이 남아 있으면 절대로 다른 곳으로 옮기지 않는다.

이것은 再昨年(明治 十三年=1880)의 〈메뚜기 被害報告書〉의 한 句節이다.

이것을 보더라도, 對策의 基礎가 되는 메뚜기에 對한 知識 그 自體도 아직은 關係公務員들의 사이에서는 不充分 할 뿐 아니라 硏究 自體도 未熟하다는 것은 自明한 일이다. 더군다나, 昨年에 繼續해서 被害를 입었기 때문에 硏究와 救濟對策에 全力을 기울여야 했던 것이다.

그러나 昨年에는 拂下問題, 天皇의 巡幸이 있은 後에 일어난 關係長官의 更迭, 開拓使 廢止, 三縣制 實施와 行政面의 大問題들이 겹쳐져서 일어났기 때문에 公務員은 上下를 莫論하고 메뚜기의 被害對策에 매달릴 틈이 없었던 것이다.

萬一 孵化(부화)以前의 알때의 驅除나, 報告書에서도 分明히 적혀있듯이 孵化後 數週間의, 아직 날개가 完全하지 못하고, 移動이 緩慢할 때에 徹底的으로 驅除를 했었더라면 – 하고, 별안간에 猖披스러운 생각이 쓰나오에게 있었다.

치사꾸는 部落民들이 마당을 빠져 나가는 사이에, 선뜻 斷念하지 못하고 躊躇躊躇 하다가, 드디어 操心스럽게 허리를 구부리고 마루 앞으로 다가갔다.

"저…… 네에, 쓰루의 애비 되는 사람입니다. 치사꾸라고 합니다. 계집애가 아직 철딱서니가 없어서 弊를 끼치고 있는데 對하여 무어라 말씀드릴 수가 없어서……."

"오오, 그렇지. 쓰루의 집이 마루야마였지."

쓰나오는 座席으로 가고 있다가 마루 끝 쪽으로 되돌아 와서, 가느다란 微笑를 보낸다.

"쓰루는 매우 健康하게 잘 있다오. 怜悧한 딸을 두어서 매우 즐겁겠구료."

"무슨 惶恐스런 말씀을요. 산을 막 뛰쳐나간 원숭이 같은 애에게……."

"그렇군, 마침 만난 길에 말 해 두겠소만, 나는 요 가을 쯤에 도쿄로 옮길런지 모르겠다오."

"네에, 새로운 官廳에 勤務하시게 되었다고 들었는데. 祝賀 올립니다."

"알고 있었소. 그런데 집사람이 쓰루를 너무 마음에 들어 해서 말이요. 도쿄로 함께 다리고 가겠다고 한다오."

"쓰루를, 도쿄에……."

치사꾸는 깜짝 놀라서 얼굴을 들었다.

"이제 겨우 家風에도 익숙해져 있고, 저쪽에 가서 새로 일하는 애를 求한다는 것도 쉽잖은 일이고 해서 말이오. 나도 진작부터 쓰루를 學校에도 보내서 女子 한몫을 할 수 있도록 가르쳐 놓을 생각이었고 해서 말인데, 쓰루만 좋다면 다리고 가려고 생각하고 있오만."

"네에. 그렇게까지 참, 쓸데없는 일일텐데, 너무 놀라서, 그만……."

"無理를 말 하는게 아니라오. 그쪽 생각 나름이겠지. 빠른 時日內에 쓰루를 집으로 보낼 테니까 父女之間에 잘 相議해 두는게 좋겠구려."

치사꾸는 아무 소리 못하고 우두커니 서 있을 뿐, 어떻게 對答하면 좋을지 몰라서 이마나 목구비에 흐르는 땀을 씻으면서 그저 머리만 숙일 뿐이었다.

밭으로 되돌아 온 치사꾸로부터 이런 이야기를 듣고서 미네도 茫然自失 했다.

도쿄에서 敎育을 받는다고 하는 幸運은 쓰루요와 같은 形便에 있는 아가씨들에게는 奇蹟이라해도 좋은 程度다. 그런 意味에서 본다면 千載一遇의 機會이기도 했다.

그러나 도쿄라 하는 곳은 치사꾸나 미네에 있어서는 너무도 먼 別 世界였다. 그것은 但只 空間的인 距離感 뿐만은 아니었다. 밑바닥에서 맴도는 開拓農民인 아버지와, 도쿄에서 敎育을 받아서 훌륭하게 키워진 딸과의 사이에는 精神的으로도 너무 깊은 斷絶의 豫感이 있었다.

딸 子息의 幸福을 바라는 마음은 가득하지만, 人間이란 제 各各의 境遇에 알맞는 限界가 있을뿐더러, 그것을 뛰어 넘는 드높은 欲望은 오히려 不幸의 씨앗이 된다는 생각 下에서 살아온 치사꾸와 미네였다.

치사꾼들에 있어서는, 人間은 自由스럽다거나 平等한 것이 아니었다. 그러한 생각은 神을 背信하는 危險한 思想 이었다. 人間이라 하는 것은 제 各各 태어난 身分에 걸맞게, 그 속에서 可能한만큼의 조용한 幸福으로 滿足하지 않으면 안 되는 것이고, 또한 그것으로 充分히 滿足스러운 것이다. 그 以上의 幸福은 치사꾼들에게는 오히려 不安이고, 진짜의 幸福이 아니라는 생각이 듦을 어쩔 수 없었다.

그러나 그것은 쓰루요의 氣分을 確認하지 않는 狀態에서 結論을 내릴 性質의 것이 아니었다. 當場 急한 것은 메뚜기로부터 作物을 지키는 것이 더 큰 問題였다.

그날 以後로 온 마을은 메뚜기의 來襲에 對備해서, 그 準備에 눈코 뜰 새가 없었다. 縣廳에서나 農協으로부터의 指示는 忠實히 乃至는 迅速하게 實行으로 옮겨졌고, 討議나 相談도 頻繁하게 열려졌다.

그러는 사이에 메뚜기는 어디에서라기보다 밭이나 雜草가 茂盛한 곳이나 나무들의 가지 사이로 날라 들었다. 部落民들은 血眼이 되어서 그것들을 쫓고 있다.

아직은 그렇게 많지는 않았다. 허나, 한 마리라도 놓치게 되면 그것이 本隊로 날아가서 大軍을 이끌고 侵入해 오리라는 心理的인 負擔에서 部落民들은 어쩔 바를 모르고 있었다.

縣廳이나 農協에서 指示한 그러한 對策만으로서는 누구나 不安을 씻어 버릴 수가 없었다. 昨年의 大被害의 經驗으로 봐서 생각해 보더라도, 그러한 舊態依然한 手段만으로서는 거의 마음을 놓을 수가 없기 때문이다.

몇 번인가의 討議에서 部落民들은 耕地를 가운데 두고 멀찍이 빙 둘러 壕를 파기로 決定했다. 如此하면 여기로 물을 끌어드려, 石油를 부어서 불을 붙여, 耕地를 불의 壁으로 둘러쌓게 한다는 것이다.

그러나 그것은 簡單한 일이 아니었다.

마루야마는 집 수가 四十六戶밖에 되지 않는다. 그에 反해서 耕地는 總面積이 八十九 헥트알(ha)에 達하고 있다. 더군다나, 耕地는 한곳에 모여 있는 것이 아니다. 제各各의 집 周邊에 그 집에서 開拓한 耕地가 널려있고, 그 사이에는 未開拓의 原始林이나 草原이 가는 곳마다 제멋대로 널려 있다.

이러한 廣大한 地域을 包含해서 農耕地의 外廓으로 멀찍이 빙 둘러 壕를 파는 作業에, 끌어 들일 수 있는 사람 숫자는 女子 애들을 合쳐도 二百余名에 不過했다. 더군다나 時間이 없는 것이다. 메뚜기 떼는 오늘도 날아들런지도 모른다.

구."

 발가벗은 上半身에 더운 물을 끼얹은 것 같은 땀을 번득거리면서 치사꾸가 퉁명스럽게 대꾸한다.
 "지난해와 같은 일이 일어나 보거라. 도쿄는커녕, 父母子息이 한꺼번에 굶어 죽지 않으면 多幸이다."
 "걱정 말라니까요, 아빠. 人間이 메뚜기 같은 벌레에게 진다는 게 말이나 돼요."
 쓰루요는 氣勢도 좋게 땅을 파 젖히면서 땀투성이의 얼굴에 함빡 웃음을 띠어 보인다.
 "넌, 昨年의 메뚜기 떼를 보지 못했으니까. 보지 못했으니까, 그런 무서움을 모를 수밖에."
 치사꾸는 혼자 중얼거리듯이 말했다. 목소리에는 두려움과 不安이 꽉 차 있었다.
 그로부터 세 사람은 말이 없었다. 激烈한 勞動때문에 숨이 차서, 무슨 말을 할 餘力이 없었다. 다만 熱心히 삽질을 하면서 壕를 팠다. 타는듯한 한여름의 太陽이 머리 위에 머물고, 周圍는 온통 暴炎에 휩싸여 있었다.
 몇 時間이 흘렀는가, 치사꾸는 삽질을 멈추고 하늘을 쳐다보았다.
 太陽이 그들의 머리 위를 살짝 비켜나기 始作했다.
 "자, 한숨 쉬면서 點心이나 먹지 그래."

치사꾸는 壕에서 올라와서 풀숲에 넣어 두었던 토병을 꺼내어 선채로 입에다 대고서 꿀꺽꿀꺽 물을 목구멍 속으로 흘려 넣었다.

미네와 쓰루요도, 그의 곁으로 가서 앉았다.

"疲困하지, 쓰루야."

미네는 치사꾸가 건네주는 병을 그대로 쓰루요에게 건네주면서, 未安한듯한 語調로 말했다.

"아무렇지도 않아, 이 程度쯤이야. 배 꺼지게 하는데 딱 알맞지 뭐."

쓰루요는 웃음 띤 얼굴로 토병을 받았지만, 그 손바닥에 물집이 잡혀 빨간 皮膚가 튀어 올라와 있는 것을 보고서, 미네는 눈을 돌렸다.

"이즈미氏가 도쿄로 移徙를 간다고 했는데, 날은 決定되었다고 하더냐."

치사꾸는 피(稗)를 섞어서 지은 주먹밥을 입으로 옮기면서 물었다.

"아직이에요. 그런데 도련님이 反對를 하구요, 自己 혼자라도 여기에 남겠다고 해서 主人任도 매우 難處해 하고 있어요."

"헤에. 그 도련님도 色 다른 点이 있구먼. 이런 거치른 벌판만이 널려 있는 北녘땅이 도쿄보다 좋다는 건가."

"좋은지 어쩐지는 모르겠지만, 이 土地에 온 以上 그렇게 쉽사리 버리는 것이 싫다고 한대요. 더군다나 農學校에도 決心을 하고 들어왔다고 말에요."

"너는 어쩔 셈이냐. 이즈미氏는 너를 다리고 가고 싶다고 말씀하셨는데……."

미네가 쓰루요의 얼굴을 뚫어지게 바라본다. 쓰루요의 땀투성이의 얼굴에 살짝 붉은 色갈이 비쳤다간 사라졌다.

"가지 않아요."

그 女는 부시는듯이 미네의 視線을 避하고, 고개를 저었다. 그것은 지로가 가지 않겠다면, 自身도 가지 않겠다는 意味인 것이다. 지로가 있는 땅에 自身도 있고 싶은 것이다.

치사꾸에게도 미네에게도 그러한 쓰루요의 숨겨진 마음이 보여질 턱이 없었다. 미네는 마음이 개운한듯이 몇번이고 고개를 끄덕거렸다.

"그렇게 생각하는 거냐. 너도 이 땅이 좋으냐. 도쿄는 너무도 먼 곳이다."

"그럼, 가난뱅이 農夫의 계집애가 혼자몸으로 도쿄에 가 봤자, 別로 뾰족한 수가 없을 테고. 나도 걱정이 되고 너의 엄마도 쓸쓸해 할 테니까."

치사꾸는 피밥을 씹으면서 말했다.

"가난해도 좋아. 셋이서 같이 살자구나. 今年은 作況도 좋고, 이 程度라면 네게 남의집살이를 시키지 않더라도 그럭저럭 꾸려 나갈 수 있다고, 아버지도 몇번이고 말씀하셨단다."

"메뚜기란 놈에게 當하지만 않는다면 말이다."

하고 치사꾸는 밭쪽으로 눈을 돌리면서 중얼거리면서 수건에 토병의 물을 적셔서 얼굴이나 가슴을 닦았다.

"쓰루야. 너 한걸음에 달려가서 물을 받아 오거라."

미네가 시키자, 쓰루요는 입속의 피밥을 삼키면서 토병을 집어 들고 일어섰다.

그 女가 맑디맑은 하늘 저쪽에 얼룩 같은 검은 斑點이 떠 있는 것을 본 것은 바로 그때였다.

처음에는 그 斑點이 하늘 北西쪽에 한 点으로 固定되어 있는 것처럼 보였다.

쓰루요는 눈을 깜박거렸다.

斑點이 實際로 存在하는 것이 아니고, 빠져버릴 듯한 하늘의 푸르름을 비춰주고 있는 自身의 網膜에 무언가 故障이 생겨서, 빛을 通過시키지 못하는 바늘끝 程度의 部分이 생겼다고 느껴졌기 때문이었다.

헌데 그 斑點이 한곳에 固定되어 있는 것이 아니고, 눈 때문에 그런 것이 아니라는 것을 今方 알 수 있었다. 그 검은 斑點은 急速히 幅과 두께를 넓히면서 周邊으로 새로운 수없는 斑點을 擴散 시키면서 不規則的인 圓錐形을 만들기 始作했다.

"저것 봐. 저게 뭐야."

하고 쓰루요가 가리키자, 치사꾸도 미네도 눈을 들었다.

구부러진 楕圓形은 다시 퍼지면서 到處에 짙거나 옅음이 뒤섞이고, 그것이 波濤처럼 일렁거리면서 勢力과 速度를 더한층 불리면서 부풀어져 오는 것이다.

치사꾸와 미네는 同時에 풀더미에서 벌떡 일어났다. 表情이 恐怖에 얼어붙었다. 一瞬間, 그들은 茫然自失해서 서 있었다.

"메뚜기다……."

奇妙하게도 텅 빈 구멍으로 새어 나오는듯한 중얼거림이 미네의 입술 사이로 흘러 나왔지만, 그것은 거의 들리지가 않았다. 衝擊때문에 목소리가 萎縮되어서 말이 되지 않았다.

"밭으로 돌아가자! 빨리!"

치사꾸가 唐慌스런 목소리로 소리를 질렀다. 소리치면서 그는 부리나케 삽을 쥐고서 내달렸다. 그 소리에 튕겨 오르듯이 미네도 쓰루요도 달려 나갔다.

그렇다고해서 우물쭈물 할 餘裕가 없었다. 때에 맞춰질런지 맞추지 못할런지, 假令 맞춰진다고 하더라도, 그것이 어느 만큼이나 效果를 가져올 것인지는 未知數였지만, 部落民들은 總出動해서 밤낮없이 壕 파는 作業에 全力을 기울였다.

때에 맞춰지거나 그렇지 못하거나, 效果가 있거나 말거나, 사람들은 必死的으로 壕를 파는 行爲에 自身을 묻어버리지 않고서는 漸漸 다가오는 不安에 눌리어 찌부러질 것 같았다. 作業은 거의 祈禱하는 心情과 다름이 없었다.

쓰루요가 하루의 말미를 얻어서 돌아온 것은 쓰나오가 마루야마를 다녀가고서부터 三日째의 아침이었다.

쓰루요는 戰爭을 彷佛케하는 部落民들의 움직임에 눈을 동그랗게 떴다. 무엇을 이야기할 틈도 없이, 그 女도 壕 파는 作業에 뛰어들었다.

"너는 어쩜 볼 때마다 여념집의 아가씨처럼 보이는구나. 이런 힘을 쏟아야하는 일을 시키기에는 너무 가여울 程度다."

미네는 눈을 가늘게 뜨고 딸애를 바라보고 있었지만 땅을 파는 손놀림은 멈추지를 않았다.

"애야, 도쿄에 가고 싶냐."

"그런 이야기는 나중이다. 只今은 그럴 때가 아니라

"메뚜기다! 메뚜기란 말이야!……"

달리면서 치사꾸는 소리쳤다.

똑같은 외침이 部落 여기저기에서 들려왔다. 石油의 빈 통을 두드리는 소리가 밭두렁 길을 따라 흐른다.

무언가가 울려 퍼진다. 그것은 처음에는 귀울림 비슷하게 들리더니 漸漸 땅에서 솟구쳐 오르듯이 커지고, 山이나 樹林과 들에나 耕地를 꽉 채우면서, 땅을 덮고, 하늘을 덮었다.

처음에는 쓰루요는 무슨 소리인지 몰랐으나 미네를 앞질러 달리면서 눈을 들어 하늘을 쳐다보니 그것은 몇 百万인지 조차도 헤아릴 수 없는 메뚜기의 날갯소리라는 것을 알고나서, 처음으로 恐怖感이 그 女를 實感케 했다.

楕圓形이었던 斑點은 젖은 종이위에 먹물을 흘리는 것처럼 한쪽 하늘을 浸蝕해 들어왔고, 이미 그쪽은 파란 하늘은 없었다. 햇볕은 北西쪽 一角에서 急速度로 빛이 어둡게 접혀져 갔고, 파랗던 색칠이 지워져 버렸다. 쓰루요의 등줄기를 戰慄이 지나갔고, 발조차 기우뚱 거렸다.

밭두렁 길을 달리는 中에, 앞에도 뒤에도 옅은 암갈색의 부채 같은 날개를 햇살에 번득거리는 벌레의 소나기가 내리기 始作했다. 그것은 아름다운 싸라기눈이 내리는 것처럼 보이기도 했다. 메뚜기는 쓰루요의 볼을 때리면서 머리나 어깨위로 내려앉았다. 눈앞의 風景이 낡은 필름처럼 어른거리며 스쳐 지나간다.

치사꾸는 집으로 달려 들어가서 포도넝쿨의 껍질로 묶은 도리깨를 들고 나와서 미친 사람처럼 휘저으면서 밭으로 달려 나왔다.

쓰루요도 집으로 뛰어 들어 갔으나 정신이 아찔해서 어디에 무엇이 있는지조차 알 수 없었다. 그 女는 뚜껑이 없는 토병을 그대로 손에 꼭 쥐고 있다. 그것을 팽개치고 맨 먼저 눈에 뜨인 비를 검어 쥔 것도, 半은 意識이 없는 채였다.

지붕위에도 板子壁에도 메뚜기가 내려앉는 소리가 사아삭 사아삭하고 울려온다.

쓰루요는 빛이 들어오게 달아놓은 작은 窓門을 바라보았다.

이미 그곳에도 밝은 빛이라곤 없었다. 窓門으로 보이는 것이라고는 온통 똑같은 짙은 구름에 흡사한 암갈색의 흐름뿐이었다. 그것은 구름의 층이 아니고. 奔走히 내리는 메뚜기의 大集團이라는 것을 알면서도 눈은 事實을 믿을 수가 없었다.

미네는 몸뚱이에 메뚜기를 가득 달고서 미친 듯이 날뛰고 있다.

"쓰루, 뭘 꾸물대고 있느냐. 빨리 밭으로 나가지 않고."

그 목소리가 끝날 사이도 없이 쓰루요는 메뚜기의 소나기 속으로 뛰어 들었다.

周圍는 저녁 무렵처럼 어둑해 졌고, 하늘에도 땅에도 벌레들의 날개짓소리에 파묻혀 버렸다. 그 女의 발이 밟고 있는 것은 땅이 아니었다. 잠깐 동안에 지면을 뒤덮어서 두텁게 느껴지는 메뚜기의 層이었다. 한 발때죽 옮길 때마다 異常한 感觸이 발바닥으로부터 등줄기로 傳해 왔지만 그것을 마음에 둘 틈이 없었다.

쓰루요는 내리 달렸고, 달리면서 비를 휘둘렀고, 휘두르면서 한쪽 손으로 끊임없이 얼굴에 와 부딪히는 메뚜기를 떨구어 내렸다. 눈도 입도 벌릴 수가 없었다.

밭두렁 길에서, 밟혀 죽은 메뚜기의 殘骸에 미끄러지면서 넘어졌다. 얼굴도 가슴도 손도 발도, 메뚜기 속에 빠져버렸다.

"쓰루, 벼가 부러지지 않게 하거라! 可能한대로 벼를 다치지 않게 해야지……."

숨이 차서 헐떡거리며 소리치는 치사꾼의 목소리가 들려왔고, 벼의 波濤 속에서 미친 듯이 도리깨를 휘젓고 있는 그의 모습이 쓰루요의 茫漠속으로 빨려 들어왔다. 그것은 瀑布水처럼 흘러 떨어지는 메뚜기의 빗줄기 속에서 아스라니 보일 뿐이었다.

쓰루요는 無意識中에 벼의 뿌리 近處를 비로 두드리고, 발을 버둥거리면서 짓밟아도 보았다.

벼는 첩첩히 달라붙은 벌레의 무리 때문에 잎도 줄기도 보이지 않았다. 벌레는 다시 그 위에 繼續해서 내려앉았고, 그 무게에 짓눌려져서 벼이삭은 견디지를 못하고 쓰러져 버리는 것이다.

이미 벼의 푸르름은 어디에도 사라져 버렸고 밭은 온통 暗褐色의 소름끼치는 바다로 變해 버렸다.

쓰루요는 비를 던져버렸다. 作業服을 벗어던지고 반팔옷에 몸뻬 차림으로 하고선 作業服을 쥐고서, 땅이든 벼든 마구잡이로 두들기면서, 메뚜기의 바다 속으로 미친 듯이 휘돌아 다녔다. 假令 조금이나마 벼를 구한다는 것은 不可能한 일이었다.

멀리서 불을 지르는 것이 보였다.

아직 얼마 파지도 못했던 壕에 누군가가 낙엽이나 가쟁이를 모아 불을 지른 것 같았다.

"아버지 글렀어요! 밭 周圍를 불로 둘러 싸아요!"

"좋아, 가쟁이를 모아 오너라! 불이 붙는 것은 뭣이든 가져와라! 빨리……."

쓰루요는 밭두렁 길을 내달렸다. 途中에서 도리깨를 휘

두르고 있는 미네를 보았다.
 "엄마, 가쟁이다. 가쟁이를 옮기자구!"
 소리치면서 집으로 달려갔다.
 耕地를 둘러 쌀 만큼의 燃料나 時間이 있을 턱이 없기 때문에, 메뚜기가 날아오는 方向에 따라 밭의 北측 路上에 있는 만큼의 가쟁이나 장작, 낙엽을 가져다가 불을 질렀다.
 그렇게 해 놓고서 쓰루요와 미네는 다시 밭으로 뛰어들어갔다.
 불의 壁은 耕地의 이곳저곳에서 타 올랐다. 그러나 그 불꽃마저도 메뚜기의 짙은 구름에 가려서 쪼끔밖에 보여지지 않았다.
 시커멓게 하늘을 뒤덮고 있는 벌레들의 波濤는 회오리바람처럼 꾸부렁거리며 흔들거리고, 뒤틀듯이 보이다가는 다시 間斷없이 검은 瀑布로 變해서 떨어져 내리는 것이다.
 치사꾸는 도리깨를 집어 던져 버렸다. 그러한 것은 아무런 效果도 얻지 못하기 때문이다. 그는 벼밭에 무릎을 꿇고 앉아 兩손으로 벼를 움켜잡고, 주렁주렁 매달려 있는 벌레를 손바닥으로 으깨어 죽이면서 기어 다니고 있었다.

그것은 이미 벼가 아니었다. 식물이라고도 할 수 없었다. 벌레의 死體를 발라놓은 막대기에 不過했다. 그런데도 不拘하고 메뚜기의 軍團은 暫時동안에 同僚의 死體 위에 겹겹이 쌓여만 갔다.

치사꾼는 只今 自身이 무엇을 하고 있는지 意識이 없었다. 精神을 똑바로 차리고 있는지 미쳐 돌아가고 있는지도 몰랐다. 그는 벼 밭을 기어 다니면서 입속으로 빨려 들어간 벌레를, 온 憎惡心을 불러 일으키면서 깨물어 죽였다. 얼굴도 손도 가슴도 발도, 죽은 메뚜기와 풋내 비스름한 液汁 투성이가 되어서, 어쩌면 膿(농=고름)이 곪아터져서 고름이 흘러 나오는 것처럼 보였다. 발가벗은 어깨나 등줄기는 벌레의 雨裝을 입고 있는 듯이 皮膚色깔이 보이지 않았다.

이젠 글렀다. 모든 것이, 끝났다…….

呻吟소리가 意識의 저 밑바닥에서 솟구쳐 올라서, 그것이 온몸으로 퍼져 가고, 다시 똑같은 呻吟이 터져 나와서 波紋을 넓혀가고 있다. 벼 밭을 기어 다니면서 목이 미어져 왔다. 그는 벼를 움켜쥔 채로 엉덩방아를 찧는다. 핏발이 선 두 눈에서 하염없이 눈물이 흘러 내렸다.

바다 울음 같은 날갯소리가 그를 둘러싸 버렸고, 소용돌이를 치면서 내려앉는 벌레무리가 全身을 두들기고 있었다.

"아빠, 무슨 일이 있어요……. 어디에 계세요……."

쓰루요의 목소리가 들렸다.

치사꾸는 멍하니 눈을 떴다.

쓰루요는 닥치는 대로 作業服을 휘두르면서, 몸부림을 치는 듯이 볏 줄기나 몸을 젖히면서 치사꾸의 모습을 찾고 있었다. 그러는 저쪽 켠에 미네가 있었다. 미네가 무엇을 하고 있는지 알 수가 없었다. 그의 눈에는 벼 밭속을 그냥 비틀거리며 걷고 있는 것처럼 보일 뿐이다.

突然, 치사꾸는 쥐고 있던 벼포기를 잡아 빼고서는 그것을 내리 두드리면서 일어섰다.

그는 그 벼포기를 짓밟으면서 쓰루요의 곁으로 달려와서는 그 女의 손에 쥐고 있는 작업복을 억지로 빼앗아 들었다.

"아빠, 어쩔려고 그래요……."

쓰루요는 치사꾸의 얼굴에서 그 어떤 恐怖感을 느꼈다. 그것은 미친 사람의 表情이었다.

"빌어먹을! 요런 벌레 놈에게 내 밭을 먹히게 내버려 둘 수 없지! 그만큼 나도 불로 태워 줄 테다. 이것들, 태워 죽일 테다. 모두 태워 죽일 테야!"

외치면서 치사꾸는 밭두렁 길을 내달렸다.

그는 路上의 가지랭이에 불을 붙이기 爲해서 使用했다가 그냥 밭두렁 곁에 놓아두었던 石油桶을 들고서 밭으로 뛰어 들었다.

"아버지, 그만 둬! 그만 두라니까……,"

洪水같은 메뚜기의 무리를 헤엄치듯 하면서, 쓰루요가 소리쳤지만, 이젠 치사꾸의 귀에는 들리지 않았다.

치사꾸는 밭 한가운데를 미친 듯이 휘돌면서 석유를 뿌리고, 나머지는 쓰루요의 작업복에 적시고서는 빈 통을 메뚜기 무리에다 집어 던졌다.

"그만 두라니까, 아버지!……."

쓰루요는 아버지 팔뚝에 매달렸다.

"팟타에게 當한 것은 災難이에요. 自己自身이 가꾸어 온 밭을 自己 스스로 불태우는 農夫가 어디 있어요! 한줌이라도 좋으니까 밭의 作物을 求해야만 해요, 아버지……."

"이젠 다 틀렸다. 이놈들이 우리를 죽이고 있는 거야…. 빌어먹을, 두고 보라구, 우리만이 결코 죽지는 않을 걸. 이놈들을 모두 길동무 해 줄 테다.……."

치사꾸는 쓰루요를 밀치고 불이 타고 있는 길로 달려가서 작업복에 불을 댕겼다.

"엄마야, 빨리 아버지를 말려 줘!"

쓰루요는 아버지를 뒤따라가려다가 메뚜기 死體에 발이 미끄러져 메뚜기위에 벌렁 나자빠지면서 소리쳤지만, 그것은 海溢처럼 밀어닥치는 메뚜기의 날갯소리에 밀려 사라져 버렸다.

그러는 사이에 치사꾸는 불을 붙인 作業服을 휘두르면서 밭 가운데로 뛰어 들었다. 그러자 벼 밭의 이곳저곳에 불길이 솟아올랐다. 그 불기둥은 차례차례로 기름을 따라 옆으로 내달린다.

"여보, 뭐하는 짓이에욧!"

미네가 달려와서 다가서려고 했지만, 얼마 가지 못해서 바로 눈앞에 불의 帳幕이 펼쳐졌다.

그 女는 불꽃의 사이를 찾으면서 옆으로 달렸다. 그러나 틈새를 찾아 들었지만 그곳도 마냥 불 투성이었다.

치사꾸는 몇 겹이나 겹쳐진 不規則的인 불의 둘레 속에 갇혀 있었다. 그런 中에서도, 그는 半은 타버린 作業服 조각으로 精神없이 周圍를 내리치며 휘돌아다니고 있었다. 그러는 사이에 새로운 불길이 치솟았다.

불의 色은 그의 눈에서도 타고 있었다. 허나, 그에게 보여지고 있는 것은 오로지 불에 타 죽어가고 있는 메뚜기뿐이었다. 이미 그 자신이 불더미 속에 갇혀 있다는 것은 意識에서 사라져 버렸다.

"불에서 나와요! 아빠……"

"그만 두어요, 불에 데인다니까……."

쓰루요와 미네가 同時에 소리를 질렀으나 치사꾸의 귀에는 들리지 않았다.

불이 그의 옷으로 옮겨 붙었으나 그것마저도 치사꾸의 意識에는 없는 듯 했다.

"아버지, 몸에 불이 붙었어요!"

쓰루요가 소리쳤지만, 그 瞬間 치사꾸는 발이 미끄러져 불속으로 넘어지는 것이 보였다. 불기둥은 바람을 맞받아서 훨훨 타 오르고 불꽃이 하늘을 뒤덮었다.

쓰루요가 불더미 속으로 뛰어 들어갔다.

하나의 불기둥을 넘으면 또 다른 불기둥이 앞을 가로막는다. 불과 煙氣와 메뚜기가 단숨에 그 女를 휘말리게 했다. 그 女는 가슴이 막혀 왔다.

치사꾸는 불속에서 몸부림치며 헤매고 있다. 옷을 입고 있는 허리에서 아래쪽은 이미 불덩이가 되어서 타고 있고, 타버린 벼와 메뚜기가 숯검정이 되어 쌓여있는 가운데를 엎어질듯 헤매고 있기 때문에, 거의 빈곳이라고는 찾아 볼 수 없을 程度로 全身이 불에 데여 있었다. 쓰루요는 精神없이 안아 일으키려 했으나, 치사꾸는 意味도 알 수 없는 소리를 지르면서, 미친 듯이 몸부림을 쳤다.

石狩平野 ■ 上

미네도 달려와서 버둥거리는 치사꾸를 兩쪽에서 안고 扶支하면서 겨우 겨우 세 사람은 불기둥을 이리저리 避하면서 밖으로 나왔다. 밭두렁 길로 나와서, 미네는 치사꾸를 등에 업었다. 그는 異常한 呻吟소리를 내면서 손발이 痙攣을 일으켰으나, 움직임이 눈에 보이는 듯이 鈍해져 갔다.

"여보, 精神 똑바로 차리지 않으면 안 돼요. 조금만 참아요."

미네는 등에 업힌 男便을 慰勞하고서, 밭두렁 길을 비틀거리며 달리면서,

"빨리 집에 가서 이불을 펴 놓아라. 부엌 선반에 菜種油가 있으니까 꺼내어 놓아라……."

하고 소리치면서 쓰루요를 다그쳤다.

쓰루요는 對答할 겨를도 없이 꺼멓게 휘날리는 눈이 되어 휘감겨 오는 메뚜기 속을 냅다 달렸다.

오두막 집안에도, 열린 채로 두었던 入口로부터 들어온 메뚜기 떼가, 板子壁이건 축담 끝이건 할 것 없이 꽉 차서 기어 다니거나 날거나 하고 있지만 그런 것에 神經을 쓸 틈이 없었다.

이불을 깔고 菜種油의 병과 접시를 準備해 놓고서, 옷궤짝을 뒤져서 깨끗이 빨아 넣어둔 미네의 속옷을 꺼내

어 繃帶 代身에 그것을 엷게 찢었다.

치사꾸를 등에 업은 미네가 불에 탄 벌레덩어리처럼 메뚜기 범벅이 되어서 비틀거리며 門으로 들어오자 쓰루요가 얼른 붙잡고 치사꾸를 이불 위에 뉘었다.

치사꾸는 全身에 痙攣을 일으키면서, 새처럼 눈을 부릅뜨고 天井을 노려보고만 있었다. 呻吟을 하면서, 이따금씩 떨리는 목소리를 쥐어짜면서 뜻도 알 수 없는 소리를 지르곤 했다.

"精神을 잃으면 안 돼요, 여보……. 精神을 차려요."

미네는 金屬性의 찢어지는 소리를 지르며, 불에 타서 休紙처럼 되어버린 치사꾸의 아랫도리를 벗기고서 온 몸에 채종유를 발랐지만, 기름도 몸의 半도 채 바르기 前에 없어지고 말았다.

그러는 사이에도 치사꾸의 呻吟소리는 漸次로 끊어질 듯 이어지곤 했고, 痙攣도 間歇的(간헐적)으로 일어나는 것 같았다.

"쓰루야, 醫師를 불러 오거라!"

"어데야, 醫師의 집, 어데 있는데?"

"내가 어찌 알겠냐. 찾아서 다리고 와라, 꾸물대지 말고!"

그 목소리가 끝나기도 前에 쓰루요는 다시금 메뚜기의

빗속으로 달려 나갔다.

部落에는 醫師가 있을 턱이 없다. 적어도 삿포로의 거리 入口쪽에서 찾지 않으면 안 되었다.

아버지가 죽을 것 같다. 아버지가 죽는다…….

그러한 생각이 弔鐘처럼, 몸속에서 울려오고 있었다.

길도 耕地도 숲도 들도, 온통 짙은 褐色으로 色칠해 버린, 悽慘한 風景속을 달리면서, 只今은 그것마저도 쓰루요의 意識속에는 비춰지지 않았다. 반소매 옷도 몸뻬도 불에 타서 너덜거렸고, 발바닥은 짚신이 불에 타면서 생긴 물집이 터져서 피투성이가 되어 있지만, 感覺이 아픔마저 잊어버리게 했다.

삿포로의 거리를 들어섰는데도 太陽의 빛은 없었다. 허나, 그것은 메뚜기 때문이 아니었다. 벌써 해는 지고 어둠이 깔려오고 있었기 때문이었다.

9

치사꾸는 그로부터 12일 만에 죽었다.

쓰루요는 언제까지나 主人집을 떠나 있을 수가 없었기 때문에 마음만을 남겨두고 삿포로에 돌아와 있었는데, 그날 저녁 무렵, 마루야마로부터 急한 傳喝을 받고, 달려 갔을 때에는 이미 치사꾸의 얼굴에는 白布가 씌워져 있었다.

火葬은 미네와 쓰루요와 모토에만으로 치렀다.

二, 三人의 部落民과, 오까시마의 집에서는 亦是 머리에 새하얀 상투를 틀어올린 老人이, 合掌을 하면서 다가오기는 했지만 그들도 葬禮에 時間을 빼앗길 틈이 없었다.

메뚜기는 지난해를 上回하는 被害를 남겨둔 채 사라졌다. 九十 헥트알 程度의 農耕地가 全滅 當하고 말았다.

더군다나 三年에 걸쳐 繼續되는 被害였다. 部落民은 總出動해서 뒤 收拾과 善後策을 講究하고 있었지만, 어느 누구도 너무나 絕望한 나머지 어데서 무엇을 어떻게 해야 할 것인지 氣力을 잃고 말았다. 苦生에 苦生을 거듭하면서 開拓 해 놓은 耕地이긴 했어도 部落內의 四十六戶 中에 假令일러 몇 戶 程度가 이 試練을 참고 部落을 떠나지 않을 것인가는 疑問이었다.

하물며, 미네에게는 아무리 발을 동동그려 보더라도 耕地를 維持해 나갈 수 있는 方法이 없었다. 지난해부터의 生活도, 今年에 播種한 種子도, 모두 가을 秋收 後에 갚아야 할 負債로 남아 있다. 그것을 한 푼도 갚지 못하고 있거니와, 더군다나 어느 집을 莫論하고 他人에게 播種할 씨앗을 빌려 줄 餘裕가 있을 턱이 없었다.

그런데도 不拘하고, 미네는 土地에 對한 未練과 執着을 버릴 수가 없었다. 치사꾸와 단둘이서 나무뿌리를 캐거나 억새풀을 태우고, 이제 겨우 밭벼나마 收穫할 수 있도록 가꾸어 온 耕地였다. 그곳을 버린다는 것은 살을 찢기우는 생각으로서, 가슴속에 피가 솟구쳐 오르는 心境이었다.

"나요, 어떤 무슨짓을 하더라도 여기에 남고 싶어요."

葬禮를 마친 後에, 이제부터 어떻게 살아 갈 것인가를

물었을 때도, 미네는 決心을 굳힌 듯한 모습으로 말했다.

"애비가 부처가 된 이 밭에서, 나도 쓰러져 죽는 것이 所望일 뿐입니다."

모토에는 市內로 나오라고 勸할 참이었으나 미네의 모습을 보고서, 當分間은 그냥 그대로 놔 두는 것이 좋겠다는 생각이 들어서 생각을 바꾸었다.

허나, 結局 미네는 耕地를 整理하고 모토에를 依支하여 삿포로의 거리로 들어가지 않으면 안 되었다.

三年을 繼續해서 메뚜기 被害를 當한 後에는, 누구도 農夫들에게 生必品을 빌려주는 것을 겁내었다. 메뚜기는 來年에도 來襲해 올런지도 모르는 것이다. 더군다나 昨年에 빌려 쓴 빚도 그냥 그대로 한 푼도 갚지 못한 미네의 付託같은 거, 들어 줄 사람은 아무도 없었다.

더군다나, 가을이 되었는데도 쓰루요는 이즈미家로부터 나올 수가 없었다. 이즈미의 도쿄行이 霧散되었기 때문이었다.

미네에게는 中止된 事情을 알 수는 없었지만, 그렇게 되고 보니 自身의 形便대로 이쪽에서 쓰루요를 내어 보내달라는 말을, 道理를 아는 그 女로서는 할 수가 없었다. 그렇게 되고 보니 쓰루요를 믿을 수 없게 된 마당에 미네 혼자 힘으로서는, 假令 生活에 必要한 돈이나 物品을 빌릴 수 있다 하더라도, 일 헥트알이나 되는 開墾耕地를 지켜나갈 힘이 있을 턱이 없었다.

十月 中旬이 지나서 서리가 잔뜩 내린 어느 날 아침, 미네는 部落民들에게 別離의 人事를 하고, 정든 마루야마를 떠났다.

모토에가 쇼타이에게 손수레를 보내서 마중하러 보냈으나, 손수레에 실을 程度로 짐이 없었다. 가벼워서 오히려 끌고 가기가 어려우니 뒤에 타라고 하고서, 바닥에 자리를 깔고, 未安하다고 엉덩이를 빼는 미네를 억지로 손수레에 태웠다.

于先 居處를 난베야의 헛간을 치우고 만들었다. 倉庫 代身에 使用했던 기름 냄새가 나는 조그마한 헛간이었으나 모토에가 살 수 있겠끔 손을 봐 두었으므로 마루야마의 오두막보다는 한결 살기에 便했다.

미네는 그곳에서 토요히라江의 提防工事의 날품팔이로 일하기 始作했다. 그것도 모토에가 周旋해 주었다.

난베야의 헛간으로 옮기고나서 얼마 後에 미네는 모토에로부터 이즈미氏가 勸農協會를 그만두었다는 이야기를 들었다. 모토에에게는 縣廳의 上級官員의 집도 몇간 단골을 가지고 있기 때문에 人事次 들린 단골집에서 그런 이야기가 모토에의 귀에 들어 왔던 것이다.

"무언가, 上級者와 큰 말싸움이 있었던것 같은데, 職場까지 그만 두게 된다면, 困難하지 않을까 모르겠어요. 우리들과 같은 아랫사람들과는 다르겠지만, 이렇게 不景氣에 말이지. 夫人께서 너무 苦生이나 하시지 않는지 모르겠네."

하고 그 女는 정말 마음이 아프다는 듯이 말했다.

모토에의 귀에 들려온 말은 事實이었다. 쓰나오는 副會長인 스스키 오오쓰께와 대판 衝突이 있었던 것이다.

쓰나오가 그곳의 主要한 포스트로 復歸하리라 믿고 있었던 北海道事業管理局은, 農商務省 內에서 萬般의 準備가 完了 되었고, 삿포로에 管理局의 出張事務所가 新設되리라는것도 決定 되었으나, 쓰나오에게는 아무런 消息도 없었다.

來年 一月初에 開局이 된다는 消息을 듣고서, 쓰나오는 가만히 앉아 기다릴 수가 없었다. 이따금씩 니시쿄에게나 야수다 사다노리에게 편지를 보냈지만 咸興差使였다.

十一月 五日에 첫눈이 내렸다.

도쿄로 돌아가려 했기 때문에, 겨울보내기에는 아무런 準備조차 하지 않았다. 참을 수가 없어서, 그날 쓰나오는 勸農協會에 出勤하자마자 스스키를 만났다.

"今始初聞일세. 난 아무것도 들은 것이 없다네."

쓰나오의 하소연을 回轉椅子에 비스듬히 앉아서, 窓밖에 내리는 눈을 바라보면서 듣고 있던 스스키가, 그대로의 姿勢로 冷情하게 말하고 있는 그 瞬間, 쓰나오는 全身의 피가 逆流하는 듯했다.

스스키가 니시쿄나 야수다에게서 무슨 말을 듣지 못했을 裡가 없다. 구로다나 니시쿄같은 大官이, 쓰나오같은 낮은 사람을 그만큼 미워한다거나 排斥하거나 한다는 것은 想像할 수가 없는 일이다. 야수다 스스키의 惡意가, 그의 官界復歸의 機會를 斷絕시켜버렸음에 틀림없다고 쓰나오는 생각했다.

"첫째, 人事問題도 이미 決定이 되었고, 只今 새삼스럽게 어쩔 수도 없는 것 아닌가."

"그렇다면 約束이 틀리지 않습니까. 저는 니시쿄閣下의 確約을 받았었고, 야수다 大書記官도 善處해 주겠다고……"

쓰나오가 顏色이 變하면서 따져 물었지만, 스스키는 그의 말이 끝나기도 전에 웃음 띤 얼굴로 고개를 저었다.

"善處라고 말했다는 거지, 자네. 大書記官은 자네의 氣分을 傷하지 않게 婉曲히 拒絕한 것이 아닌가 말일세."

쓰나오는 치밀어 오르는 激情때문에, 생각한 그대로의

말이 나오지 않았다.

스스키는 椅子의 方向을 바로 돌리고서는, 처음으로 쓰나오의 蒼白한 얼굴에 無表情한 눈길을 보냈다.

"야수다 大書記官은 溫厚한 性格이므로, 그렇게 점잖게 拒絕한 것이겠지만, 나라면 確實하게 말했을 것이네. 官의 方策에 反旗를 들거나, 上官을 脅迫하는 그러한 性格을 가진 者는, 官員으로서는 不適格者이니까 말일세. 글쎄, 이런 이야기는 이쯤에서 끝내기로 하고, 實은 나도 자네에게 用務가 있다네."

스스키는 아메리카 담배인 카메오를 꺼내어서는, 夜會服의 西洋美人의 肖像이 그려져 있는 箱子에서 가위를 꺼내어 천천히 끝을 자른 다음 불을 붙였다.

"자네는 토토노루 縣令의 付託으로 이곳에 왔기 때문에 只今껏 아뭇소리 안했지만, 자네의 勤務態度를 보고 있자면 이곳의 일에는 맞지가 않는가 보네. 마음에 맞지도 않는 일을 억지로 한다는 것은 자네에게도 不便하겠지만 이곳도 便치를 못하다네. 熱心히 일하려는 사람들은 얼마든지 있다네. 그래서 정말 未安한 이야기네만, 이쯤에서 後輩들에게 길을 열어 준다는 意味에서, 勇退해 주었으면 한다네."

"내게 배를 가르라는 말인가요."

"어떻게 생각하든 그건 자네의 自由다. 그렇지만, 자네가 希望만 한다면, 非常勤의 囑託(촉탁)으로 일해도 좋아. 그럴 境遇 給料는 只今의 半으로 줄어 들거네만."

"스스키氏, 當身은 진짜 形便없는 사람이군요. 當身네들의 當치도 않는 不正한 拂下가 沮止 當했다고해서, 그 程度로 내가 밉다는 건가요."

쓰나오는 핏발이 선 눈을 부릅뜨고서, 거칠게 冊床을 두드렸다.

"原則으로 말한다면 야수다나 當身같은 사람은 官員 以前에 自身의 行爲를 부끄럽게 여겨 옷을 벗고 몸을 도사리며 謹愼 程度는 해야 할 사람이요. 그런데도 구로다 閣下의 庇護에 숨어서 官職에 戀戀할 뿐만 아니라, 오히려 나에게 怨恨을 품고 報復를 한다. 그런데도, 當身은 옛 사무라이 出身이란 말인가."

"이즈미君. 自家撞着도 適當히 하는 게야. 拂下件이 中止된 것은 政府의 意向으로서, 자네와는 아무런 關係도 없다네. 그리고 拂下問題에는 한 点의 疑惑도 없어. 때문에 이쪽은 자네 같은 사람은 眼中에도 없어. 다만, 자네가 오오구마나 自由民權論者의 妄說에 놀아나서, 아무런 證據도 없는데도 不正이라도 있는것처럼 앞장서서 騷亂을 피운다는것, 구로다 閣下의 恩義를 짓밟는 짓이 아니고 뭐란 말인가. 그러나, 자네가 옳다고 믿고서, 구로다 閣下의 舊恩을 저버리고, 反對派에 合勢했다면, 그 信念을 지켜야하는게 道理가 아닌가. 더군다나, 自身의 몸을 지키기 위해서 閣下나 그 아랫사람들을 反對派의 올가미 속으로 끌어 들이는, 꼴사나운 흉내는 내지 말았어야 한다고 생각되는데 그렇지 않는가. 자네말을 따라 하는것은 아니지만, 그래도 사나이란 말인가, 옛 사무라이란 말인가."

쓰나오는 全身을 부르르 떨면서 일어섰지만, 너무 興奮한 나머지 말이 목에 걸려 목소리를 낼 수가 없었다.

"그는 그렇다치자구. 자네가 以前의 行爲나 不滿을 버리고 眞實하게 이곳의 일에 精誠을 쏟았다면 우리들도 자네의 官界復歸를 생각해 보려 했던 거라네. 헌데, 자네는 協會의 일을 輕蔑하고, 처음부터 끝까지 不平不滿으로 가득 찼으며, 더군다나 誠意가 없어."

스스키는 카메오의 꽁초를 재떨이에 부벼 끄고서는, 애처롭다는 듯한 눈매로 쓰나오를 바라보았다.

"자신의 마음에 드는 일을 맡은 사람은, 이 世上에 그렇게 흔한 일은 아니지. 허나, 假令 不滿이라 해도, 그것을 참고 견디면서 맡겨진 일에 全力을 쏟지 못하는 사람일수록, 어떤 일을 준다고 하더라도 結局은 不平이 앞서게 되고 보니, 아무런 도움이 되지 못하는 걸세. 그러한 人間은 마음에 맞지 않는 일마저도 잃고 마는 법이지. 自業自得인만치 하는 수 없지 않는가."

"시끄러. 當身같은 썩어빠진 俗吏의 입에서 닭살이 돋아나는 말을 들을 까닭이 없어. 當身같은 사람 밑에서 只今까지 참고 견디어 온 自身의 어리석음이 憤할 따름이야."

하고 말함과 同時에 쓰나오의 손이 卓子 위에 놓여 있는 靑銅으로 만든 文鎭을 집어 들었다. 스스키도 顔色이 變하면서 일어섰다.

"亂動을 피울텐가. 警察을 부를테다."

"불러도 좋아. 警察은 當身같은 者들의 私兵에 不過하니까."

들어 올린 쓰나오의 팔이 부르르 떨리고 있었다.

"當身들은 自身의 不正을 隱蔽시키기 爲해서 不良輩를 動員해서 사람까지 죽여 없앤다. 더군다나 權力을 濫用해서 警察을 손아귀에 넣고서, 나쁜 일을 어둠속에 파묻어 버린 채 平然하게 榮達을 向해 달리는 非人間的인 者들이다. 나수 나나로가 왜 죽었는지, 누구의 命令으로 殺害 當했는지 내가 모를 줄 아는가."

"무슨 말을 뇌까리고 있는 거야. 그런 無賴한 말이 어데 있어."

"내가 이대로 더러운 官吏들의 權力을 겁내어 물러설 줄 알았단 말인가. 한 치의 벌레에게도 5푼의 魂이 들어 있다. 이즈미를 敵으로 돌려 버렸다 이말인데, 야수다에게도, 當身들의 頭目에게도 잘 傳해 두라구."

쓰나오는 그렇게 말 하고서 壁쪽으로 눈을 돌리더니 그곳에 걸려있는 구로다의 肖像畵를 겨냥해서 온 힘을 다해서 文鎭을 던졌다. 文鎭은 肖像畵의 額子 한 귀퉁이에 맞아서 額子의 一部가 깨어져 버렸다.

그리고 나서, 스스키의 房을 나왔지만, 말려들어버린 敗北感때문에 얼굴을 들 수가 없었다.

스스키가 말 한 것을 虛心坦懷(허심탄회)하게 들어보면 一理가 있는 말이다. 스스키의 말은 그의 急所를 찔러 왔다. 그것은 自身도 알고 있다. 그러나 自身의 心情이나 行爲의 흐릿함을 反省 할 만큼의 餘裕가 그에게는 없었다.

確信하고 있었던 復官의 希望이 그들때문에 粉碎되어 버렸다는 絶望感과 怨恨이, 너무도 컸었다. 더군다나 勸農協會로부터도 追放 當해 버렸다. 農協의 一介 係長의 地位같은 거, 스스키의 말 그대로, 原來부터 그에게 있어서는 屈辱과 不滿의 씨앗에 不過했다. 버려서 아까운

椅子는 아니었다. 허나 그것마저도 빼앗겼다고 생각하니, 自身의 悲慘함이 눈이 뒤집혀 질 程度로 强하게 떠올랐다.

憤에 못 이겨, 나수 나나로의 죽음의 眞相을 까발려, 그에게 復讐를 한다는 意味에서 말했지만, 그런 것이 自身으로서 할 수 있는 일이라고는 생각하지도 않았다. 그것은 行政이나 司法을 손아귀에 쥐고 있을 때의 權力에 挑戰하는 일이기도 했다. 그런 氣魄의 十分의一이라도 있다면, 지금 이처럼 悲慘한 생각이 들지도 않았으리라고, 마음 저 아래쪽에는 알고 있다.

그런 일이 있고나서부터 쓰나오의 生活은 自己도 모르게 荒廢의 度가 깊어져만 갔다.

하루 中에 술에 醉하지 않는 때가 없었다. 가슴에 뚫려 있는 空洞을 술로서 메워 보려는 것이겠지만, 그것은 술로서 메꾸어질만큼 옅고 엷은 것이 아니었다. 허나, 醉한 狀態에서 自身을 묻어버리고, 正氣를 잃지 않고서는, 그의 自身으로서는 참고 견딜 수가 없었다.

우다꼬는 부스럼을 다루듯이 神經을 쏟고 있었고, 지로는 그와 얼굴을 마주치는 것을 避하고 있는 듯했다. 무서운 것이 뭔지도 모르는 다께꼬도, 처음에는 "왜 그래, 왜 그렇게 술만 마시는 거야" 하고, 天性 그대로 操心없이 말하기도 했지만, 그러는 사이에 슬슬 避하면서 말이 없어 졌다.

그렇게 되다보니, 쓰나오는 집안의 어둡고 숨이 막힐듯한 空氣 속에서 空然히 反發心이 울어나지 않을 수 없게 되고, 그래서 自然히 밖에서 마시는 일이 頻繁해 졌다.

야요루의 오후꾸라는 妓生과 사이가 좋아지게 된 것은, 明治 十六年이 바뀌고서 그 바로 直後였지만, 삿포로 神社의 제삿날과 農商務大輔 시나가와 미지로(品川彌次郎)가 삿포로에 오는 것과 맞물려 온 市街地가 떠들썩하고 있을때에는 벌써 쓰나오는 오후꾸를 妓生에서 그 籍을 뽑아내어서 한 칸 집을 마련하여 妾으로 들어 앉혔던 것이다.

落籍 祝賀나 披露宴 등으로, 놀고먹는 身分으로서는 어울리지 않게 비싼 돈을 마구 쓰게 되었고, 기수나리 江邊 가까이, 市議會 뒤편에 新築한 妾의 집도 작기는 하지만 좋은 材木으로 雅淡하게 지은 집이었다.

그즈음, 明治維新以來, 新政府가 代身 안고 있는 各 藩의 債務나 세이난(西南) 政變以來의 澎湃해진 不換紙幣의 整理에 쫓긴 政府는, 大藏經 마쓰호오 마사요시(松方正義)의 責任下에 强硬한 紙幣整理事業과 通貨收縮政策을 强行하고 있었고, 世上은 요 몇 년 不景氣의 第一 밑

바닥을 헤매고 있는 때인 만큼, 쓰나오의 放蕩은 사람 눈을 끌고도 남았다.

쓰나오가 本宅에 돌아오는 날은 거의 없었다. 그러는데도 妾宅에 틀어 박혀 조용히 있는 것도 아니고, 變함없이 每日같이 야요루(彌生樓)에나 도쿄암(東京庵)에 들리고 있었고, 새로이 도쿄암의 모모요시(桃吉)라는 妓生과도 뒷 所聞이 藉藉하거나 했다.

開拓使를 그만 둘 때만 해도 제법 많은 돈이 나오기는 했지만, 이와 같은 自暴自棄같은 浪費를 언제까지나 支撑해 줄 수는 없었다. 집안 經費도 두칸으로 불어나 있다.

當然, 모든 苦生은 우다꼬 한사람의 어깨를 후려치고 있었다. 男便의 不美스런 行蹟에 對한 精神的인 苦惱에 겹쳐서, 江물처럼 흘러빠지는 男便의 遊興費를 이겨내어야 했고, 두 집의 經費마져도 견디어 내지 않으면 안 되었다.

쓰나오가 집에 들르지 않기 때문에 언제나 그 女쪽에서 妾宅으로 每月 生活에 必要한 物件들을 보내고 있었다. 初正月에 大門 앞에 세우는 花盆은 勿論이거니와, 祭物이나 오후꾸의 生日에도 祝儀金을 보내는 것을 빠트리지 않았다. 그렇게 함으로써, 正夫人으로서의 體面을 維持하려 하는 点도 없지 않았다.

오후꾸의 本名은 하야다 히데(早田ひで)라 했고, 군마현(群馬縣)의 이세사키(伊勢崎)의 出身이라 했다. 검고 물끼가 듬뿍한 天眞스런 눈망울과, 모양새가 예쁜 입술에, 애기처럼 부드럽고 하얀 皮膚를 가진, 몸매가 자그마한 女人이었다.

처음에는 그 女는 우다꼬의 앞에서는 입을 열어 말도 못할 程度로 벌벌 떨었지만, 자주 만나서 낯이 익고 보니 父母에게 매달리 듯한 親密感을 보이기까지 되었다.

月末이 되면 오후꾸는 찾아가는 우다꼬를 눈이 빠지게 기다리고 있는 듯 했다. 그것은 訪問次 들리는 우다꼬도 알 수 있었다.

언제 찾아가 보아도 쓰나오가 집에 없고 前과如一 그런 行動을 하는 것을 보면, 오후꾸도 그렇게 幸福하지는 못한 것 같다. 本夫人과 妾이라는 關係로 만나지 않은 女子였다면, 親姉妹같은 愛情이 우러났을런지도 모른다는 氣分이 들었다.

그런데도, 우다꼬는 自身의 立場과 姿勢를 흐트러뜨리지 않았다.

같은 女子끼리 마음을 주고받으면서, 傷處받은 마음을 따독거려 주고 싶은 생각이 들지 않는 것은 아니지만, 우다꼬의 矜持가 그것을 容納하지 않았다.

明治 十八年의 봄이 되어서, 하꼬다데 사범학교(函館師範學校)에 하꼬다데 女學校가 新設되었다.

삿포로에는 아직 女學校가 없고, 다께꼬는 도쿄에 留學을 보내달라고, 우다꼬를 졸라 대었지만, 이미 이즈미家의 經濟狀態는 그렇게 할 수 있는 程度가 못되었다.

우다꼬는 하꼬다데에 女學校가 생겼다는 消息을 듣고, 자와기 마사나오(澤木政治)에게 相談의 便紙를 띄웠고, 다께꼬를 하꼬다데로 보내기로 했다. 자와기의 厚意로 그의 집에 付託하기로 했기 때문에 普通의 留學보다는 學費도 어느 程度는 蕩減할 수 있었지만, 그 程度로도 只今의 家庭形便으로서는 큰 決心을 必要로 했었다.

그즈음에서는 貴重한 骨董品을 骨董品商店에 팔거나, 때로는 쓰루요를 시켜 典當鋪에 보내지 않으면 안 되었다. 그러는 쓰루요에게 마저도, 몇 푼 되지도 않는 月給마저도 주지 못하는 달이 있었다.

典當鋪에서 나오는 쓰루요를, 偶然히 보게 된 모토에가 찾아와서,

"典當鋪에 드나드는 심부름만큼은 시키지 않을 수 없겠는지요. 그애도 벌써 열일곱 살이 넘었고, 그 나이 때의 계집애들은 그런곳을 드나드는 것은 부끄러운 심부름일 테니까요."

하고, 恭遜하게 말씀을 드렸다고는 하지만, 그것은 一種의 抗議라고도 볼 수 있겠다.

모토에의 말을 듣지 않더라도 쓰루요에게 그런 심부름을 시키지 않으면 안 되게 된 것에 對해서, 얼마만큼이나 劣等感을 느꼈는지 몰랐다. 武士의 집에서 태어나, 官員의 夫人으로 살아온 우다꼬의 矜持에서 본다면, 使用人에게 집안의 窮狀이 알려지게 된 것만으로도, 屈辱感으로 뼈마디가 쑤시는 듯한 아픔이었다.

쓰루요의 身元保證人이기는 하지만, 기껏해서 出入하는 商人의 女主人에게서 抗議 비슷한 말을 들은 것도 우다꼬에 있어서는 意外의 일이었다. 以前에만해도 嚴然한 上下의 距離感이 이즈미家의 沒落과 함께 사라져 가는데 對하여, 모토에는 그렇게까지는 생각하지도 않았는데도, 우다꼬에게는 견디기 힘든 苦痛이기도 했다.

그런데도 不拘하고 그 女는 典當鋪에 드나드는 勇氣가 도무지 나지 않았다. 마음을 다잡아먹고서 보따리를 안고 집을 나서기는 했지만, 途中에서 발이 멈춰지고 마는 것이다.

쓰루요는 아무렇지도 않게 여겼다. 그 周邊의 商店에 物件을 사러 갈 때와 조금도 다름이 없었다. 典當鋪의 主人이나 書記와도 얼른 親해지기까지 했다.

작은 몸이기는 했지만, 쓰루요의 純眞함은 거리를 걸어가더라도 사람의 눈을 끌었다.
　그렇지만 쓰루요는 全然 變함이 없다. 그 女는 自身이 나이가 든 것에 對하여 마음을 쓰지 않는 것처럼 보였다. 매달의 月給마져도 다달이 받지 못하는 形便에, 더군다나 철이 바뀌어도 옷하나 제대로 바꿔 입지를 못하고, 몸 治粧은 언제보아도 옷차림이 초라하게 보였어도, 쓰루요는 조금도 介意치 않았고, 더군다나, 어떻게 보면 苦生을 모르는 것처럼 보였다.
　오고 가는 길에 젊은 男子들이 슬쩍 스쳐 지나가며 놀리는 奇聲을 지르거나, 野卑한 弄談을 듣는 일이 있어도, 쓰루요는 눈을 치켜뜨고 相對를 노려본다. 때로는 火가 나서 相對를 한바탕 對해 주기도 한다. 같은 나이또래의 여느 아가씨들처럼 얼굴을 붉히고 逃亡치거나 하는 일이 없다.
　"아아니, 그렇게 예쁜 얼굴을 하고서도, 언제보아도 선머슴아 같다니까, 쓰루짱은. 이따끔씩은 色끼를 흘려도 좋은 나이 인데도 말이야."
　하고, 그 女가 자주 들리는 典當鋪 主人이 웃을 程度였다.
　그럴 때에는 쓰루요는 恒常 머리를 좌우로 갈라 고리

를 지어 뒤꼭지에 붙이고 귀밑 部分을 부풀리어 빗어 내린 머리를 톡톡 치면서 혀를 낼름 내어 보인다. 어릴 때부터의 버릇이다. 그러나 그러한 어린 애 같은 모습에 어울리지 않게, 心地만은 틀림없었다.

"너도 이젠 시집도 가야 할 나이거니와, 給料도 받지 못하는 形便에, 典當鋪만 어제나 들랑거리고 있어서야, 어쩔 수 없는 것 아니겠냐. 벌써, 四年이나 일 해 주었는데도, 이즈미氏는 義理도 지킬 줄 모르고, 그러니까 이쯤에서 그만 두는게 어떻겠냐."

하고 모토에가 勸해봐도, 쓰루요는 웃으면서 고개를 절레절레 흔들 뿐 들으려고도 안했다.

"以前처럼 모든 것이 圓滿 할 때라면 모르겠으나, 只今 제가 그만 두게 된다면, 主人마님이 어떤 苦楚를 겪을지 모르는 거예요."

"그거야, 쓰루짱의 氣分은 能히 알고도 남지만, 너도 말이다, 언제까지나 그냥 일만 해 줄 수는 없는 것 아니겠냐. 使用人에게 滿足스런 月給마져도 주지 못하는 주제에 主人任은 妾을 거두어들이지 않나 찻집 出入이나 한대서야, 말이다. 너만이 義理를 지켜봤댔자 別볼 일 없다는 생각이 들어서 말이다."

"主人任께서도 조만간에 눈을 뜨리라 생각해요. 그때

石狩平野 ▪ 上　359

까지 만이라도 그만 둘 생각은 없어요."

그런 말을 듣고서는 모토에도 自身의 主張만을 내 세울 수가 없게 되었다.

逆境에 빠져있는 이즈미家를 돌보지 않고 버릴 수는 없다는 쓰루요의 氣分에는 거짓이 없었다. 只今까지에는, 쓰루요는 이즈미家에서는 없어서는 안 될 存在인 것이다.

우다꼬는 使用人을 指示 할 수는 있지만, 태어나서부터 自身 스스로 부엌에 서서, 부엌일을 손수 해 본 적이 없었다. 그러한 環境속에서 자라온 女人이었다. 지금 쓰루요가 그만 두고 가버린다면, 그날부터 이즈미家의 技能은 混亂스럽고 窒息해 버릴게 틀림없는 일이다.

그러나 쓰루요가 이즈미家를 떠날 수 없는 것은 그것만이 唯一한 理由가 아니었다. 反對로, 지로의 곁을 떠나고 싶지 않다는 氣分이 더한 理由인지도 모르겠다.

지로는 豫備科를 卒業하고 本科 一學年이 되었다. 사람들에게는 秘密로 결코 들추어내어 보이지 않는 쓰루요의 마음 깊숙히에는, 지로는 언제나 활활 타오르는 사랑의 追憶으로 차곡차곡 숨 쉬고 있었다.

지로 쪽에서 쓰루요를 어떻게 생각하고 있는지는 모르겠으나, 지로 앞에서만은 그 女 本來의 自由奔放스런 마음의 自由를 잃고 마는 것이다. 숨이 막혀오고, 몸 둘 바를 모른 채 허둥대고 만다. 靑年과 같은 부리부리한 눈매, 面刀를 하고난 뒤의 푸르스름한 面刀 자국, 널찍한 어깨하며, 모든 것이 눈이 부실 程度였고, 그의 발자국 소리만 들어도 가슴이 두근거릴 程度였다.

지로도 完全히 處女가 다 된 그 女를 意識해서 그러는지, 그렇게 말 相對를 하지 않았다. 어쩌다 말 할 機會가 있어도 갑자기 唐慌하고 안절부절 못하는 생각이 서로의 가슴속을 混亂스럽게 만들어버려서 오랫동안 서로 마주 對할 수가 없었다.

그러나 쓰루요는 幸福했다. 自然스럽게 이야기를 나눌 수가 없어도, 學校에 登校해서 모습이 모이지 않아도, 지로와 하나의 지붕 아래에서 자고 먹고 生活하는것 만으로도 그 女의 가슴은 幸福으로 꽉 차 있는 것이다.

모든 家事는 勿論이거니와, 장작패기, 庭園樹 손질에 지붕이나 담벼락의 손질이나 修繕까지, 男子가 하는 일까지도 全部 自身의 손으로 해야 하고, 더군다나 窮乏해진 家計를 꾸려 나가야 했고, 그런데도 月給마져도 滿足하게 받지를 못한다면, 모토에가 아니라 어느 누구의 눈에도 바보스럽고 괴로운 남의집살이로밖에 보이지 않겠지만, 쓰루요에게만은 그러한 나날도 薔薇빛 世界였다.

原來부터 苦生을 마음에 두지 않는 性質이기는 했지만, 그것은 아마도 지로 때문이 아닌지 모르겠다.
 그 女에 있어서는 지로는 太陽과 같은 存在였다. 겉보기에는 아무리 어두운 環境에 處해 있어도, 지로가 그곳에 있는 限, 그곳보다 밝고 아름다운 世界는, 쓰루요에게는 없었다.
 다께꼬가 하꼬다데로 出發하는 四, 五日前부터 지로는 感氣에 걸려서 자리에 누웠다. 가벼운 肺炎氣마져 있었다. 쓰루요는 看病에 精神이 없었다. 우다꼬가 좋잖은 얼굴로 보지 않는다면, 한시라도 그의 베갯머리를 떠나고 싶지 않았다. 우다꼬는 分明하게, 두 사람의 過度한 接近을 警戒하는 눈초리였다.
 그것은 쓰루요도 뼈가 저리도록 잘 알고 있었고, 너무 뻔질나게 病室을 드나들어서는 안 된다고, 自身을 나무라기도 하였지만, 걱정이 되어서 다른 일은 손에 잡히지 않았다. 그 女는 처음으로 우다꼬의 눈을 훔치는 것을 배웠다.
 "바쁘지. 난 괜찮으니까, 여기 있지 않아도 돼."
 지로는 얼굴에 물수건을 갈고 있는 쓰루요에게, 熱때문에 발갛게 된 눈을 들어, 꾸지람하듯 말했지만, 그 목소리는 病에 지쳐서만이 아닌 낮은 목소리였다. 그도 우다꼬의 마음을 읽고 있었기 때문이다.

"괜찮아요. 마님은 지금 沐浴中이시니까요."

하고 쓰루요는 對答했다.

우다꼬의 눈을 훔치고 있다는 생각이, 無意識中에 말로 表現되었다는 것을 그 女는 알아 차리지 못했다. 지로는 잠자코 있다. 그것이 두 사람만의 密室을 만드는 것이다.

"옮는다니까."

지로의 뺨에 弱하디 弱한 微笑가 흐른다.

"걱정 말아요. 난요, 도련님처럼 弱한 벌레는 아니거든요."

하고 쓰루요가 말했다. 事實은, 옮아와도 좋아요, 하고 말하고 싶었다.

지로가 하꼬다데(函館)까지 데리고 가게 되어 있었으나 그날이 되어서도 자리에서 일어날 수가 없었기 때문에 代身에 쓰루요가 오타루(小樽)까지 같이 가기로 했다. 지로도 熱이 내리고 나아가고 있었고, 태어나서 처음으로 汽車를 타기 때문에 가슴이 두근두근 벅차올랐다.

우다꼬는 진짜 괴로운 듯했다. 자와기氏 宅에서 生活하는 마음가짐이나 旅行할 때의 자질구레한 注意등을 싫증이 날 程度로 몇 번이고 일러주며 玄關까지 따라나와서,

"저기 작은집에 들려 아버지께 人事를 드리고 가야한

다."

하고 말 할 때에는, 그렇게 感情을 보이지 않는 우다꼬의 눈이 젖어 왔다. 딸애가 出發하는 날을 알고 있으면서도, 妾宅에서 꼼짝도 하지 않는 男便의 하는 짓이 怨望스럽기도 했던 것이다.

"싫어요. 妾의 집에 뭣 하러 들려요. 於此彼 여름放學에 올 테니까 그때에 人事드려도 돼요."

하고 다께꼬는 들으려고도 안했다.

처음으로 父母의 곁을 떠나 머나먼 未知의 땅에서 혼자 살아가야만 하는데도, 그 女에게는 感傷도 不安도 없는 것처럼 보였다.

길게 내리뜨린 머리를 커다란 리본으로 묶고, 화살깃 무늬의 올이 가는 비단에 검붉은 色의 소데를 걸친 그 女는, 完全한 한 사람의 女學生으로 보였다. 그 女 自身도, 自身의 女學生 姿態가 마음에 드는듯, 氣分이 좋아 보인다.

쓰루요는 旅行用 꾸러미를 걸치고 보따리를 들고서, 다께꼬의 뒤를 따랐다. 軟粉紅色의 커다란 리본이, 그 女의 눈에도 예쁘게 보였다.

汽車는 二等席이었다.

다께꼬는 一等席이 아니면 싫다고 떼를 썼지만, 官員으

로서도 相當한 身分이 아니면 탈 수가 없는 것이라고 우다꼬가 달랬기 때문에 겨우 배(舟)는 一等席으로 하기로 하고 끝냈던 것이다.

쓰루요는 窓밖의 恍惚한 雪景에 눈을 빼앗겼다. 아무런 變化도 없는 눈 익은 風景이었지만, 그것이 빠른 速度로 移動하기 때문에 新鮮한 感動을 주었다.

다께꼬도 暫時間 窓밖에 눈을 던지고 있다가 얼른 고개를 돌리고, 쓰루요에게서 보따리속의 菓子를 꺼내어 달래서 먹기 始作했다.

"쓰루. 오후꾸라는 女子, 어떤 사람."

쓰루요는 車窓에서 다께꼬에게로 視線을 돌렸지만, 景致에 온 精神을 빼앗겨 있었기 때문에 묻는 말의 意味를 얼른 알아차리지 못했다.

"예쁘니?"

"네, 예쁜 사람이에요."

"우리 집 사마귀와는 比較도 되지 않겠네."

"사마귀란 누굴 두고 하는 말인가요."

"우리 엄마지. 사마귀와 꼭 닮았거든. 弱하면서도 언제나 沈着해 있는 모습이고, 목을 길게 늘어뜨려서 周圍를 엿보고 있는 것 같고, 빼빼 말라서 귀여운 곳이라고는 한군데도 없잖아."

쓰루요는 다께꼬를 바라보면서 어떻게 對答해야 좋을지 몰랐다.

"아버지도 잘못하시는 것이지만, 엄마도 잘못 하시는 거야. 내가 보더라도, 魅力이라곤 쬐끔도 없거든."

다께꼬는 몇 개째의 엿 菓子를 입속에 넣은 채, 親舊들의 險談이라도 하는듯한 語調였다.

"난 말이야, 엄마 같은 女子는 되지 않을 거야. 훨씬 豪華롭게, 훨씬 自由롭게, 男子라는 사람들이 모두 내게 홀려 빠져버리지 않으면 안 돼. 너는 어때?"

"저는 요. 主人任께서 잘못이라고 생각해요. 主人마님은 좋은 分이세요. 너무 애처로워요."

쓰루요는 正直하게 對答했다. 다께꼬의 말하는 品이 不公平하게 들렸기 때문에 若干 心術이 났었다.

"그런 말이 아니고, 너는 어떤 女子가 되고 싶냐고 물었다니까. 나는 내 自身이 생각하는 대로, 내가 좋아하는 대로 살아 갈 거야. 얽매인다던지, 命令대로 살아가는 것은 너무 싫어. 엄마는 아버지가 있어서 어머니겠지. 그래서 안 된다는 거야."

"허지만 女子란 모두 그런 거 아닌가요. 그런 것이 女子라는 거 아닌가요."

쓰루요는 미네의 모습을 떠올려 보았다.

"헤에, 그래. 그럼, 넌 우리 엄마처럼 사는 게 좋다 이 말이지."

다께꼬는 소매속에서 손수건을 꺼내어, 倨慢스런 動作으로 입가의 엿을 씻어낸다.

"먹어."

하고, 대나무껍질로 싼 꾸러미를 쓰루요의 무릎 위로 밀어 놓는다.

"무엇이든 書房任의 말대로 움직이고, 일하는 애들에게 慰安을 받는 그런 사람이 되고 싶다 이거지. 그런거 틀린 말이야. 너는 결코 그런 女子로는 되지 않으리라 생각해. 그래서 난, 네가 좋다는 거란다. 넌 우리 엄마 같은 사람이 아니야. 魅力이 있단 말이야."

"그런 거 없어요. 아가씨와는 달라요."

쓰루요가 무뚝뚝한 어조로 말하자, 다께꼬는 장난기 섞인 눈을 빙글빙글 굴리면서 웃었다.

"너, 구와쓰치氏 좋아해?"

"구와쓰치氏란…… 도련님의 親舊인 구와쓰치氏 말인가요."

"그럼. 나 말이야, 요전번에 구와쓰치氏가 집에서 오빠에게 말하는 거, 엿들었지 뭐니. 너가 좋다고 하던 걸."

쓰루요는 나쁜 짓을 하다가 들킨 것처럼 顔色이 빨개졌

다. 눈을 어디에 둬야 하는지도 마땅찮았다. 부끄럽다기보다, 그런 말을 지로의 귀에다 흘린 구와쓰지에게 火가 났다. 지로가 어떻게 생각했는지 不安스럽기까지 했다.

　지로가 뭐라 對答했는지 알고 싶어서 견딜 수가 없었다. 그런 생각을 참고 견디기 위해서 쓰루요는 窓밖을 흘러가는 雪原의 景致에 눈을 돌렸다.

　"너 말이다, 구와쓰지氏에게 시집가도 좋다고 생각하니?"

　"……."

　"나라면 가지 않아. 그 사람, 되게 재미없는 사람이거든. 도무지 무엇을 생각하고 있는지 알 수가 없단 말이야. 너는 그렇게 생각 않니. 난, 알고 있어."

　"무엇을 말인가요."

　"너, 오빠를 좋아하고 있지."

　쓰루요는 귀밑까지 빨개지다가, 그리고선 새파랗게 되어버릴 程度였다.

　"그것 봐, 맞지."

　다께꼬는 쓰루요의 얼굴을 드려다 보고선, 몸을 뒤로 젖히면서 소리를 내어 웃었다.

　"난 말이야, 벌써 以前부터 알고 있었걸랑. 萬一 네가 오빠랑 結婚하게 된다면 재미 있을 거야. 어쩌면, 내가

應援해 줄런지도 몰라."

다께꼬는 말 그대로 재미있어 했다. 그리고 그것은 쓰루요의 생각이 넘을 수 없는 身分의 差異에 依해서, 거의 完全하게 沮止 當하고 있는데에 起因하고 있는 것이, 그 女의 語調에서 分明히 들어나 보였다.

부엌데기가 主人집의 子息에게 마음을 기울인다. 他人의 倉庫에 起居하면서, 土木工事의 人夫로 나가고 있는 어머니를 가진, 小學校 문턱에 조차도 가보지 못한 下層移民의 계집애가, 사무라이 집안으로서 舊官員의 집안에서 태어난, 農學校의 學生을 戀慕한다. 그런 身分도 모르는 뻔뻔스러움이 다께꼬를 興味롭게 만든다고 생각하니, 쓰루요는 얼굴을 들 수가 없었다.

"오빠도 쓰루요를 좋아하고 있는지 몰라."

다께꼬는 쓰루요의 얼굴에 나타나는 反應을 살펴보면서 즐기고 있는 듯이 보였다.

"허지만, 그렇게 된다면, 우리 아버지나 어머니에게는 大事件이네. 怒發大發일테니까. 그것을 어떻게 突破하느냐가 問題ㄴ데."

갑자기 쓰루요는 얼굴을 들고 다께꼬를 바라보았다. 다께꼬의 눈 속에, 自身의 視線을 쏟아 넣는 그러한 눈이었다.

"도련님은 좋은 分이세요. 저요, 도련님을 좋아해요."

야물 찬 생각이 그 목소리 속에 있었다.

"그러나, 아가씨가 말씀하신 그러한 일은 생각해 본 일도 없어요. 도련님도 아무것도 모르세요. 나요, 나 혼자만이 아무도 모르게 좋아한다고 생각할 따름이에요. 정말로, 그것뿐이에요."

"헤에, 허지만, 그것만으로 足할까."

"그것만으로 充分해요. 付託드리지만 이젠 더 以上 그런 이야기 그만해 주세요."

"그렇다면, 너무 시시한 거 아냐. 난 네가 어떻게 해서 頑固한 反對와 싸울 것인가가 興味롭단 말이야. 그건 一大 冒險이거든."

다께꼬가 不滿스런 語調로 투덜대고 있었지만, 쓰루요는 車窓밖으로 눈을 던진 채, 더 以上 應對하려고도 안했다. 車窓의 한쪽켠으로 아직도 겨울色을 띄고 있는 바다가 보이기 始作했다.

데미야(手宮)에 到着한것은 正午쯤이었다.

한 時에 出港하는 미쓰비시商會의 定期旅客船에 오르는 다께꼬를, 棧橋까지 餞送했다. 棧橋는 擴張工事가 完工되어서, 四年前 쓰루요가 떡을 팔며 뛰어 다니고 있었을 때와는 몰라볼 程度로 넓었고, 設備도 完璧했다.

"쓰루, 힘 내어야 해."

다께꼬는 甲板 위에서 손을 흔들면서, 男子처럼 큰 목소리를 지르고는, 그대로 뒤도 돌아보지 않고 船內로 사라져 버렸다.

쓰루요는 배가 棧橋에서 멀어질 때까지 목도리의 깃을 세우고 살갗을 파고드는 海風속에 서 있었다.

마음의 密室속으로 辭讓없이 들어와 짓밟혀버린 無慘한 뒷맛은 漸漸 사라져 갔다. 다께꼬의 關心은 無責任한 興味에는 틀림없으나, 그렇다고 惡意는 아니라는 생각이 들었다.

다께꼬는 別種나기도 하고, 나이에 比해서 若干 早熟하기는 해도, 그렇게 心術이 나쁘지는 않다고, 쓰루요는 생각했다. 그 女는 쓰루요의 지로에 對한 戀慕의 情이 環境의 差異라고 하는 壁에 부딪쳐 어떻게 헤쳐 나갈 것인가, 그런 結果에 小說的인 興味를 불러 일으키는 것에 지나지 않을지 모르겠다.

쓰루요는 지로가 너무나 좋았다. 그런 생각은 날이 갈수록 더해만 갔고, 요즈음에 와서는 지로 일 만으로도 가슴이 뿌듯했다. 그런데도, 지로와 맺어진다는 것에 對해서는 생각 해 본 일도 없었다. 더군다나 身分의 差異를 障碍라고 意識해 본 일도 없었다. 그런 것은 생각할 必要

도 없을 程度로 처음부터 斷念하고 있었던 것이다.

그런데도, 다께꼬로부터 確實하게 指摘을 當하고 보니 自身의 慕情이 歸着되는 結果에 눈을 돌려보지 않으면 안되었다. 그곳에는 苦痛으로 꽉 차버린, 캄캄한 現實 뿐이었다. 只今까지는 그것을 認識하는 것을 겁내어, 꿈과 같은 慕情속에서만 헤매고 있었던 것이 아닌가 하고 생각되는 것이다.

쓰루요는 목도리 깃에 얼굴을 파묻고, 棧橋를 떠났다. 세 時에 떠나는 삿포로行 汽車를 타기까지에는 아직 若干 時間이 남았다. 그 女는 아직도 눈이 쌓여 있는 거리를 걷기 始作하고보니 발은 自然스럽게 제멋대로 노부카町을 向하고 있었다.

四年前의 大火災의 痕迹이 아직도 여기저기 눈을 뒤집어 쓴 채 빈터로 남아있다. 예전에 오타루의 繁榮의 中心地였던 그 周邊은 火災를 境界로 하여 凋落(조락)의 조짐을 보여주고 있는듯 했다. 쓰루요들이 살고 있었던 작은 집의 周邊도 그물을 널어 말리는 場所로 變해 있었다.

精神을 차리고 보니까 쓰루요는 언제인지도 모르게 사카이町을 지나서 오코파치江에 걸쳐있는 다리 欄干에 서 있었다.

그곳은 그 女가 지로가 타고 있는 汽車를 기다리고 있

던 場所였다. 季節도 바로 只今쯤으로서, 비가 내리고 있었다. 떡꾸러미를 흔들면서 汽車를 따라 달렸었다. 그때의 그 瞬間이, 어제 일처럼 生生하게 가슴속에 퍼져온다. 누덕누덕 기운 걸레 같은 옷을 입고, 우비를 둘러 쓰고 있는 먼지투성이의 꼬마 계집애였다. 그것도 한 뭉치의 떡꾸러미이지만 自身의 厚意를 傳하고 싶어서 精神없이 汽車를 쫓고 있었다. 떡은 그때까지에는 한입도 먹어보지 못했던 貴重한 物件이었지만 少書記官의 아들에게는 보잘것없는 하찮은 菓子로밖에 여겨지지 않았을 것이고, 그 女의 厚意도 그 떡처럼 보잘것 없었는지도 모르는 것이었다.

只今의 쓰루요는 맨발이 아니었다. 배를 곯고 있는 먼지투성이의 꼬마 계집애도 아니었다. 그러나 지로와 그 女가 서있는 位置는, 조금도 달라지지 않았다. 두 사람 사이에는 그때와 마찬가지로 두터운 壁이 가로막고 있는 것이다. 하나의 지붕밑에서 살고 있으면서도, 살고 있는 世界가 다를 뿐이었다.

다께꼬는 지로도 쓰루요를 좋아하고 있다고 말했다. 그러나 그런 일이 있을 수 있는 일일까. 그것은 있을 수도 없는 일이다. 있어서는 안 될 무서운 일처럼 느껴지기도 했다. 그런 緣由로 해서, 쓰루요는 숨이 막힐 程度로 가슴이 저려 오는 것이다.

　쓰루요는 다리 저쪽으로 緩慢한 커-브를 그리고 있는 路線 끝에 눈길을 던지고선 가슴속에 맺혀 있는 것을 밀어내어 버리듯 커다란 歎息을 吐했다.

　삿포로로 되돌아 온것은 여섯 時가 조금 지난 時刻이었다. 周圍는 벌써 땅거미가 짙어가고 있었다.
　쓰루요는 바쁜 걸음으로 改札口를 빠져 나가려다가, 그곳에 웃으면서 서있는 모토에의 모습을 보고 눈을 휘둥그레 떴다.
　"아줌마, 누구 손님?"
　汽車는 午前과 午後 二便밖에 없다. 오타루行 마지막 汽車는 벌써 떠나버렸고, 到着列車도 쓰루요가 타고 온 것이 마지막이기 때문에, 손님을 기다리고 있다고 생각했지만, 모토에는 목도리 속에서 하얀 이를 드러내어 보이면서 고개를 젓는다.
　"너를 기다리고 있었단다."
　"저를, 말입니까?"
　"지금 이즈미氏 宅에 들렸다가 돌아가는 길인데, 너가 따님의 餞送次 오타루에 갔다는 말을 듣고 만나보고 싶어서다. 그래서 기다리고 있었단다."

"무슨 急한 일이라도 생겼나요."
"急한 일은 아니지만, 이야기할 게 있어서."
모토에는 그렇게 말하고선 停車場을 나와서 近處의 소바(메밀국수)집의 二層으로 쓰루요를 데리고 갔다.
"쓰루짱, 몇번이고 말했지만, 이 程度로 하고, 이즈미家를 그만 두는 것이 좋다고 생각된다만."
송이메밀국수를 두그릇 注文하고서, 少女가 아랫層으로 내려가자 모토에는 기다리고 있었다는 듯이 卓子 위에 놓여 있는 램프 불빛 속으로 얼굴을 내어 밀었다.
쓰루요는 唐慌한 나머지 卓子 위에 視線을 떨군 채 말없이 가만히 있었다.
"너도 이젠 열일곱 살이다. 조금이나마 너의 일도 좀 생각해 보거라. 미네氏도 말이다, 마흔 둘인데 아직도 일하지 못할 나이는 아니지만, 언제까지 거칠은 男子들 틈에서 날품팔이를 하게 둔다는 것도 애처롭고 말이다."
"네에……. 그것에 對해서는 마음에 걸리고 있긴 하지만……."
"그렇지. 쓰루짱의 義理 强한 氣分은 感心할 따름이지만, 只今이 생각을 해 볼 때가 아닌지 몰라."
모토에는 허리춤에서 羊皮의 쌈지를 꺼내어 은으로 만든 곰방대에 담배를 채우면서 自身의 말에 스스로 고개를 끄덕여 보였다.

"實은 말이다, 지금 가끼무라 신죠(柿村信藏)氏라는 사람이 다누끼(狸)街에 綜合商街를 세우고 있는데 다음달에 開店을 한다는구나."

"綜合商街를요?"

"말하자면, 여러 種類의 店鋪를, 하나의 建物 안에 모은다는 거다. 그곳에 가면 웬만한 物件을 다 살 수 있으니까 便利한 것은 말 할 것도 없고, 評判도 좋아서 어느 店鋪건 間에 다함께 繁昌하리라는 것은 틀림없단다. 우리도 램프店을 開店하기로 決定했단다."

"헤에, 그럼, 商店이 두 곳으로 불어난다는 거네요."

"그런 셈이지. 그래서 말인데, 쓰루짱만 좋다면, 미네氏와 함께 그곳에 살면서 商店을 보아 주었으면 하고 생각 한단다."

"저는 안 돼요. 장사에 對해서는 아무것도 아는 게 없잖아요."

"그런 것쯤은 今方 배우게 된단다. 그럴 마음만 있다면 말이다."

그때에 注文한 食事가 내어져 왔기 때문에, 모토에는 이야기를 멈추고,

"자아, 따뜻할 때에 먹자구나."

하고, 뚜껑을 열었다.

쓰루요는 젓가락 통에서 색이 벗겨진 수저를 꺼내었지만, 暫時 동안, 그 젓가락 끝에 視線을 떨구고 있다가,

"그런 이야기, 主人마님에게 하셨나요."

하고 물었다.

"이야기는 一旦해 두었지만,"

모토에는 국수를 입으로 가져가면서 曖昧한 微笑를 띠웠다.

"그러니까 主人마님은 뭐라고 말씀하시던가요."

"그야, 그 집은 지금 쓰루요를 내어보낼 만한 立場에 處해 있지 못하기 때문에, 確實한 對答을 듣지 못했지만······."

모토에는 말끝을 흐렸지만, 暫間동안, 무언가 생각하는 듯한 모습이었으나, 드디어 眞心어린 表情으로 곧바로 쓰루요를 바라보았다.

"쓰루짱, 내가 그 집을 그만 두는 게 좋다고 한 것은 損益을 따져서 그러는 게 아니란다. 主人마님은 自身이 困難하기 때문에 너를 보내고 싶지 않겠지만, 그렇지 않았다면, 저쪽에서 너를 내어 보낼 處地였단 말이다. 그와 같은 武家집에서 자라온 지체 높은 家庭이라는 것은, 그런 点에서는 自己本位로서 冷情하기 짝이 없단다."

"전 아무것도 모를뿐더러 아무런 도움도 드리지 못할 것 같고…. 허지만, 亦是 只今은 그만 둘 處地가 못될 것 같이 생각되네요. 저쪽에서 그만 두라고 한다면 모르겠지만……."

"이봐, 쓰루짱…."

모토에는 젓가락으로 그릇 한가운데를 찌르는 듯하면서, 視線을 내리뜨리고, 조용하고 차분한 語調로 말했다.

"이런 말을 한다는 게 뭣하지만, 네가 괴로워할 일이 일어날런지도 모른단다. 더 以上 그 집에 살고 있으면……."

쓰루요는 고개를 들었다. 그 말의 意味가. 불꽃처럼 그女의 가슴을 태우면서 내달린다.

모토에는 只今 지로의 일을 말하고 있는 것이다. 우다꼬가 모토에에게 어떤 이야기를 했는지 모르겠지만, 우다꼬가 지로와 쓰루요 사이를 疑心하고, 警戒하고 있다는 것을 모토에가 눈치 채고 있는 것이 分明하다. 쓰루요가 없더라도 困難하지만 않다면, 바로 只今이라도 그 女를 지로의 周圍로부터 떼어 놓고 싶은 마음이 우다꼬의 眞心이라고, 모토에로 하여금 判斷 하도록 하는 点이 없지 않았다.

"女子라는 것은 쓸쓸한 것이란다. 너도 지금쯤, 뼈저리게 그것을 알겠지……."

쓰루요는 무릎위에 주먹을 꼭 쥐고 깊숙이 고개를 떨구고 있은 채, 그 말을 듣고 있다. 국수그릇에서 피어오르는 김이 얼굴을 휘감아서인지, 눈언저리가 稀微하게 變한다.

"女子의 一生이란, 結局 참고 견딜 수밖에 없는 것이란다. 諦念할 수밖에 없는 것은 하루빨리 諦念하는 거다. 그렇게 하지 못한다면, 괴로워서, 괴로워서 죽고 싶을 心情 뿐이니까. 綜合商街 일은 오늘 내일 決定될 일이 아니니까, 잘 생각해 보려무나."

하고 모토에는 말했다. 自身의 가슴속의, 무언가의 記憶에다 이야기를 걸고 있는 듯한 語調였다.

【上卷 · 終】

附 錄

【漢字工夫】

- 1 -

【船】배 선	【艙】갑판밑 창	【棧】사다리 잔	【橋】다리 교
【蒸】찔 증	【旗】기 기	【傳】전할 전	【波】물결 파
【濤】큰물결도	【周】두루 주	【邊】갓 변	【運】운수 운
【開】열 개	【通】통할 통	【狹】좁을 협	【擴】넓힐 확
【張】베풀 장	【事】일 사	【急】급할 급	【速】빠를 속
【埠】선창 부	【頭】머리 두	【混】흐릴 혼	【雜】섞일 잡
【迎】맞을 영	【客】손 객	【向】향할 향	【臨】임할 림
【設】베풀 설	【置】둘 치	【假】거짓 가	【板】널 판
【拓】열 척	【使】하여금사	【廳】관청 청	【帽】모자 모
【官】벼슬 관	【郡】고을 군	【守】지킬 수	【警】경계할 경
【察】살필 찰	【署】쓸 서	【等】무리 등	【裝】꾸밀 장
【驛】역말 역	【貨】재물 화	【物】물건 물	【取】가질 취
【扱】거두어가질 흡(급)	【所】바 소	【帳】장막 장	【簿】문서 부
【附】붙일 부	【屬】붙일 속	【感】느낄 감	【鈍】둔할 둔
【濁】흐릴 탁	【汽】물끓는김 기	【笛】피리 적	【港】항구 항
【餘】남을 여	【韻】운 운	【體】몸 체	【騷】소동할 소
【亂】어지러울 난	【始】비로소 시	【作】지을 작	【場】마당 장

【埋】묻을 매　　【搬】운반할 반　　【危】위태할 위　　【險】위험 험
【注】물댈 주　　【意】뜻 의　　　　【微】작을 미　　　【笑】웃을 소
【勢】권세 세　　【對】대답할대　　【歡】기뻐할 환　　【便】편할 편
【安】편안 안　　【收】걷을 수　　　【聞】들을 문　　　【旅】나그네 여
【列】베풀 렬　　【移】옮길 이　　　【徙】옮길 사　　　【荷】연꽃 하
【役】부릴 역　　【豊】풍년 풍　　　【足】다리 족　　　【神】귀신 신
【奇】기이할 기　【引】이끌 인　　　【導】인도할 도　　【域】지경 역
【洋】물 양　　　【服】입을 복　　　【吏】관리 이　　　【紳】큰띠 신
【書】글 서　　　【職】벼슬 직　　　【鄭】정나라 정　　【重】무거울 중
【程】걸상 정　　【度】법도 도　　　【銳】날샐 예　　　【漸】점점 점
【利】이할 리　　【强】힘쓸 강　　　【拒】막을 거　　　【印】인 인
【象】코끼리 상　【必】반듯 필　　　【要】구할 요　　　【息】숨쉴 식
【到】이을 도　　【着】부딛칠 착　　【動】움직일 동　　【味】맛 미
【撥】다스릴 발　【刺】찌를 자　　　【戟】창 극　　　　【實】열매 실
【賴】힘입을 뇌　【爲】하 위　　　　【精】가릴 정　　　【色】빛 색
【射】쏠 사　　　【的】밝을 적　　　【妻】아내 처　　　【皮】가죽 피
【膚】피부 부　　【確】확실 확　　　【瞬】눈깜작일 순　【間】사이 간
【視】볼 시　　　【線】실 선　　　　【識】알 식　　　　【隱】숨을 은
【經】글 경　　　【驗】증험할 험　　【情】뜻 정　　　　【只】다만 지
【今】이제 금　　【兩】둘 량　　　　【親】친할 친　　　【族】가족 족
【部】나눌 부　　【接】연할 접　　　【逃】달아날 도　　【妙】묘할 묘

【表】겉 표　【弱】약할 약　【歲】햇 세　【甚】심할 심
【勞】수고로울 로　【變】변할 변　【敏】민첩할 민　【捷】이길 첩
【故】연고 고　【鄕】시골 향　【村】마을 촌　【農】농사 농
【祖】조상 조　【領】거느릴 영　【管】대롱 관　【勿】말 물
【論】의논 논　【腹】배 복　【形】형상 형　【式】법 식
【亦】또 역　【是】이 시　【繼】이을 계　【續】이을 속
【裡】옷속 이(리)　【落】떨어질 낙　【配】짝 배　【層】층층대 층
【萎】이을 위　【縮】쭈구러질 축　【性】성품 성　【質】질박할 질
【他】다를 타　【滿】찰 만　【解】풀 해　【過】지날 과
【發】필 발　【乘】오를 승　【往】옛 왕　【復】돌아올 복
【避】피할 피　【普】넓을 보　【整】정제할 정　【記】기록 기
【幕】장막 막　【府】마을 부　【繁】성할 번　【昌】창성 창
【藩】울타리번　【級】등급 급　【武】호반 무　【城】성 성
【降】항복 항　【伏】엎드릴 복　【稜】모질 능　【廓】클 곽
【抗】항거할 항　【戰】싸움 전　【脫】벗을 탈　【走】달아날 주
【放】놓을 방　【浪】물결 낭　【關】빗장 관　【志】뜻 지
【願】원할 원　【從】좇을 종　【格】격식 격　【閉】닫을 폐
【鎖】사슬 쇄　【別】이별 별　【傷】상할 상　【處】곳 처
【由】말미암을 유　【若】같을 약　【干】방패 간　【班】반열 반
【空】빌 공　【切】끊을 절　【率】거느릴 솔　【直】곧을 직
【機】베틀 기　【會】모을 회　【未】아니 미　【容】얼굴 용

【恕】용서 서	【停】머물 정	【販】팔 판	【賣】팔 매
【順】순할 순	【調】고루 조	【苦】대 고	【痛】아플 통
【至】이을 지	【毒】독할 독	【財】재물 재	【執】잡을 집
【漁】고기잡을 어	【具】갖출 구	【倉】곳집 창	【庫】곳집 고
【好】좋을 호	【鐵】쇠 철	【穀】곡식 곡	【房】방 방
【爐】화로 노	【絕】끊을 절	【壁】벽 벽	【恒】항상 항
【常】항상 상	【興】일 흥	【奮】떨칠 분	【禮】예도 예
【貌】모양 모	【異】다를 이	【憶】생각할 억	【細】가늘 세
【鮮】빛날 선	【映】비칠 영	【像】형상 상	【宅】집 택
【抵】밑 저	【起】일어날 기	【因】인할 인	【圓】둥글 원
【海】바다 해	【岸】언덕 안	【貫】꿰일 관	【去】갈 거
【輸】보낼 수	【送】보낼 송	【現】나타날 현	【陸】길 육
【路】길 로	【延】맞을 연	【廢】폐할 폐	【止】그칠 지
【號】이름 호	【患】근심 환	【狀】평상 상	【態】태도 태
【隔】멀 격	【離】떠날 이	【慶】경사 경	【疲】피곤할 피
【營】지을 영	【養】기를 양	【失】잃을 실	【墾】개간할 간
【割】벨 할	【當】마땅할 당	【政】정사 정	【計】셀 계
【劃】새길 획	【景】볕 경	【困】곤할 곤	【難】어려울 난
【器】그릇 기	【播】심을 파	【種】종류 종	【荒】거칠 황
【蕪】거칠 무	【最】가장 최	【初】처음 초	【穫】걷을 확
【習】익힐 습	【德】큰 덕	【焦】델 초	【燥】말릴 조

【資】재물 자	【貧】구차할 빈	【寒】찰 한	【幸】다행 행
【保】보전 보	【護】역성들 호	【策】꾀 책	【想】생각할 상
【罰】벌줄 벌	【宏】클 굉	【莊】씩씩할 장	【敵】원수 적
【弄】희롱할 농	【談】말씀 담	【眞】참 진	【套】전례 투
【僚】쾌할 요	【備】갖출 비	【倨】거만할 거	【慢】게으를 만
【罪】죄 죄	【悚】두려울 송	【固】굳을 고	【卽】곧 즉
【醜】미울 추	【悔】고칠 회	【付】붙일 부	【託】맡길 탁
【回】돌아올 회	【模】본뜰 모	【樣】모양 양	【誠】정성 성
【特】특별 특	【商】장사 상	【店】가게 점	【膳】반찬 선
【算】수놓을 산	【沈】잠길 침	【輛】수레 양	【型】골 형
【煙】연기 연	【突】빠를 돌	【吐】토할 토	【券】문서 권
【買】살 매	【團】둥글 단	【肩】어깨 견	【章】문채 장
【椅】가래나무 의	【操】잡을 조	【勇】휘용 용	【倍】갑절 배
【緊】긴할 긴	【姿】맵시 자	【縞】흰비단 호	【銘】새길 명
【仙】신선 선	【屠】백장 도	【殺】죽일 살	【謹】삼갈 근
【嚴】엄할 엄	【說】고할 설	【求】구할 구	【督】독촉할 독
【促】재촉할 촉	【恩】은혜 은	【惠】은혜 혜	【準】법 준
【務】힘쓸 무	【鍾】쇠북 종	【槪】대개 개	【虛】빌 허
【街】거리 가	【防】막을 방	【柵】목책 책	【進】나아갈 진
【灰】재 회	【臟】오장 장	【暴】들어날 폭	【軸】굴대 축
【近】가까울 근	【排】밀 배	【障】막힐 장	【弁】고깔 변

-2-

【南】남녘 남	【撑】버틸 탱	【件】물건 건	【殆】위태할 태
【遭】만날 조	【數】셀 수	【刻】새길 각	【溢】찰 일
【夕】저녁 석	【陽】볕 양	【惡】악할 악	【師】스승 사
【災】재앙 재	【旦】아침 단	【茫】망망할 망	【然】그럴 연
【秒】초침 초	【完】완전할 완	【唐】당나라 당	【慌】항홀할 황
【恐】두려울 공	【怖】두려워할 포	【壓】누를 압	【倒】엎드러질 도
【紫】검붉을 자	【綿】솜 면	【尺】자 척	【帶】띠 대
【圖】그림 도	【俗】풍속 속	【妓】기생 기	【樓】다락 루
【熱】더울 열	【隣】이웃 린	【個】낱 개	【町】구역 정
【榮】빛날 영	【滅】멸할 멸	【揀】기릴 간	【濟】건늘 제
【展】펼 전	【原】근본 원	【歷】지낼 역	【境】지경 경
【途】길 도	【判】쪼갤 판	【斷】끊을 단	【指】손가락 지
【賢】어질 현	【射】쏠 사	【聯】연할 연	【衆】뭇 중
【屛】병풍 병	【智】지혜 지	【菜】나물 채	【油】기름 유
【繃】감을 붕	【錐】송곳 추	【拾】주을 습	【散】헤어질 산
【樹】나무 수	【據】웅거할 거	【於】늘 어	【此】이 차
【彼】저 피	【錢】돈 전	【纏】얽을 전	【額】이마 액

【硬】굳을 경	【稀】드물 희	【怠】게으를 태	【厘】털끝 리
【爭】다툴 쟁	【幣】돈 폐	【濫】물넘칠 남	【係】이을 계
【價】값 가	【值】당할 치	【流】흐를 류	【樂】즐거울 락
【依】의지할 의	【決】결단할 결	【轉】구를 전	【結】맺을 결
【覺】깨달을 각	【悟】깨달을 오	【能】능할 능	【豫】먼저 예
【定】정할 정	【罹】걸릴 이	【痙】중풍뜰 경	【攣】맬 연
【橫】비낄 횡	【貴】귀할 귀	【糧】곡식 양	【苛】잔풀 가
【酷】혹독할 혹	【義】옳을 의	【募】부를 모	【應】응할 응
【給】족할 급	【抛】던질 포	【棄】버릴 기	【疑】의심낼 의
【惑】의심할 혹	【腦】머리골 뇌	【憧】맘동할 동	【宿】잘 숙
【墟】산길험할 허	【約】맺을 약	【束】묶을 속	【權】권세 권
【冷】찰 랭	【集】모을 집	【帆】배돛 범	【健】굳셀 건
【康】편안할 강	【弊】해질 폐	【箭】(화)살 전	【筒】사통대 통
【製】지을 제	【品】품수 품	【憬】깨달을 경	【嵌】구덩이곁구멍 감
【塵】티끌 진	【端】끝 단	【靭】질길 인	【規】법 규
【限】한정 한	【緣】인할 연	【漠】아득할 막	【深】깊을 심
【連】연할 연	【坦】평탄할 탄	【聚】모을 취	【勸】권할 권
【獸】짐승 수	【醫】의원 의	【逆】거스릴 역	【賃】세낼 임

- **3** -

【赴】달을 부	【任】맡길 임	【省】살필 성	【査】사실할 사
【擾】요란할 요	【參】참여할 참	【議】의논 의	【派】나눠나갈 파
【拔】뺄 발	【擢】뺄 탁	【際】지을 제	【課】차례 과
【編】책편 편	【嫉】투기할 질	【條】가지 조	【堂】집 당
【認】알 인	【擔】짐 담	【期】기약 기	【待】기다릴 대
【誘】달랠 유	【勤】부지런할 근	【辭】말씀 사	【請】청할 청
【段】조각 단	【階】섬돌 계	【潔】맑을 결	【觸】받을 촉
【默】잠잠 묵	【誣】핀찬줄 좌	【誇】자랑할 과	【嘲】조롱 조
【皇】황제 황	【密】몰래 밀	【責】꾸짖을 책	【憤】분할 분
【慨】강개할 개	【輩】물 배	【欠】부족할 흠	【遙】멀 요
【遠】멀 원	【閥】가문 벌	【窮】궁진할 궁	【憂】근심 우
【慮】생각 여	【維】벼리 유	【勳】공 훈	【譽】기를 예
【沮】축축할 저	【脚】다리 각	【陰】그늘 음	【謀】꾀 모
【縣】골 현	【鈴】종 영	【副】버금 부	【純】순전할 순
【則】법 측	【猛】날랠 맹	【烈】뜨거울 열	【裁】판결할 재
【躊】머뭇거릴 주	【躇】머뭇거릴 저	【絡】연락할 낙	【秘】비밀할 비
【稱】일컬을 칭	【斟】짐작할 짐	【酌】술 작	【閣】집 각

【差】어긋날 차　【括】헤아릴 괄　【贊】도울 찬　【芻】짐승먹이 추
【泡】거품 포　【沫】침 말　【輕】가벼울 경　【園】동산 원
【齋】빠를 제　【浴】씻을 욕　【趣】뜻 취　【絨】가는베 월
【緞】신뒤축 하　【陳】버릴 진　【列】베풀 렬　【頻】자주 빈
【葉】잎 엽　【植】심을 식　【歸】돌아갈 귀　【紹】이을 소
【簡】편지 간　【戊】천간 무　【恥】욕될 치　【辱】욕될 욕
【徒】무리 도　【黨】무리 당　【怨】원망할 원　【襲】인할 습
【擊】칠 격　【害】해할 해　【頑】완고 완　【鬱】답답 울
【露】이슬 노　【盜】도둑 도　【賊】도둑 적　【討】칠 토
【伐】칠 벌　【憎】미워할 증　【靈】신령 영　【脈】볼 맥
【偵】엿볼 정　【遇】만날 우　【許】허락 허　【諾】대답할 낙
【朋】벗 붕　【卑】낮을 비　【劣】용렬할 렬　【超】뛰어넘을 초
【越】넘을 월　【距】지낼 거　【居】거처할 거　【威】위엄 위
【含】먹음을 함　【儀】거동 의　【湯】물끓을 탕　【武】호반 무
【術】재주 술　【鍛】단련할 단　【鍊】쇠불릴 연　【陣】진 진
【燈】등 등　【看】볼 간　【案】책상 안　【胎】삼 태
【泊】쉴 박　【繡】수놓을 수　【凝】엉길 응　【源】근원 원
【殖】낳 식　【衝】충돌할 충　【呻】읊을 신　【吟】읊을 음
【卿】벼슬 경　【侍】모실 시　【從】좇을 종　【諸】모두 제
【巡】돌 순　【靜】고요 정　【觀】볼 관　【覽】볼 남
【詳】자세 상　【戒】경계할 계　【素】흴 소

4

【社】모일 사	【拜】절 배	【奉】받들 봉	【掌】손바닥 장
【婦】며느리 부	【悲】슬플 비	【哀】슬플 애	【慰】위로할 위
【訪】꾀할 방	【熟】익을 숙	【辯】말잘할 변	【私】사사 사
【娼】창녀 창	【倫】차례 륜	【華】빛날 화	【麗】고울 려
【昇】오를 승	【遊】놀 유	【廓】클 곽	【嬌】아름다울 교
【聲】목소리 성	【醉】취할 취	【寄】부탁할 기	【拂】떨칠 불
【館】객사 관	【費】비용 비	【貯】쌓을 저	【蓄】쌓을 축
【料】헤아릴 요	【邸】집 저	【屯】모일 둔	【盟】맹세할 맹
【銅】구리 동	【潤】부를 윤	【紺】애청 감	【較】비교할 교
【摯】잡을 지	【歎】탄식할 탄	【錯】섞일 착	【快】쾌할 쾌
【範】법 범	【節】마디 절	【擧】들 거	【效】본받을 효
【寶】보배 보	【朗】달밝을 낭	【讓】사양 양	【奴】종 노
【僕】종 복	【序】차례 서	【納】들일 납	【得】얻을 득
【孌】파리할 난	【懼】두려울 구	【珍】보배 진	【祿】복녹 녹
【奔】분주할 분	【報】갚을 보	【爽】서늘할 상	【贊】도울 찬
【賦】부세 부	【育】기를 육	【誼】옳을 의	【訴】소송할 소
【適】마칠 적	【暗】어두울 암	【鬪】싸울 투	

-5-

【終】마침 종	【携】끌 휴	【被】입을 피	【壞】무너뜨릴 괴
【況】하물며 황	【綜】모을 종	【群】무리 군	【澹】맑을 담
【糾】삼겹노 규	【彈】탄환 탄	【屈】굽을 굴	【更】고칠 경
【消】사라질 소	【極】가운데 극	【協】화할 협	【郵】우편 우
【割】벨 할	【激】급할 격	【擁】안을 옹	【辣】가혹할 날
【諷】외울 풍	【奸】통간할 간	【託】누탁할 탁	【畵】그림 화
【浸】젖을 침	【透】통할 투	【欄】난간 난	【劾】힘쓸 해
【演】넓을 연	【輿】수레바탕 여	【沸】끓을 비	【騰】날 등
【諫】간할 간	【杳】아득할 묘	【隨】쫓을 수	【越】넘을 월
【豹】표범 표	【漢】은하수 한	【喝】꾸짖을 갈	【專】오로지 전
【飾】꾸밀 식	【堊】흰옥 악	【蜂】벌 봉	【構】지을 구
【崩】산무너질 붕	【懷】품을 회	【創】다칠 창	【造】지을 조
【釀】술비질 양	【蹟】사적 적	【搜】찾을 수	【翔】엄숙할 상
【驅】몰 구	【除】제할 제	【退】물러갈 퇴	【撲】씨름할 복
【講】외울 강	【究】궁리할 구	【耕】밭갈 경	【敢】구태 감
【捕】잡을 포	【獲】얻을 획	【達】사무칠 달	【誤】그릇할 오
【乏】다할 핍	【蹴】찰 축	【狂】미칠 광	【蓋】덮을 개

【偶】우연 우　【獄】우리 옥　【騎】말탈 기　【錦】비단 금
【衛】모실 위　【將】장수 장　【雙】쌍 쌍　【敬】공경할 경
【奉】받들 봉　【朦】달빛희미할 몽　【朧】살찔 롱　【葬】장사지낼 장
【淸】맑을 청　【礎】주춧돌 초　【損】덜 손　【愉】기쁠 유
【羨】넘칠 선　【妬】자식없는계집 투　【潛】잠길 잠　【瞭】밝을 요
【該】그 해　【酬】술권할 수　【慂】권할 용　【貸】빌릴 대
【與】더불 여　【遂】드릴 수　【紡】길삼 방　【績】길삼 적
【葡】포도 포　【萄】포도 도　【伴】짝 반　【偕】함께할 해
【岫】산구멍 수　【缺】깨질 결　【撫】어루만질 무　【摩】만질 마
【勅】경계할 칙　【庇】가릴 비　【鋒】칼날 봉　【塞】변방 새
【還】돌아올 환　【粉】가루 분　【碎】부서질 쇄　【怯】겁낼 겁
【疎】성길 소　【益】더할 익　【煽】불부칠 선　【選】뽑을 선
【潮】조수 조　【廣】너를 광　【舌】혀 설　【徹】관철할 철
【孫】손자 손　【惜】아낄 석　【封】봉할 봉　【忌】꺼릴 기
【盤】소반 반　【紋】무늬 문　【累】얽힐 누　【顚】이마 전
【覆】돌이킬 복　【妄】잊을 망　【慕】사모할 모　【燎】비칠 요
【述】지을 술　【謁】뵈일 알　【縱】길이 종　【鎭】누를 진
【網】그물 망　【盡】다할 진　【遞】갈미들일 체　【總】거느릴 총
【監】볼 감　【幹】줄기 간　【兼】겸할 겸　【悰】놀랄 종

- 6 -

【錄】기록할 녹　【例】견줄 예　【閑】문지방 한　【追】쫓을 추
【顧】돌아볼 고　【證】증거 증　【暇】한가할 과　【掃】쓸 소
【膜】홑떼기 막　【索】찾을 색　【霧】안개 무　【粧】분단장할 장
【助】도울 조　【跡】발자국 적　【探】정탐할 탐　【謝】끊을 사
【標】표할 표　【炊】불땔 취　【煖】더울 난　【澤】늪 택
【縛】얽을 박　【短】짧을 단　【詞】말씀 사　【衰】쇠할 쇠
【壯】장할 장　【顔】얼굴 안　【懺】회과할 참　【悔】뉘우칠 회
【瀑】폭포 폭　【布】베 포　【佛】부처 불　【壇】단 단
【牌】패 패　【鳴】울 명　【改】고칠 개　【鑛】쇠덩이 광
【藏】광 장　【罷】마칠 파　【免】면할 면　【厚】두터울 후
【曖】날흐릴 애　【悠】멀 유　【晴】날갤 청　【讀】읽을 독
【軟】부드러울 연　【戀】생각할 연　【涯】물가 애　【忍】참을 인
【租】부세 조　【稅】부세 세　【呼】부를 호　【逮】미칠 체
【審】알 심　【犯】범할 범　【典】법 전　【鋪】펼 포
【狙】원숭이 저　【腐】썩을 부　【触】일식 식　【逸】편안 일
【零】떨어질 영　【軌】굴대 궤

-7-

【持】가질 지　　【鬼】귀신 귀　　【優】넉넉 우　　【勝】이길 승
【採】딸 채　　　【氾】물넘칠 범　【酒】술 주　　　【環】둘릴 환
【寂】고요할 적　【劍】칼 검　　　【載】실을 재　　【推】밀 퇴(추)
【薦】천거할 천　【嘆】탄식 탄　　【總】거느릴 총　【昆】형 곤
【蟲】벌레 충　　【絆】말맬 반　　【殷】많을 은　　【祭】제사 제
【恍】황홀할 황　【惚】망단할 오　【頂】이마 정　　【聚】모을 취
【闊】넓을 활　　【檣】의장 장　　【遺】끼칠 유　　【唱】부를 창
【候】기후 후　　【漏】샐 누　　　【洩】샐 설　　　【某】아무 모
【堵】담 도　　　【訝】맞을 아　　【猝】창졸 졸　　【粹】순전할 수

-8-

【堤】막을 제　　【豪】호걸 호　　【歇】쉴 헐　　　【蘇】차조기 소
【需】음식 수　　【饒】배부를 요　【膿】고름 농　　【購】살 구
【挫】꺾을 좌　　【折】꺾을 절　　【腕】팔 완　　　【潰】흩어질 궤
【狼】이리 낭　　【狽】낭패 패　　【致】이를 치　　【救】구원할 구
【孵】새끼깔 부　【綏】더딜 완　　【怜】영리할 영　【悧】영리할 이

【惶】두려울 황　【迅】빠를 신　【殼】껍질 각　【壕】땅이름 호
【祈】빌 기　　【禱】빌 도　　【彷】방황할 방　【彿】흡사할 불
【慄】떨 율　　【骸】뼈 해　　【頻】자주 빈　　【繁】많을 번

-9-

【旋】돌이킬 선　【婉】예쁠 완　【蒼】푸를 창　　【囑】부탁할 촉
【愼】삼갈 신　　【撞】칠 당　　【蔽】가릴 폐　　【魄】혼 백
【籍】문서 적　　【披】헤칠 피　【宴】편인할 연　【雅】맑을 아
【淡】물맑을 담　【澎】물소리 팽　【湃】물소리 배　【換】바꿀 환
【藉】깔 자　　　【留】머무를 유　【減】덜 감　　　【董】동독할 동
【恭】공순할 공　【遜】겸손할 겸　【芯】끝눈 심　　【楚】싸리 초
【窒】막힐 질　　【唯】오직 유　【修】맑을 수　　　【繕】기울 선
【薔】장미화 장　【薇】고비 미　【魅】도깨비 매　【援】구원할 원
【璧】옥 벽　　　【碍】막힐 애　【痕】흔적 흔　　【迹】발자국 적
【凋】여윌 조　　【季】끝 계

【上卷 · 終】

| 판 권 |
| 소 유 |

이시카리 平野 · 上

發行日 : 2010年 5月 6日

著　者 ǀ 후나야마 카오루
譯　者 ǀ 曺 信 鎬
發行人 ǀ 曺 信 鎬
發行所 ǀ 德逸 미디어

住所 ǀ 서울시 영등포구 여의도동 61-3,
　　　라이프오피스텔 1410호
電話 ǀ (02) 786-4787/8
팩스 ǀ (02) 786-4786

登錄 ǀ 제 134-2033호(2005. 2. 15)

ISBN 978-89-89266-23-5(전3권) (04830)
ISBN 978-89-89266-24-2 (04830)

값 : 12,000원

* 저자와 상의하여 인지를 생략하였습니다.
* 이 출판물은 저작권법에 의해 보호를 받는 저작물이므로 무단 복제할 수 없습니다.
* 잘못된 책은 교환해 드립니다.

旭川

石狩川

石狩平野

小樽

札幌